三十岁的女人

ANEGO

［日］林真理子 著

匡匡 译

人民东方出版传媒
People's Oriental Publishing & Media

东方出版社
The Oriental Press

图书在版编目（CIP）数据

三十岁的女人 /（日）林真理子著；匡匡译 . —北京：东方出版社，2022.4
书名原文：Anego

ISBN 978-7-5207-2115-8

Ⅰ.①三…　Ⅱ.①林…②匡…　Ⅲ.①长篇小说—日本—现代　Ⅳ.① I313.45

中国版本图书馆 CIP 数据核字（2021）第 048013 号

Anego
Copyright © 2007 MARIKO HAYASHI
Published by SHOGAKUKAN.
Through the Literary agent "CHUBUN SANGYO CO.LTD", "MARIKO HAYASHI" is entitled
to "People's Oriental Publishing & Media Co., Ltd." the rights the copyright
On the Publication of the Chinese Simplified version

中文简体字版专有权属东方出版社
著作权合同登记号 图字：01-2021-1014

三十岁的女人
（SANSHI SUI DE NÜREN）

作　　者：[日] 林真理子
译　　者：匡　匡
策　　划：王莉莉
责任编辑：王蒙蒙　张　旭
产品经理：王蒙蒙
出　　版：东方出版社
发　　行：人民东方出版传媒有限公司
地　　址：北京市西城区北三环中路 6 号
邮　　编：100120
印　　刷：鸿博昊天科技有限公司
版　　次：2022 年 4 月第 1 版
印　　次：2022 年 4 月第 1 次印刷
印　　数：1—8000
开　　本：880 毫米 ×1230 毫米　1/32
印　　张：10.625
字　　数：255 千字
书　　号：ISBN 978-7-5207-2115-8
定　　价：59.00 元
发行电话：（010）85924663　85924644　85924641

序言

在日本，"御姐"这两个字指的是豪迈大气、备受依赖的女性。

这部小说用的日文名字是ANEGO，是"御姐"的日语发音，书名这样叫，是为了让"御姐"有几分现代气息。

书中的主人公是在大商社工作的奈央子，她就是标准的大姐大"ANEGO"，工作能力强，又受到公司里年轻后辈们的敬爱、依赖。

书中，我用心写过这样一个场景，作为自由撰稿人的男友背着奈央子将她供职商社的不正当行为曝光在了八卦杂志上。奈央子知道后非常愤怒，坚决与男友分手。

男友认为奈央子的公司明明做了违反社会道德的事啊，把这样的丑事公之于众，让大家做出公正的裁决，没有什么不对的，是奈央子小题大做了。

奈央子气愤地反驳道，话虽这么说，可公司每个月都付她工资，她对此得有仁有义。她认为男友干的事太不公正了。

这样义薄云天、富有正义感的奈央子，有一位由衷爱上的男子，但这位男子有妻子和孩子。正直的奈央子，要怎样面对这份不伦之恋？这就是这本书的主题。

奈央子在书中与这位相恋的已婚男子的妻子也成了好友，得到她深深的友谊和信赖。这闺密情是真是假？莫非那位妻子是知晓一切而有意接近奈央子……这部分内容据日本读者反映很惊悚，简直堪比恐怖片。

这本《ANEGO》在日本的女性杂志上连载时引发了很多讨论。日本的白领丽人们说实在太真实了，仿佛就发生在身边。书籍出版后登上了畅销榜，之后被拍成电视剧，也收获了很高的收视率，引发了社会反响。

这是我2014年写的小说。但即使现在读，也绝不会有过时感，因为我相信职场女子的工作以及她们的恋爱故事的本质是不会改变的。

林真理子

目　录

第一章　联谊会守则

距离末班车次还有两趟，电车里却意外的拥挤。乘客大多是邋遢地松垂着领带、浑身酒气的男性上班族。零星几名女白领，穿插散坐在其间。比起其他的乘车时段，她们姿势僵硬戒备、如临大敌。这一点，从她们紧紧攥住手袋，或死死盯着杂志上，就能看得出来。最近，为女性开设的专属车厢逐渐多了起来，而该铁路公司却从未考虑过此类体恤女性的举措。前几日，某电视台做过一期"痴汉^①出没乘车路线大盘点"的活动，该公司甚至荣登榜单第二名。

野田奈央子，跟那些晚班电车里浑身紧绷的年轻 OL^② 相比，早已是身经百战的"资深人士"。她拿下了最靠边的座位，胳膊肘搭在扶手上，换了一个放松的姿势。面前没有乘客站立，夜间的车窗宛如一

---

① 在日语中，痴汉意指流氓、色狼、变态等。——编者注
② OL，是英文"Office Lady"的缩写，指办公室女职员。——编者注

面镜子，映照着她的脸庞。幸好，瞧不见那些平日里令她耿耿于怀的细纹，以及嘴边松弛的赘肉，视线中，真真切切是个依旧年轻的女人。不管以谁的目光打量，应该都还算年轻。可惜，男人们的眼光却是严苛且精确的。今晚的聚餐，奈央子在那群年纪轻轻的女孩当中显得格外异类。至于饭后的卡拉OK局，女孩们究竟用了什么魔法攻略呢？表面看来，座位明明没有挨在一起，却能和中意的男士巧妙地隔空互撩。待散局回家时，俨然已成功配对了两对情侣。

"那么，我恰好顺路，就麻烦宫本先生送我一程啦。"

喂，等一等！这位小姐，你家明明住在横滨，哪里顺路了？——每逢此情此景，识趣地不去揭穿对方，才是联谊会的基本守则。男方看样子打算把打车费以业务招待费的名目走公司报销。如今这种操作已比较少见了。不愧是业界首位的建筑总承包公司啊，看样子，经营状况也不像周刊杂志描写得那么不景气。男方随手拦下一辆出租车，貌似习以为常。

"不好意思，我们先走了。"

"各位，抱歉先走一步哦。我家太远啦。"

向这对情侣愉快地挥手道别，也是"剩男剩女"们应当遵循的守则，或者说是礼仪。奈央子和其余几人结伴进了检票口，在第二站换乘之后，恢复了独自一人的状态。醉意与疲倦使她瘫坐在座椅上。假如联谊会玩得开心尽兴，那么此时涌起的，将会是舒适的倦意。可惜，在度过了一段乏味无聊的时间之后，此刻这份疲劳感，该如何形容呢？

"啊——啊——，又没能管住自己……"

奈央子像个老太太，叹了口气。真讨厌，到底为什么呢，总是被迫扮演这样的角色？

说起来，还要追溯到一个月以前。大学时代的社团伙伴中西君打来电话，就过几天将要参加的老同学的婚宴，向奈央子胡乱打听点有的没的屁事。

"瞧这情形，我说野田啊，估计你会是大伙中举办婚礼最晚的那个了吧？哦不，你都这把年纪了，恐怕也不好意思结婚了吧？"

以昔日玩伴的戏谑口吻调侃了几句之后，中西冷不丁问："像你们这种贸易商社 ①，女员工应该挺多的吧？"

"真不巧呢，这位客官。来打听的人倒是挺多的，可惜这阵子公司没有招新毕业的大学生，净是我这种老女人，要么就是派遣员工。"

"就算是老女人，也总有姿色不错的吧？"

中西难缠地紧咬不放。

"敢问阁下说的老女人是指什么年龄呢？"

"二十六七？我吧，可能是年龄大了，跟那些活蹦乱跳的小女生有点聊不来了。可以的话，二十六七最好了。"

"别舰着脸大言不惭了。什么老女人啊，在那些小女生看来，像你这种年纪的男人，恐怕早该划拉到大叔群里去了。"

两人你来我往，互相挤对了几个回合后，自然而然地聊起了联谊会的话题。中西任职的大型建筑承包公司，据说遍地都是三十或三十来岁的单身王老五，他们大多出身于理工技术类的大学或专业，比较缺乏女人缘。中西提议，或许可以让他们和奈央子公司里的女孩们来场愉快的联谊会。

"可是话说回来呢，野田，像你这种年龄的女人，在我那帮同事眼里是比较可怜的。"

---

① 日本比较流行的企业形态，是一种综合性的大型跨国公司。——编者注

"那可真对不住阁下了。"

"算啦，算啦。这样吧，你想办法物色几个年龄大点的姑娘，五六个吧。我这边也去联系五个男同事。"

联谊会，联谊会……年轻女孩们提起这事，嘴上倒是说得轻巧，而负责组织筹备的人，却要为之绞尽脑汁，费尽功夫。为了找到离双方公司都较近、价格便宜、服务周到的餐馆，就已经累得要命，还得提前落实好二次局的地点。按理说，每家公司都会有个擅长张罗此事的"联谊会达人"，可唯独轮到奈央子，却少不了闲言碎语。只要和女同事稍微聊几句这个话题，肯定会有风言风语传出来。

"野田奈央子为了泡小鲜肉，正拼命搞联谊。"

于是乎，单为了敲定联谊会的地点，奈央子就不知发了多少封邮件。再加上由于突发状况，身为关键人物的中西君临时决定要赶往海外出差。

"那可麻烦了。我原本打算万一找不到聊天对象，就和你叙叙旧呢。"

"抱歉抱歉。紧急外派，连我自己也觉得意外。不过，会有个叫宫本的帅哥同事代替我参加。虽说比我大两岁，但人家可是东京工业大学毕业的，后来又考进麻省理工，精明又能干，绝对的职场成功人士，敬请期待哟。"

果真，奈央子不自觉地暗暗期盼起来。对于一个三十三岁的女人来说，也未免太"不自觉"了。

对联谊会这种事，奈央子以往不知失望过多少次，不，准确来说，应该是"被糊弄过多少次"。提出搞联谊的朋友，每回必定承诺：

"我会安排超级优质的男士参加哟。"

"你就拭目以待吧，我把公司最精锐的男同事给你派过去。"

魅力出众的男士，有过。对奈央子表示感兴趣的男士，也有过。可惜对奈央子来说，最大的不幸是：既有魅力值，又对她感兴趣的男士，却一个也不曾有过。偶尔，也会出现帅到叫人无法呼吸的对象，可偏偏这种高颜值的帅哥，总是早早便匆忙地告辞而去。这种为了吸睛而虚晃一枪的"假球"或者说"展示品"，绝对是联谊会的组织者为了给参加的成员们"镀金"，而跪求人家出席。用餐一旦完毕，他们便像结束了任务，即刻离席而去。至于剩下的那些，不客气地说，净是些卖相不佳的残次品。

　　真是的，我之前到底在巴望什么啊？奈央子朝映在车窗里的自己发出质问。眼看都这把年纪了，难道还相信真的会有王子骑着白马翩翩而来吗？难不成还在做梦，幻想像少女漫画或电视剧里演的那样，原本是不情不愿地参加了联谊会，谁知却意外邂逅了命中注定的另一半，瞬间双双坠入爱河吗？

　　今晚聚集在意大利餐馆的这帮男人，确切地说，都是些面目平庸、既无亮点也无槽点的家伙。不过，说来也是事实，当中有个穿一身土味西服的，奈央子对之却不无好感。她想，至少比三个月前联谊会上那一伙人的成色要好多了。上次联谊会的对象，据说来自某大型广告公司，是奈央子的后辈邀请的。

　　当时也曾有男士，脖子上系的领带一看即知是爱马仕的，且将一件条纹衬衫穿得颇为得体，发型亦修剪得干净利落，谈吐清晰、滴水不漏，真不愧是广告公司出身的。只是在奈央子看来，他们个个圆滑油腻、态度露骨，似乎一旦来到这种场合便志在必得，非钓到一两个女人不可。其中有个轻浮男，对女人的攻势尤为积极，奈央子凭直觉判断：这人八成是个已婚男。根据在于，此人流露出一种故作从容、又吃相猴急的诡异态度。后来一打听，果然验明正身，是个拉家带口的家伙。岂止如此，就连负责带话题、圆场子的那一位，自称和妻子早已分居，实际上也是有家有口的主儿。

"我认为联谊会绝不可以邀请这种人参加！"

奈央子向对方组织者严肃抗议后，这条"供货渠道"便彻底断绝了。

和该广告公司的轻浮男相比，今晚这帮技术男，岂非叫人神清气爽？哪怕是自我介绍，也简简单单，不耍嘴皮、不抖机灵，这一点让奈央子十分满意。不过，聊天过程当中也多多少少有些乏味，叫人难以忍受。在大家举起红酒杯、轮流问候的环节，有位男士以"大众媒体缘何抨击建筑承包商"为主题，侃侃发表起宏论。托他的福，在场女士才得以从其余男士中鉴别出有价值的狩猎目标。跟那些搞媒体或贸易的男人相比，技术男确实不够有趣，但在"长远来看"的大前提之下，倒也有那么一两位可以算是值得入手的"绩优股"。而那位名叫宫本、麻省理工出身的精英男，便属其中之一。再过十年，此人身价估计会翻倍，若论头脑之精明，也并非无凭无据。他时不时撇着嘴、语带嘲讽的说话方式，是精英人士身上常见的特质。从他本人的角度来说，他或许并无主观恶意，却让一再调低底线的奈央子意识到自己内心的卑屈。

结果就是，刚才那辆出租车上，一个叫长谷川真名美的二十五岁女孩，不知何时与他聊到了一起。而这种大街上随处可见的无趣男人，自己竟也隐隐对之抱着一丝好感。

"说不定我会爱上他呢……"

然而并不。

"说不定我会爱上他呢……"

倒是抱有这种念头的自己，真够可悲的。

正值此时，两节车厢间的门被推开了，一个中年上班族模样的男人踉踉跄跄走了过来。即使从奈央子所在的位置也能清楚瞧见，此人正凶巴巴地盯着这边。

"说什么哪！你个蠢货！"

是都市里随时随处可见的那种脑子喝得有点断片儿的醉汉。周围乘客涌起一阵紧张的骚动。绝不能和此人目光对视，奈央子垂下了头。

"所以啊，你小子根本啥也不明白！所以啊……"

醉汉嘴里念念有词，打奈央子面前走了过去。仅仅这点工夫，虽只是短短一瞬，奈央子已开启了脑内小剧场：一个醉醺醺、神志不清的家伙正对她纠缠不休，欲行非礼。另一男士见状，挺身而出，将她解救。以此为契机，两人互萌爱意，成就了一番惊心动魄的恋情……

"好烦哦，我这个人，真是满脑子净想些奇奇怪怪的东西。"

会不会是欲求不满呢？奈央子假装打哈欠，又长长叹了口气。

奈央子是上个月的生日。直到生日那天，她依旧难以相信，自己怎么就三十三岁了，而且居然依旧单身？

十年前刚进公司那会儿，她虽不至于以为呈现在自己面前的将是一马平川的幸福与无限可能性，但至少，她想，定然会有一份足够美好的人生在等候自己。整个日本进入泡沫经济尾声的那段日子，尽管新闻媒体与经济分析师一再发出警告，但全体国民依旧坚信，此等好景气仍将持续一段时日。

奈央子所在的公司也丝毫不考虑未来的前景，大张旗鼓地雇用了许多女性职员。当时，恰逢女性的行政职务十分热门，凡是大量雇用女性员工的企业，总会被大众推崇为意识超前的优质企业。话虽如此，贸易商社毕竟在求职市场上人气极高，竞争激烈，全凭当时尚未退休的父亲利用手头人脉，费很大劲才把奈央子安插进去。在选择综合职位还是一般职位的环节里，奈央子理所当然似的挑选了一般职位，也是出于背后的这番缘由。假若出身于一流大学，是凭着优异成绩考进公司的，那则另当别论。但是像自己这样，读的大学马马虎虎，又是托关系进来的，怎么还敢厚着脸皮挑选综合职位呢？那未免太不识趣了。奈央子从很早前，便养成了这种克己自律的性情。

更何况，在挑选岗位这件事上，不只父母劝说，连她自己也认为：反正最多干个四五年便该结婚了，没必要选择综合职位，凡事像个男人那样去打拼。说来，社会上的确存在一种看法，认为商社里的女职员都是商社男职员的"未来老婆候选人"。此种观念，十年前则更甚。不管是短期大学，还是四年制正规大学，贸易商社雇用的女职员多数毕业于人们口中的"淑女学校"。当中，虽也零星混有几名东京大学或庆应义塾①毕业的女生，可当初选择了综合职位的她们，基本都早已离职。归根结底，还是触到了天花板，感受到了在商社里与男性平起平坐地去拼搏，究竟有多难。相比她们，倒是当年选择了清闲的一般职务的那批女生，享受着多姿多彩的"商社女"生活。她们薪水高，又大多住在父母家，赚到的钱可以尽情地自己花销。那时候，甚至有两三个女孩，刚入职第二年就已买了爱马仕铂金包。

表面看来，奈央子与同期入职的女孩们一同过着快乐的 OL 生活，实际上，群体内部的高低分化很快便见了分晓。同届女员工的四分之一，实现了"社内婚"，由"商社女"一举跃为"商社妻"，走上了一条众所称羡的人生道路。随同老公赴任海外、分散居住在世界各地的她们，日子过得相当充实惬意，老公的薪水也着实不低。另有四分之

---

① 日本一所非常著名的综合性私立大学。——译者注

一，则嫁给了公司外部的男人，婚后辞去了工作。她们有的通过相亲而结婚，有的嫁给了学生时代起一直交往的对象，但不管属于哪种情况，对象都是人们口中的"社会精英"。还有四分之一，并无什么特殊理由，便从公司辞了职，要么做了家务助理，要么出国留学去了。

最后剩余的四分之一，则留在了公司里。奈央子便是其中一员。这意味着，戴上了一顶"败犬"的帽子。也就是说，不仅公司内部的男人一个也抓不住，更没能耐嫁给公司外部的男人。但不管怎么说，在号称"平成萧条①"的今日，贸易商社依旧是人气居高不下的就业选择。即使年过三十，奈央子和女同事仍可以接到联谊会的邀约，也不外乎是她们在一流商社里工作的缘故。假如换成年轻的男同事来到这种场合，收获恐怕更是女员工的几倍之多吧。毕竟在这世上，凡听到"商社男"几个字便垂涎三尺的女人要多少有多少。

这一点，光是看看那帮派遣妹就知道了。虽说不能一竿子打死，但那帮女人满脑子想的都是"如何捕获一只商社男"。尽管只是传言，但听说把她们成群结队往这里输送的大型人才派遣公司的社长，平日里就是这么宣称的。"派遣这种雇用形式多优秀啊！假如能巧妙利用，你们甚至可以在职场上找到未来的另一半。"

"只是抱着钓金龟婿的念头来工作，真叫人受不了"，奈央子满腹不平。派遣的女性员工在公司里被称作"派遣妹"，或简称"派遣"。她们主动和正式的女职员划清界限，即使吃午饭，也绝不和邻座的正式职员一起去。哪怕所在的楼层不同，同为派遣妹的她们，也总会私下里互相约着出去吃饭。别看她们作风低调，尽量不讨人嫌或惹人注

---

① 平成，是日本的一个年号。平成萧条指的是 1991 年初开始的周期性经济不景气。——编者注

目，却依旧成果满满。于是，和派遣妹交往的男职员，沦为了女职员群嘲的对象。更进一步，谁若胆敢和派遣妹结婚，就会被女职员们集体嫌弃，好一阵子没有好脸子瞧。但话说回来，最近钢铁二部的某帅哥，刚刚和派遣妹宣布了婚讯。

"还真把公司当婚恋交友俱乐部了？"

几位女同事恨恨地吐槽。但这种牢骚，也一天天变得苍白无力起来。在低迷的经济形势中，公司从三年前便终止了一般职位的正式雇用，而是将一般职务全部交由派遣员工来担任。

错过了各种脱单机会的"奈央子们"，脚下的地盘正被派遣妹一点点地蚕食。不过，事虽至此，辞职的女员工反而减少了。贸易商社的薪资，毕竟要比其他行业高出好几个等级，甚至远超就职于制造企业的同年龄段男性。在工会的努力争取下，女职员的退休年龄也延迟到了与男性看齐。待遇如此优渥的公司，就算在婚恋上一无所获，又怎容轻易放手呢？

瞧瞧公司里那帮前辈，一旦过了三十二三岁，便忽然不再介意周围人的目光，甚至有人身穿布裤与开襟毛衫上班，打扮得像去邻家串门一样随便。说"退休"或许有些难听，但感觉上，她们确实已从"现役"的队伍中被淘汰了下来。在贸易商社上班的女人，年轻时对待穿衣打扮，可谓个个不遗余力。而奈央子供职的这家商社，由于不要求制服出勤，就更考验私服的品位。修身考究的套装，搭配名牌手袋，如此着装的女职员占据大多数，甚至时不时有人登上女性杂志的时尚穿搭栏目。

可惜一旦年过三十，她们便仿佛死了心，一下子变得浑身大妈气。不做美甲了，也放弃了追赶潮流，有人开始不遗余力地存钱。再不然，净聊一些约女同事去打高尔夫或温泉旅行的话题。认为自己的人生已成定局的女人们做派大大咧咧，成天呼朋引伴，没完没了地聚会游玩，日子过得不亦乐乎。

"奈央子也赶快活到我们这个年纪吧。"

三十八岁的前辈邀请道：

"到了我们这个年纪，简直各种轻松快活。"

"千万别沦落到与这帮女人为伍啊……"最近一两年，奈央子自觉已竭力避免向她们看齐，即使被朋友嘲笑"为老不尊"，也要力争参加联谊会，亦是出于同一缘故。美甲，是非做不可的。每两周去一趟美容院，三天上一次健身房——美体塑身，这些都是她为自己设定的功课。全靠这番努力，奈央子才得以保持苗条的身材。精心吹剪过的发型，搭配一条纽约潮牌裤，这样的装扮，属于地地道道的"商社女风格"，公司里不乏对奈央子钦羡不已的后辈。而且等她意识到的时候，早已成了帮小姑娘们做情感咨询的知心大姐，隔三岔五就有人来求她开解，向她倾吐隐秘的心事。

连奈央子也想不通究竟是什么缘故，自己的宿命就是总被比自己年龄小的姑娘仰慕。上中学那阵子，家附近的小学女生们甚至组成了一支"近卫队"，成天追在她的屁股后面。大三岁的哥哥老是开她的玩笑：

"你啊，索性放弃找男人的念头吧。你应当这么想，能受女人欢迎也是一种福分。"

那时，闻言奈央子还不太高兴，可如今再回想，哥哥的话竟一语成谶。现年三十三岁的奈央子依旧单身，还迫不得已肩负起为后辈排忧解难的吃亏角色。

今日奈央子的手机也铃声大作。看了眼屏幕，是三天两头打电话过来的后辈真名美。

"喂，喂，不好意思这个时间给你打电话，我有点问题，无论如何要跟奈央姐商量一下。"

大概是从铁道附近打来的，听筒里传来电车隆隆驶过的声响。

"那个……我呢，好像被男人玩弄了。对方的手段实在太卑鄙了，我简直没脸讲出口。"

"被玩弄？到底怎么回事？"

"反正……就是……我们上了床，他就再不联系我啦。"

"嗯嗯……那也许是有点不好受啊。"

奈央子亦有同样的经历。对女人来说，这种用过即弃的一次性关系，但凡不是自己主动切断的，都会特别恼火。因为仿佛遭到了男方的宣判：和你做爱一点都不爽。

"可你也拿他没办法，不是吗？要是上赶着去找他，只会让自己更难堪。"

"我到底哪里不好呢？"

奈央子脑海中浮现出真名美白皙而丰腴的手臂。她是一个即使在大冬天也总穿一件无袖上装的年轻女孩。

"这个嘛……我又不是你男人，上哪儿去知道。"

"才不是呢，奈央姐见过他。就是那个嘛，叫宫本的男人。上周的联谊会，跟我一起回家的那个。一开始明明对我百般殷勤，从我俩去了情侣酒店以后，他就一副好露骨的、要跟我说拜拜的感觉。"

奈央子想起宫本那种充满嘲弄的撇嘴神情。

"和那样两片刻薄的嘴唇接吻，真名美该不会是遭了天谴吧。"奈央子自己心里想。

为了掩饰内心涌起的刻薄之意，奈央子假咳了几声。

世间诸事，仿佛都在自己并不知晓的地方暗自运作。

有男朋友吗？面对这样的询问，奈央子总是十分为难。不仅是奈央子，年过三十的单身女人，但凡被问到这个，多半都会感到困扰。

偶尔约会一下的男人倒是有的，有时也会上床。至于对方究竟算不算是男朋友，以及两人间是否称得上"恋爱关系"，每当想到这样的问题，奈央子总是无法做出肯定的回答。

除了和已婚男人的不伦恋情，年过三十的女人，恋爱生活大抵都是这般浑浑噩噩、半死不活的模样。结婚的终点线，正在视线中逐渐淡出，可话说回来，想踏入一段全新的恋情，感觉又欠一点年轻时的冲动与机缘。

奈央子和沟口敏行开始交往，是在二十八岁那年的秋天。那一年，她刚刚开始独立生活，住在目黑区的学艺大学校内。她和敏行是在鹰番的一间小酒吧里结识的。其实，奈央子对那种老熟客们彼此走得很近、私底下也常会碰面的小酒屋，一向都比较抵触，但不知为何，唯独这间酒吧，她却不抵触，三天两头地往这儿跑。大概因为三十七八岁的老板娘让人感觉特别舒服，酒菜也足够便宜，让人可以轻松地每周去消遣一两回。敏行就是老板娘介绍给她的。

"他叫沟口，是个给杂志写文章的人。"

"那就是个作家咯？"

这样一问，却被敏行本人笑答：

"不是什么作家，只是自由撰稿人。从泡泡浴女郎的色情广告到政治家的丑闻，我都写。"

自那以后，奈央子对这个男人了解渐多。敏行早年在一家大型出版社工作时，曾和某位女作家结过婚。奈央子也只是听过女作家的名字，据说总写一些纯文学的艰深作品。当时，负责文艺类书籍的敏行，给年轻且刚出道的女作家提供了不少帮助，两人以此为契机开始了交往。

然而，这场婚姻从最初便危机四伏。

"到头来，我猜，自己不过是一匹被她利用的种马而已。"敏行如此自嘲。

那位女作家，据说只想找个男人，体验一下结婚生子的感觉罢了。两人马不停蹄地生了四个孩子之后，女作家却提出，想要恢复单身生活。彼时，坊间流传着各种风言风语，有说她正与比自己年轻的男编辑打得火热，有说她正朝着大作家摇身蜕变。为此不胜其烦的敏行索性辞去了出版社的工作。

据说，那位前妻现在以孩子的成长为素材写了作品，新书卖得还挺不赖。

这些过往八卦，并不是敏行喋喋不休讲出来的。他这个人为数不多的优点之一，就是从不谈论自己过去的女人，近乎绝口不提。他和前妻离婚的来龙去脉，是奈央子在将近五年的岁月中，一点一滴打听出来的。一个人若是不谈过去，也便意味着不谈现在。奈央子隐约察觉到，在自己之外，敏行估计还有别的女人。他本人可能以为掩藏得挺好，但奈央子还是发现了蛛丝马迹。

浴室里的洗发水被替换成了名牌的高档货，令奈央子疑窦顿生；冰箱的保鲜盒里，有时会剩下一点不知是谁亲手做的烩时蔬。

"我可没那个时间和精力。"

敏行会笑着否认。但他的话能当真吗？

今年四十一岁的他，充满了年轻男孩所不具备的含蓄魅力，心思深沉难懂，不专注地定睛观察，便无法捕捉他的想法，让人不由自主地凝目于他，细细加以吟味；做媒体的男人独有的散漫随性、潇潇洒酒大概也令他颇受女人们青睐；从一流出版社辞职的挫折经历，似乎更给他添上了一抹深沉内敛的色彩。

敏行不算什么美男子，非要归类的话，或许还应该算进丑男之列。由于好饮酒、好美食，腰腹周围赘着一圈肥肉。眼镜背后的一双细眼，眼梢略略下垂，但只要为了什么展颜一笑，便露出满口洁白的牙齿，会让人留意到嘴部线条的俊美。这偶尔方能一睹的男人的笑容令奈央子一直迷恋了整整五年。

但同时，这也是两人关系毫无进展、没有任何波澜的五年。离过一次婚的敏行，对婚姻这东西不再抱有一丝幻想。

两人一起看电视时，节目曾播出过离婚后迅速再婚的艺人八卦。

"这精力，可真够难得啊……通常来说，离了婚的男人不是早就筋疲力尽了嘛。为了疗伤，要花好长时间的嘛……有的人，甚至要用尽一生去疗愈。这家伙才离婚半年就又娶了年轻女人，当真是体力过人啊……"

"哦？这么说，你的疗愈还在进行当中咯？"

奈央子原想呛他一句，又咽了回去。和敏行相处，她觉得自己时刻小心翼翼地走在一条边界上，生怕踩到他的底线。她从没问过敏行，是否有和自己结婚的打算。首先，她连自己是否想嫁给敏行，也还不太清楚。

敏行并不像初见时自我介绍的那样，在写色情小广告，而是同时给几家杂志撰写比较正规的报道，收入貌似不菲。如今，他居住的一套兼做工作室的三室两厅公寓，也是他名下的资产。以前敏行跟奈央子提过：

"已经分手的孩子妈，宣布要自己赚钱养家，我不必付她赡养费。"

他那位性情古怪的前妻，憧憬做一名"离婚后仅凭一双女人的臂膀，独立将孩子抚养成人的英雄母亲"，因此，似乎从不向他寻求援助。前妻倒不成问题，问题是，除了奈央子，敏行在外面百分之百还有别的女人。本身他对奈央子也谈不上情深意浓。不知离过婚的男人是不是都这副德行，反正敏行对什么的态度都淡淡的。就连做爱之前，奈央子也没听他说过"我爱你"这种话。仿佛只是几杯啤酒下肚，借着酒劲，顺便邀请奈央子上床一样。而奈央子呢，也半斤八两，对他的这套做法表现出乐意之至的模样。

总之，绝不能让他以为自己迫不及待要嫁给他。

以前，奈央子跟他一起庆祝三十岁生日的时候，他也曾貌似不经意地小声嘟囔：

"你不想结婚了吗？"

那口吻称不上冷漠，只是纯粹的疑问，和同事或邻居大叔漫不经心的询问完全是同一副语气，奈央子记得很清楚。就算她记错了，那句疑问后面，也没有什么值得期待的下文，诸如：

"我对咱俩的将来也有一些打算……"

"请再给我一段准备的时间……"

因此，奈央子也尽量若无其事、故作轻松地答道：

"暂时还没这个打算。目前工作渐渐上手了，越干越有意思，我也想自由自在地享受一下生活。"

这时，敏行回道：

"确实啊，如今的女人都喜欢这样讲。"

过后，奈央子反复回想当时这句话，并暗下决心：对待说这种话的男人，自己绝不可百分之百地将感情交付出去。最多投入百分之三十，不，百分之二十五足矣。不过，话说回来，恋爱的热身活动也必不可少。

一个尽人皆知的事实：一个女人，假如浑身上下嗅不出一丝与男人交往的迹象，是不会被恋爱的机缘眷顾的，必须适度地与男人调调情，适度地享有一点性爱。若能把敏行仅仅当成一位作此用途的炮友，不就没那么窝火了吗？等哪天遇到了正经的交往对象，再交付百分之百的自己也不迟。

遗憾的是，这位"正经对象"，究竟在何时何处方能觅得呢？所到之处，留下的尽是叹息。

与奈央子同一楼层的赤冢理惠子是她大学里的学妹。求职时，以暑期实习生的身份进入公司的理惠子，毫不避讳地问：

"学姐能从咱们学校考进商社，是有特别厉害的人脉吧？"

"学姐每天都过得挺开心吧？待在这样的公司里，肯定能遇到大把条件优秀的交往对象吧？我啊，最终还是想嫁给商社男，做个商社夫人。听海外赴任的那些人说，在他们那边的鄙视链里，制造企业属于最底端，商社和银行最强，连他们的太太也最趾高气扬。"

奈央子打量着眼前的小学妹，心想都什么年月了，还有说这种蠢话的女人，也算人间罕见。学妹脑子谈不上聪明，颜值也够不上出众，用她本人的话讲：

"人脉背景之类的要啥没啥。"

即使如此，她也成功进入了商社。要说，也是七年前公司雇用新人比较多的缘故。按学妹的说法：

"稀稀松松地就招了三百五十个女职员进来。"

那便是公司招人最后的宽松期。尽管得偿所愿进入贸易商社上班，如今二十九岁的理惠子却依旧单身。每次碰到奈央子，她都牢骚满腹。

"当年真的太失策啦！公司压根就没什么优质的男人，就算偶尔有一个半个，也早就是人家的男友、老公了。"

如此恨嫁的理惠子，给奈央子发来了一封邮件。

> 学姐偶尔也跟公司的小朋友们一道去唱唱卡拉 OK 嘛。我先把入社三四年的选拔几个召集起来。

奈央子马上回复：

> 感谢学妹费心邀请，不过我老人家早过了这个年纪啦。前阵子参加联谊会，遇到了不少糟心事儿。从今往后就不扮嫩凑热闹啦。孤寡老人还是和同辈们一起泡泡温泉去吧。

回复刚发出去，对方的邮件又来了：

> 学姐怎么能管自己叫老人家？谦虚了，谦虚了。明明是枝肥叶嫩的适龄美人好吧？在我们部门的女孩子心目中，奈央姐的人气可高啦！聚会那天她们也会来哦，就当是给我个面子呗，拜托拜托。你就来露个面也行啊……

聚会地点定在银座一家刚开业不久的 KTV。银座这种地方，一如既往不难找到价格适中、菜品也算美味的店，听说理惠子她们时常光顾。

本来不大提得起兴趣，但当日也没什么特别的安排，奈央子便去了。近来，她时不时会有一种感受——饭局上闹腾的时间长了，就浑身筋疲力尽，可反过来什么聚会都不参加，总自己窝在家随便吃吃，日子久了，也会闷得发慌。眼看三十几岁的人了，还这么爱凑热闹，对于这样的自己，奈央子也常感无计可施。

只比预定时间晚到了三十分钟左右，在场的八个家伙却已喝了不少，桌上码了一溜啤酒瓶，看情形大约是敞开喉咙灌的。

以前一起喝过几次酒的年轻男同事，忽然扯高嗓门儿招呼：

"哟！大姐头，都等你呢。"

"别叫了！大姐头什么的，听起来吓死人，好像彪悍的大妈。"

被让到正中间位子的奈央子，边落座边抗议。最近一两年，后辈们时常开玩笑地这么喊她。不是别人，正是部门里那帮年轻女孩最先叫起来的。起初奈央子听了还会生气，但最近……

"这至少证明你不是个老管家婆啊。"

听小朋友们这么解释，奈央子的气消了一些。

"奈央姐这么酷，又喜欢罩着后辈，小朋友们打心眼儿里崇拜你呢。大家不知道怎么称呼奈央姐才好，你又绝不是什么大内总管的角色，所以，就喊你大姐头了呗。"

话虽如此，被人安上"大姐头"这么没有风情的名号，哪个女人会高高兴兴呢？

"哦……大姐头啊，听起来像是黑帮女老大呢。"

一伙人里，有个男同事开了腔。大概是太热了吧，他脱去外衣，挽起衬衫的袖子。从蓝色条纹的袖口，可以嗅到年轻荷尔蒙的气息。

"这是最近人气蹿升的黑泽君。有点小帅吧？"

理惠子这悄悄话，声音未免也太大了。诚如所言，这位黑泽君，相貌端正清甜；作为男孩子来说，皮肤过于干净细嫩了些；眼神泛着柔光，既说明出身与教养的良好，也是内心大条的证据。

"听说，那帮派遣妹如今最大的目标就是黑泽君。怎样？怎样？不觉得超可爱吗？"

确实，奈央子承认该男子长得有几分俊俏。可惜，最近见到此种类型的男子，心头却泛不起丝毫涟漪。正如看到电视里的明星，没有任何心动的感觉一样。

"我怎么觉得又有什么关系，人家并不会瞧我一眼。"

奈央子觉得这是徒然浪费精力。说是入社第三年，那等于才二十五岁？这个年龄的男生会怎样看待一名三十三岁的女人，不用脑袋也能猜到。

"是抱有好感的公司前辈。"

"是不抱好感的公司前辈。"

不外乎这两种可能。这阵子，奈央子方才心痛地领悟到：这世上相当一部分男人，早就不再是自己伸手所能企及的了。换句话说，他们早把自己从"恋爱可发展对象"中排除了。奈央子将身旁男同事斟的啤酒一饮而尽。嗓子有点渴，此时的啤酒好喝极了。她又伸手取过红酒杯，心想这种地方提供的红酒，想必都是便宜货吧。谁知入口清冽，味道还不赖。

"来吧，大姐头，给大家唱一首呗。"

一个名叫仓田，素以言语轻浮、爱出风头而驰名的男同事，递上了点歌单。

"来晚的人不是罚酒三杯，要罚歌三首。"

果不其然，此男再次抛出了用旧的老梗。

"那好，姐姐我身为飙歌达人，就给大伙献唱一首吧。"

奈央子站起身。每逢此时，稍有怯场，或表现出迟疑态度，就糟糕了，会无法融入现场的气氛，中途与大家脱节。脑子里别想太多，总之先尽兴再说。

"哇——，姐姐好年轻！"

有人叫喊。奈央子不以为意。直到近几年前，为了能在卡拉 OK 里配合年轻人的节奏，她还用心恶补过不少新歌，在家里边听边一句句跟着练习。

最近，她彻底不干这事了。不过，当年培养的实力，似乎仍保留了些许。最新的流行歌虽说有点勉强，但听过几次以后，也便学会了。倒不是刻意扮年轻，而是近来的新歌，旋律都比较简单易上口。

奈央子还配上了不显得过于浮夸的动作。唱毕，众人响起了捧场的掌声。

"奈央姐嗓音很棒嘛！"

黑泽君过来为她斟上啤酒。

"温温柔柔的，特别动听。"

"是吗，多谢夸奖。"

奈央子心想，如今的男孩子还挺体贴周到的。大家开始抢麦了，不过仅限女生。理惠子霸着麦轻易不肯撒手，唱起了稍早前的一首流行歌。她这个人，原本就有些放不下身段，不过，也许是不上不下的年龄导致她会刻意拿捏分寸，假若再长几岁，应该就可以没心没肺地大唱演歌^①，或爽快地挑选最新的热门曲目了吧。

好不容易，麦克风才传到男生手里。几人唱起了英文歌。就算是商社男，也不意味着个个英文都厉害。尤其是入社三四年的那拨人，有的甚至还没正儿八经地说过英语。大家全是海外赴任的调令下来，才开始死命恶补英语。不过，今晚的几个男生发音挺不错，恐怕都有

① 音乐形式的一种，是日本特有的一种歌曲，可以理解成日本的经典老歌。它是综合江户时代日本民俗艺人的唱腔风格，融入日本各地民族风格的歌曲。——编者注

海外留学的经历吧。

红酒与啤酒一瓶接一瓶被开启。空着肚子的奈央子叫了一大盘炒乌冬面。今晚是本月最后一个周末，谁也没有要回家的意思。等大家觉得差不多该散局的时候，已然过了午夜两点。诸位慢慢腾腾站起身。也并非出于有意，奈央子不知不觉间和黑泽并肩走下了楼梯。二人甩下大伙走在了最前面。

"那个，奈央姐，你家住在哪里？"

"在经堂那边。"

"哇，运气真好，我住下北泽。你可以把我捎过去吗？我这儿有张打车券……"

这段日子，奈央子所在的部门，对打车券的报销控制得极为严苛。以往发放的一批打车券也都收缴了上去。在此情形下，眼前这个小屁孩竟然有资格自由使用公司的打车券，奈央子瞬间感到有些气结。

"这个嘛……倒也没什么不可以。"

"那就拜托啦！啊……来了一辆出租车……"

也顾不上跟大家好好道别，黑泽摇摇晃晃地冲到马路边，朝出租车扬起手，简直是完全放飞的节奏。

"危险！"

奈央子从身后揪住了他的衣袖。

"我说，黑泽君，你是喝多了吧？"

"哪有，没那回事……"

然而，上车之后，坐在邻座的黑泽却脸色煞白。一开始奈央子以为是深夜街边霓虹灯映照的缘故，后来才知并不是。

"啊！司机先生，麻烦放我下车。"

车门一开，黑泽便冲向人行道，蹲下身去，喉间涌出一股秽物，哗哗流水一样大吐特吐。

"啧，真受不了……"

奈央子不耐烦地咂咂舌。就是这一点，年轻男孩叫人特别不省心。刚才在 KTV，奈央子就感叹这小子可真能喝啊。大概是被席间的氛围挟持，喝得超出了自己的酒量吧。

"我说，你没事吧？"

尽管心里犯嘀咕，奈央子还是做不到视而不见，下车走到黑泽身边。

"用这个擦擦嘴吧。"

递给他一条手帕。这是每次攒到周末统一熨烫平整的手帕。其他衣物什么的，奈央子能不熨则不熨，但手帕不一样。说不准什么时候、什么场合，就会给男人看到。这一点，打年轻的时候起，奈央子一直都十分注意。虽说像今晚这样，用来擦刚刚呕吐过的嘴巴，多少让她有点心疼，但黑泽压根不伸手去接，只是久久地蹲在地上。

"这位客人，您打算怎么办呢？"

有点年纪的出租车司机落下车窗，口气焦躁地问。

"不好意思，您再等一下下。"

"喂，黑泽君，打起精神来！"

奈央子揪住他的手腕死命往上拽。他却始终一声不吭。最后总算把这个蔫掉的男人弄回车上。当务之急，得先把他送回家……

"麻烦先去下北泽。"

话一出口，奈央子心想："坏了。"

她哪里知道黑泽的住址。

"喂，黑泽君，你醒醒。喂！"

啪啪拍打他的脸颊，他连眼皮也不睁一下。干脆看一眼工牌好了，奈央子把手伸到他的胸前，半路又缩了回来。这种动作，或许还是不做为妙。

"喂！喂！醒醒啊！"

末了，奈央子死了心。

"司机先生，麻烦您去经堂。"

直到把黑泽搀进公寓大堂，他仍旧浑身瘫软。奈央子个子不算矮，但把手臂伸进此男腋下，架着他硬往前走，也是份相当辛苦的重体力活儿。

两人乘上电梯，这小子死命往下出溜，奈央子死命往上扛，嘴上还给他鼓着劲儿。

"嘿，好好站起来！马上快到啦！"

奈央子拿钥匙开了门，按亮电灯。黑泽倚墙软绵绵地站着。

"真拿你没辙啊，快进屋吧。"

这小子立马哧溜一下瘫在了玄关。奈央子给他脱掉鞋子。鞋真大，脏兮兮没怎么擦过的样子。

"嘿，上衣脱掉。然后……喏，到那边的沙发上躺着去！"

正在这个当口，不可思议的事情发生了。黑泽冷不丁瞪大眼睛站了起来。接着，问了一句："床，在哪儿？"

"在那边倒是……"奈央子伸手指了指。

"可你睡觉的地方在沙发哦。"

"我不。"

他果断拒绝，随即凑上前来，紧紧抱住了愣愣搞不清状况的奈央子。一个激烈的长吻……

这是唱的哪一出啊？奈央子心想，这小子脑袋里到底装的是什么？难道说……不会吧……

可惜，那个"难道说"到底发生了。奈央子被猛然抱起，丢在了床上。男人的身体向她压了过来，那么重，那么烫。

"别这样！你小子想干吗啊？"

奈央子刚喊出声，又打住了。被邻居听到就太羞耻了。扯开喉咙，放声呼叫反抗，也不太体面。她盘算："反正闭上眼睛，过一会儿就消停了……"

最后一次和敏行上床，是几时呢？不管怎么说，眼前的肉体，是不必抱着什么贞操观或罪恶感，去好好享受的对象。奈央子闪过一念：偶尔来一次这样的经历，大概也不错。

黑泽变魔术似的，嗖嗖两下子，单手扯下了领带，又单手脱掉衬衫。一股汗味瞬间扑鼻而来，是奈央子久违的、男性情欲的气息。

她有点吃惊，世上竟还有男子为了她，散发出如此激情的味道。

"算了。也好……"

为方便褪去内裤，奈央子不知不觉间，抬起了腰身。

第二章　御姐的正义

以前，有位女友曾这样讲：

"和根本谈不上喜欢的男同事，稀里糊涂到床上打交道，是最糟糕的做法。第二天在公司打照面时，简直尴尬欲死。要是接下来还有继续交往的意图，那另当别论。"

没错，没错。当时，同席的另外两名女友也连声附和。可见，相当一部分女性或许都有这样的经历。

奈央子心不在焉地想到了黑泽。刚刚心烦得想哑哑舌，舌尖触到上颚的瞬间，又念头一转，这点小事也犯不着如此上心。舌头遂停在不尴不尬的位置，只胡乱上下动了两下，便作罢了。虽是近乎"意外事故"的一夜激情，但不可否认，留下的回忆还算甘美。

年轻的黑泽，性子又急，力气又大。第一回合还没爽到就闭幕了。歇了一会儿后，又发起第二轮。也许可以这么说，这小子拥有与他年龄并不相符的老练，技巧之高明，让奈央子领略到了久违的火辣性爱。

问题在于第二天早上。彼此并未热恋的一对男女，只是一时兴起地睡在了一起。别看头一晚激情四射，但奈央子很清楚，次日早晨就难堪了，将会有后续的种种麻烦等着她料理。此前，她从未有过这样的经历，但可以说，女人本能地了解这一点。所以理所当然地，她没有做什么早餐。

六点半左右，黑泽战战兢兢地爬起床。

"抱歉，我觉得……待在您这里终归不妥，想早点告辞。"

奈央子想，单是一句话里敬语的数量，就透露了这小子的心思。

"行啊。出了我家这栋楼，往右走是一条大路，街上出租车挺多的。虽说和你家方向相反，不过只要能顺利打到车，就不算麻烦。"

奈央子趴在枕头上指点。她原本打算装睡，却没能办到。心想反正也是顺便，就把接下来的注意事项叮嘱一下好了。

"我家大门不是自动锁，不过你不用管它，直接走人就行。接下来出了楼门，恐怕会遇见一位住在对面的老太太，一边扫地一边监视有谁乱丢垃圾。我们这一带规定的丢垃圾时段是早七点至八点，那些独门独户的老太太喜欢半夜或一大清早把活儿干完，所以管得又宽脾气又大，顺便还会监视过往行人。我家这栋楼的住户也在观察范围之内。你不必理会，光明正大走出去就好。一般头一回来这里的人，都会被老太太的打扮和警惕的眼神吓到。"

"明白了。"

清晨的薄暗光线里，奈央子感觉到黑泽把手臂伸进了上衣袖子。昨夜，看见随手丢在地板上的外套，她也曾犹豫要不要捡起来，末了，还是把它用衣架撑好挂了起来。

大约是"改不了的管家婆脾气"，以及"恐怕不会再有下回了"两种心理共同作祟吧。

接着，作为最后的叮咛，奈央子又补了一句废话。

"黑泽君……"

她轻声唤了一下他的名字。

"跟你说，昨晚的事，你完全不必放在心上。我不会告诉任何人的。"

耳边传来他的回答。

"那可帮了我大忙。"

帮了大忙……帮了大忙？如今的年轻男孩啊，说话怎么就这么没心没肺？奈央子真是火冒三丈。若换成稍微懂事一点的男人，应该明白下面该如何接话。

"快别这么说。"

"我很快会联络你的。"

以上两点，难道不是上完床的次日早晨，最低限度的社交礼节吗？

"算了，没办法，毕竟好久没跟年轻男人做快乐的事了。"

奈央子之所以有这样自轻自贱的想法，说到底，还是为了保住一点自尊。

周一下午，打开电脑一看，有封黑泽发来的邮件。

　　傍晚六点，要不要一起喝杯咖啡？我在旁边大厦地下的星巴克等你。

奈央子立刻开始敲字。

　　你烦不烦啊？不是都说了嘛，我不会告诉任何人。都这样承诺了，干吗疑心还这么重？难道是在担心，会不会被怪阿姨给缠上？

话说回来，公司的电脑不知何时就会被谁偷窥，应当避免来回发这种危险的邮件。想到这一点，奈央子最终还是去了隔壁大厦的星巴克。

"真是败给如今这些小朋友了。"

这一回，奈央子当真烦躁地咂了咂嘴。

似乎是上班到一半偷偷溜出来的，黑泽什么文件都没拿，独自坐在店内的角落里，手里捧着一杯咖啡，身上的衬衫不是前晚那件蓝色条纹衫，而是纯白色的，格外衬托他的气质。尽管回回被这小子气得够呛，但不得不承认，年轻可真好啊……望见他的一瞬间，奈央子不禁好脾气地这么想。

"啊，奈央姐，这边。"

黑泽冲她一派坦然地挥了挥手，让奈央子有些惊讶。

"喝点什么？我去买。"

"摩卡，小杯的。"

不一会儿工夫，黑泽手握纸杯回来了。再怎么怪一时头脑发热，毕竟也是有过一夜肌肤之亲的男女，第二次见面，喝的却是纸杯装的咖啡，未免太凄凉了些。

"话说，找我有何贵干？"

为了回敬那天早晨黑泽使用的敬语，奈央子也语气尖酸、阴阳怪气。

"我也是上班中途溜出来的，有什么要紧事，赶紧说吧。"

"好的。前两天，真的太对不起了。"

黑泽深深垂下了头。奈央子差点想把手里的咖啡全泼到这浑小子头上。难道和姐姐我上床，是什么需要道歉的事吗？之所以答应跟他做那事，还不是他迫切要求的结果？道歉这种行为，毫无疑问，是对当时自身欲望的彻底否定。再怎么推说自己喝醉了酒，也有酒后可以做或不可以做的事。当晚被他强行推倒，奈央子便也默默由了他。忍无可忍的是此刻这句"真的太对不起了"。

然而，奈央子既没有泼他一脸咖啡，也没有高声怒斥。这样矜持，是因为年龄比他大将近一轮，懂得做事的分寸深浅。取而代之的，是一通冷嘲热讽。

"这句对不起，叫人好生为难啊。黑泽君，你真是铸下什么滔天大错了吗？难道说，跟一个自己并不喜欢的老阿姨稀里糊涂上错了床，必须慌慌张张来悔过吗？未免太可笑了吧。"

"不，我不是这个意思。"

小男生目光灼灼地投向奈央子的双眼。虽谈不上率真，也并不轻薄。

"那天早上，我曾跟奈央姐说'那可帮了我大忙'，对吧？"

"哦？是吗？……"

嘴上装傻充愣，但这种事奈央子怎么可能忘记呢？

"是的。奈央姐先说'你不必放在心上，我不会告诉任何人'，我一听这话，下意识回了句'那可帮了我大忙'。我自问身为一个男人，说出这种话来，岂不太卑鄙懦弱了吗？这两天我一直在自我反省，简直快要讨厌自己了。"

"这个嘛……辛苦你了。"

奈央子无奈地苦笑一下。如今的男孩子啊，为何这般……该说是洁癖呢，还是纯情呢？她真想告诉他，如果打算把人家约出来，倾诉自己的心路历程，在那之前，至少有件事必须先搞清楚吧。

"算啦，没关系。既然你这么好言解释，这事就算结案了吧。"

奈央子好似古装剧里升堂审案的官员，滑稽地用拳头擂了一下桌子。

"好啦，本案到此为止。多谢你的咖啡。"

正打算起身，黑泽却叫住了她。

"请等一下。我还有话想说，你愿意听一听吗？"

"嗯，五分钟以内说完就行。"

"那一夜，我过得特别开心。"

被男人这么讲，没有哪个女人不脸红的。过于露骨的表白，让奈央子一瞬间，那么短短一瞬间，羞得差点钻到桌子下面去。

"唱卡拉OK那会儿，我们不是玩得特别尽兴吗？可以说，跟女人聊天聊得那么开心，在我还是平生头一回。"

啊——这个意思，原来指的不是在床上，是KTV包间，奈央子又一次败了兴。而黑泽浑然不以为意，滔滔不绝地说了下去。

"关于奈央姐，之前我只从公司同事口中听过一些八卦，见了面心想，果然是个有魅力风趣的女人啊。不光擅于带动大家的情绪，对人也特别关照，我觉得奈央姐真的好可爱，情不自禁就……"

这么说，整件事都是有计划有预谋的？不过，奈央子万万没想到，这小子竟对她开始了爱的告白。或许，最近的年轻人都有这个特点，只是遵从自己的心意，想要对他人坦诚相告罢了。

"早晨醒来，我心想'这下糟了'，对一个还未深深爱上的女人，一个未曾彻底了解的女人干出这种事来，真的不要紧吗？老实说，当时我挺心虚的。"

"这个嘛，也许吧。话说，已经超过五分钟了哦。"

"请再听我说几句。我毕竟是男人，也和刚认识不久的女孩上情侣酒店开过房什么的。不过奈央姐，你跟她们完全不同。我的做法，对一个成熟女性来说未免太失礼了吧？我忽然担心得要命。"

"所以啊，我不是说过很多遍吗，请不必放在心上。"

确认周围没有其他客人，奈央子语气激动起来。我是这样想的，我是这样的心情，我我我……简直像在听小学生作文好吧？

"我还没沦落到需要你这种小屁孩来担心呢。好啦，五分钟过了，告辞。"

"可是，请你以后继续和我见面，好吗？"

黑泽目光黏人地望着她。

"那种失礼的事，我以后绝不会再干了。你愿意跟我普通地交往吗？或许你会认为我这个人太自私太任性，不过，要是因为那件事以后再不能和奈央姐见面，我会很难过的。就在一起普普通通地吃吃饭，玩一玩，不行吗？"

"这个嘛，恐怕办不到。"

奈央子握着半杯冷掉的咖啡，站起身来。

"姐姐我可没那个闲工夫。"

"可是，我会给你发邮件的！"

身后，传来黑泽爽朗的回应。

第二天早间，在办公桌前坐下，打开电脑，查了一堆工作联络之后，奈央子收到一封黑泽的邮件。

　　奈央子好，感谢你昨日抽出时间与我见面。从今天起，我要去新加坡出差，随同经济产业部的官员出席会议，周五回来。届时，我们一起去喝杯好酒怎么样？

奈央子秒速把它丢进了垃圾箱。
点了几下鼠标，随后进来一封坂本比吕美发的邮件。

　　奈央子，久未联络，非常抱歉。有件事想和你商量，等你手头不忙的时候，可以给我来个电话吗？

大约五年前，奈央子在工会女子部干过一段时间，由于实在难以推托，曾做了一年部门负责人，其间，结识了比自己小三岁的比吕美。这姑娘别看年纪轻轻，却已离过一次婚。据说，刚进公司不久时，便和学生时代的恋人早早结了婚，之后不出两年便分道扬镳了。大约是这个缘故，她举止沉稳，有超出年龄的成熟做派，与奈央子十分意气相投。从那以后，两人就成了偶尔相约吃吃饭、喝杯小酒的朋友。话虽如此，在这个三千员工的贸易总公司里，两人平时连擦身而过的机会都很少有。

比吕美外号"铁女子"，在全公司业绩最不景气的钢铁部上班。在这个接连十几年财务赤字的部门里，经费卡得相当严。奈央子猜测，她估计是想吐吐工作方面的苦水吧。谁知电话打过去，一听对方的声音，情况似乎超乎想象的严重。

"嗯……最近这几天，你能抽点时间给我吗？"

"周五的话我OK。"

奈央子忽然闪过一念，周五是黑泽出差回来的日子。

"我们就在餐馆见吧？上次一起去过那家铃木餐厅，我来提前订好位子。"

"方便的话，能不能在奈央姐家里见面呢？我知道提这种要求有点厚脸皮，可要是聊天的内容被别人听去，那就比较麻烦了。"

这要求让奈央子有点意外。过去她只邀请比吕美来家里参加过一次红酒派对，平时见面都会约在外边。比吕美绝不是那种热衷刺探他人隐私的姑娘，如此懂分寸的她，却提出要到家里来，可见这次的麻烦有多棘手。

"明白。那约在七点半怎么样？下班路上我去买点吃的。"

"不好意思。除我以外，还会再带一个人来。"

莫非想让我见见她新谈的男朋友？这样的话，约在餐馆见不是也挺好吗？大概察觉到奈央子内心的疑问，比吕美补了一句："是个和我同期的女同事，电话里说不清楚，总之拜托啦。"

比吕美忽然压低了声音，语气急促。

可光是这样说，奈央子依旧摸不着头脑。本以为过后比吕美会写邮件来解释，谁知什么联络也没有，转眼到了周五。

> 奈央子，你好吗？我在清晨新加坡的机场里给你写下这封邮件。唉，这次出差太累了。不过，那帮官员好多还蛮有意思的。详细经历我回头再和你聊……

回头？回什么头？奈央子随手又把邮件丢进了垃圾桶。手头零零碎碎的工作都已处理完毕，今天可以早点下班了。奈央子在电车总站里的大型百货商店的地下超市买了法棍面包、章鱼和鱿鱼的渍凉菜，以及法式咸派，昨天还炖了一锅红烩牛肉。虽说不知道比吕美会带谁来，但准备这样几道菜，也足够待客了吧。

七点三十五分，公寓大堂的门禁对讲机响了。打开家门，比吕美率先迈进屋内。

"不好意思，奈央姐，我们是不是该在外面吃好饭再过来？今天我刚意识到这个问题……"

"没关系啊，只是准备了几个现成的小菜，不必客气。"

"这个，一点小意思。"

比吕美递上一瓶包装好的红酒。两人寒暄的工夫，另外那个女孩一直躲在门后的阴影里不肯露面。

"香苗，快进来……"

"好。"

女孩现出真身。淡蓝色外套，配一条棕色裙子，衬托出她不同寻常的美貌。

"这是秘书处的远藤香苗。"

"初次见面。"

"初次见面。不过，我在公司里其实见过远藤小姐几次。"

在派遣职员尚未横行的四五年前，公司里就流传着一个说法：秘书处的女孩都是从新进职员中千挑万选的绝色美人。只要见过那群女秘书，马上就会明白所谓的"流言"，绝非毫无根据。她们出身的学校，也不像奈央子那种管教粗放的男女混校，而多是所谓的"淑女校"或短期大学。奈央子刚进公司那会儿，入职培训时也有个把姿色格外出众的美女。听说后来都被分配到了秘书处。男同事一致心照不宣地互相使眼色，"果不其然啊"。

在那样美女济济的秘书处里，远藤香苗的美貌更是出类拔萃。奈央子周围的男同事全都议论纷纷，说她酷似某位玉女明星。大约是前年的事了吧，公司内刊"我的爱好"栏目里登载了几张香苗的玉照，甚至有男同事特意把照片剪下，粘在相册里收藏。长长的睫毛，环绕着两汪水灵灵的大眼，配上一张樱桃小嘴，奈央子认为这样的美感未免过于古典，不过，并不妨碍男人们对她趋之若鹜。

身为副社长秘书的香苗，平时极少到员工食堂用餐。可一旦哪天她端着托盘站在食堂取餐的队列里，连周遭的气氛都会为之一变。扭头想要一睹芳容的男同事，简直可谓成群结队。

"实在不好意思，这样贸然跑到您家来打扰……"

香苗垂头致歉，染成浅栗色的秀发轻柔摇曳。奈央子不得不承认，所谓美女，就是能一直美到头发尖儿。

"你们也瞧见了，家里又脏又乱。我总是攒到周末才打扫一回，今天恰好是一周里最乱的日子，别介意哈。"

比吕美环顾四下。

"不过，奈央姐能自己独居也挺叫人羡慕的。别看我是离了婚二进职场，可至今还赖在父母身边呢。"

她进公司那会儿，还属于要求女员工必须"自宅通勤"，否则便不予录用的年代。就连奈央子最后从父母家搬出来独立生活，也是过了二十八岁生日以后的事了。

首先，三人举起红酒杯，来了个干杯仪式。

随后，便陷入了难堪的沉默。好半天，奈央子才一边盛着红烩牛肉，一边问道："时间不多了，要不咱们赶快切入正题吧？还是说，这件事边吃边谈会让饭菜变得难以下咽？"

"是啊。"

比吕美答道。

"先把这么美味的红烩牛肉吃完再聊吧。"

比吕美吃完又来了一份。香苗那盘却几乎没怎么动。奈央子心想，上次在公司里偶遇的时候，她的脸颊可比现在饱满一些呢。

"今晚要谈的是香苗的事。"

捧着餐后的咖啡，比吕美进入了正题。

"现在她遇到了一个大麻烦。情况我已经了解过了，问题是这么大的事，该怎么处理我也没主意，想请奈央姐帮忙合计一下。"

奈央子猜到会是男女情感方面的纠葛，但听到对方名字仍旧吓了一跳。

"是田部副社长。"

一句话里面，香苗本人清楚告知的部分，就只有这个名字。语气中，除了百分之九十九的烦恼与愤怒，似乎还藏着百分之一的自得。田部副社长是政府官僚出身，公司三邀四请才迎进门来的大人物。有传言说，已敲定由他继任下一届社长。不过还有另外一种更为可靠的说法：正如从省办公厅"君临"企业的多数副社长那样，田部在任期结束后也会被"发配"至财团基金会或某某研究所去。

"我们之间的关系，从他刚就任副社长时就开始了，现在已整整三年。"

香苗总算把话挑明了。

"听说最开始的时候是被社长强暴了。"

"说强暴有点过分了，但我当时的确是被逼的。"

"这老头子真能折腾啊，明明长得像个拔了毛的鸡骨架似的。"

听了比吕美这句形容，奈央子试图回想公司庆典时见到的田部是何种相貌。基本上，每个公司的副社长不都是一副平平无奇的路人模样吗？

"实际上，我马上就要结婚了。"

香苗可以说"忽然之间"变得滔滔不绝起来，感觉像为许多不为人知的秘密，终于找到了宣泄的出口。

"我未婚夫是个医生，通过朋友介绍认识的。他对我特别满意，打算今年年内举办婚礼。老早以前副社长就说过，'将来等你结婚的时候，我肯定特别舍不得。不过放心，我会潇洒地目送你出嫁的。'我心想，毕竟他是有头有脸有家室的人，肯定会遵守诺言，不会乱来的。谁知当我告诉他准备结婚的消息时，他立刻暴跳如雷，好像疯了一样。"

用田部本人的话说："反正当社长这事也没指望了，何况如今经济又这么不景气，退休后想再被返聘，也不可能一帆风顺。至于家庭方面，从前就一直感情失和，夫妻关系早已破裂。既然早已一无所有，再没什么可失去的了，又怎么可能放手让你去过快活日子，我是绝不会把你拱手让给其他男人的。"

"这种无礼之词……你果断拒绝就好啊。"

奈央子劝道。

"把那种老头子的恐吓当真可不行哦。他们那些上层人士，稍微遇到点挫折立马就绷不住了，嘴上也许张牙舞爪说得吓人，他真有那个胆子吗？"

"可那家伙已经破罐子破摔了。"

快六十的老头子，被一个小姑娘称作"那家伙"。

"谁知道会干出什么事。"

"那有什么呢，就算是口头要挟，你不理他不就行了嘛。反正结了婚马上就会辞职吧？"

"可是……"

香苗双手捂住脸，泣不成声。

"我太傻了……我当初真的太傻了……"

比吕美心痛地望着她抽动的肩头。

"听说他们两个在亲热的时候拍了些照片，就是数码相机刚开始流行那会儿嘛，有点色情的那种。老头子威胁说，要把照片散播到公司的内网上去。"

"不是威胁！他都把照片发到我电脑上了。要是被我未婚夫看到，一切就全完了……"

啊，我干吗要插手这种麻烦事呢？光是听一听，心头便仿佛压上了千斤重担，重得要命。哦，说起来还有那个黑泽君，如今的小朋友啊……奈央子叹了口气。

该怎么摆平这件事呢？奈央子想破了脑袋。作为一段婚外情的垂死症状，有地位的男方以恐吓的方式胁迫女方留下。况且男方手中还掌握着两人相当露骨的床照。

奈央子理解不了同意拍摄性爱照片的女孩究竟出于什么心理。她属于电子邮件尚未诞生时出生的那一代人，当年甚至还写过情书——和男友去酒店开房，自己先一步离去时，为了不吵醒对方，而草草写下的字条；还有热恋期从旅途中寄给恋人的手写信……不管哪一件，过后光是回想起来脸颊都会羞红。就是这般纯情的人。而那些往来的书信当中，找不到一丁点与性有关的文字。这既是奈央子性格上的谨慎自律，也是她的个人美学。邮件也同样如此，她相信这世上存在永远流传的东西，不愿在书信之中写下无异于隐私的性爱文字。

至于亲热的话语、狎昵的举动，只适于与恋人相处的时分。香苗的做法，对坚信这一点的奈央子来说，是无论如何都难以理解的。纵使男人再怎么怂恿，也没理由让对方拍下那种照片。婚外情这东西，迟早都要散伙的不是吗？怎会想不到分手那一天对方的嘴脸呢？

"越是外表年轻纯情的小女生，没准儿越是有颗冒险的心。"

奈央子内心暗暗嘀咕。尤其香苗这种女孩，肯定从小就被身边的大人不停夸奖"好可爱""好乖巧"。而此类众人心目中的乖乖女，稍一放飞自我，局面往往便不可收拾。

这件事，看来还得跟田部副社长当面交涉。身为区区一介普通女职员，妄想跟副社长直接面谈，简直是异想天开。不过，香苗答应从中安排。

"那家伙……"

香苗依旧如此称呼对方。

"别看是副社长，实际上闲得要命。上午时间一般都有会议。但吃过午饭后，就会在自己房间翻翻书什么的。我来负责引见，您在说好的时间过来即可。怎么样？"

奈央子"咕咚"咽了一下口水。

"说起来自然轻松，可麻烦换位想一想嘛。自打进公司以来，十五楼的高管办公室我一次也没有踏进去过。叫我单枪匹马上门拜见一个老头子，还要慷慨陈词，讲一堆大道理。如此高难度的任务，小女子真的做不到啊！"

奈央子也觉得自称"小女子"属实滑稽，但此刻千真万确就是那种心情。即使对方手里早已没有实权，毕竟也是现任副社长，万一触了他的逆鳞，一怒之下，被他炒了鱿鱼也不是没有可能。就算公司工会比较强势，不允许随随便便开除员工，可大人物的一句判决，自己的职业前途也将命运叵测，被发配到边缘部门也说不定呢。

奈央子和香苗的关系，也没铁到哪怕两肋插刀也心甘情愿的程度。正式开口打交道，也是前几日对方上门拜访时方才开始的。自己有什么义务要担负起这般艰巨而棘手的重任呢？

"快别这么说。全公司上上下下，我们唯一能够信赖，且想来唯一有能力摆平此事的，就只有奈央姐了。"

比吕美双手合十恳求道。就拿这个比吕美来说，是否真心秉持对香苗的同事友情与侠义热肠来替她分忧解难，奈央子心里也要画一个问号。估计是强烈的八卦之心，外加一份知晓了重大秘密的兴奋之情，才促使她掺和这一脚的吧。奈央子并不认为这有多么十恶不赦。所谓人心，不过如此。自己也未必从未有过卑下的动机。

但这些暂且不提，眼下的问题该如何处理才好呢？应该冒着巨大的风险，向副社长发出忠告吗？香苗不是说过嘛，此人已经破罐子破摔了。

"他老婆都提出离婚了。他说再没什么可以失去的了。"

不过，奈央子认为这话只信一半就够了。田部可不是什么穷途末路的糟老头，而是在人人羡慕的精英跑道上风光多年，身居高位的成功男人。这样的男人满嘴跑火车，告诉你老婆闹着要离婚，卸任后的仕途也一片昏暗，要拉你来陪葬……没准儿只是在情人面前故意扮猪吃老虎而已。这种人，肯定存在轻轻一捅就能杀他威风的命门。但这个要害究竟在哪里呢？莫非还要从他老婆身上做文章？

"索性你就豁出去，把这事全部捅给他老婆，怎么样？我觉得，就算对方不会变成你的友军，至少也会劝老公'少干点丢人现眼的事'吧？"

"那怎么行！"

电话对面，香苗失声叫了起来。

"他那个老婆，我偶然撞见过一次，一看就不是什么好对付的。当时我跟老家伙还没什么瓜葛呢，就被恶狠狠地瞪了好几眼。那种类型的女人，去向她挑明真相，绝对要遭她怨恨的。她肯定会去找我未婚夫说坏话。让我去向那种女人求情，太可怕了，我无论如何都做不到。"

"这么说的话，少不得由我出面去会一会咯？"

奈央子叹了口气。事实上，五十多岁女人的心理，她压根无从了解。自己的老公不仅在外面偷吃，还干出欺男霸女的勾当，若是年轻女孩前来求救，"请您出面收拾一下局面吧"，这位做妻子的，会不会拿出通情达理的态度，一口答应下来呢？"是吗？好的，我会劝告他收手的。"又或者，会像香苗担心的那样，反而怨恨和丈夫有染的女人呢？

奈央子实在不乐意直接去找副社长交涉，可是跟他的太太当面谈判也是份叫人头疼的差事。好烦哪，究竟该怎么办才好呢？奈央子又叹了口气。

对了，奈央子忽然冒出个新点子，求助新闻媒体怎么样？她想起三年前的一起事件。奈央子公司的管理者，暗地向股东大会的个别股东行使贿赂以图收买，最终行为败露，成了当时的一大热点。那阵子，公司门前总围着一群又一群的电视记者，一到早晨，就会拦住走进大堂的员工刺探消息。大家事先都被上司严厉敲打过，面对采访谁也不敢开口乱讲，但老实说，从摄像机的镜头前面走过时，心里难免既期待又兴奋。不过话说回来，有这份闲情的，大多是基层的小职员，不像位高权重的管理层那么惊慌失色。公司时不时地召开新闻发布会，最后，以常务董事被解职而告终。记得当时，镜头下的田部副社长也是一副心神不宁、手足无措的狼狈模样。对他们这样的大人物来说，电视台与周刊杂志这些媒体似乎真心可怕。既然如此，索性通过媒体吓唬他一把怎么样？奈央子脑海里瞬间浮现出一个人——沟口敏行。虽说对方称不上是"恋人"，叫他"男朋友"也嫌勉强，两人不过偶尔见面吃吃饭，去谁的家里过过夜，一直保持着暧昧的关系。但从事自由撰稿的沟口，在日本也算尽人皆知，且手头持有知名周刊提供的名片，上面印着"特派记者"的头衔。像田部那种老头子，光是看到这四个字，恐怕就打退堂鼓了吧？

"嗯，这事儿还挺有料的嘛。"

当晚，沟口手握威士忌，流露出奈央子从未见过的神情，仿佛面对鲜美饵食的猫，眼睛虚虚眯成一条细缝，眼底却闪着狡狯的光芒。他嘴角轻撇，挂着一丝意味深长的微笑。

"堂堂东西商事的副社长，与自己的秘书长年有染。末了，因为情人提出分手而恼羞成怒，要把对方的裸照散布到公司内网去？哼哼，还挺有爆点的嘛。"

"拜托，你可别写进报道里去啊。"

奈央子白他一眼。

"关于这件事，我可是出于信任才告诉你的，并不是为了给你爆料哦。这一点麻烦你不要误解。"

"所以啊，你到底想让我干什么？"

"就希望你拿着名片见见田部副社长啊。只要试探一句，'听说有一桩有趣的绯闻，不知阁下怎么看？'对方马上就会吓得浑身筛糠啦。"

"可是，麻烦你等一等。这事充其量是一对痴男怨女的情感纠纷，周刊记者又是从何刺探到的呢？人家肯定会这么想吧？对方要是起了疑心，认定我有不轨图谋，反而给我惹来一身麻烦。"

"这倒也是。你等一下，让我想想。"

奈央子翻来覆去、左思右想。如果可以的话，真恨不得香苗本人此刻也能在场，帮自己出出主意。香苗说过："不是口头威胁！他都把照片发到我电脑上了。"

"有办法了。"

奈央子重重地点了点头。

"可以假设，田部稀里糊涂地把照片传到别人电脑里去了。因为是绝色美女的床照，于是成了坊间流传的八卦。你跟他这么讲就行了，说自己查来查去，最后发现照片里的男人就是副社长。如此一来，不就合情合理了吗？"

"是吗？……"

沟口歪头表示怀疑。

"公司内网上的消息，有可能泄露到外人的电脑上去吗？我觉得田部不会买账的。"

"不要紧，不要紧。像他们那一辈上了年纪的老头子，对电脑操作没什么自信。光是周刊记者找上门来，就搞得他措手不及了。你告诉他有这么一回事，他就会以为兴许真有这回事。本来记者这个行当，就是编造各种瞎话来骗人，撒这点小谎，我想你不会办不到吧。"

"真服了你了。"

沟口嘴里噙着两团冰块，在嘴里哗啦哗啦搅动着。奈央子很清楚，这是他犹豫不决时的小习惯。

"去干这种事，对我来说一点好处也没有不是？如果那个美女秘书愿意陪我睡一次，那另当别论。"

"别说傻话了。"

预感到问题即将摆平，奈央子有些激动地叫道：

"人啊，哪怕得不到任何好处，也有不得不出手的时候。要是被人家低下头来苦苦恳求，不管有多麻烦，都应当挺身相助。"

"话虽如此啊……"

"好啦，别啰唆了。作为答谢，请你吃顿美味的意大利菜，美女秘书就算了，外加美丽女白领陪睡一次，行了吧？"

"感觉也不比之前好多少嘛。"

"少贪心啦！"

不知不觉，两人放下酒杯，吻在了一起。今夜的沟口不同于往日。抱着他赤裸的身体，与平素的区别格外明显，有种类似于低热的温度。他身为媒体人的本能，显然被奈央子的一席话激活了。

男人这一点可真不赖。

奈央子油然冒出一个想法。对待工作的热情，直接关联着一种雄性的本能。女人的话，会有这种本能吗？手头的工作取得了成果，或对未来工作的勃勃野心，在性爱时化为燃烧的热量，类似这样的经历，自己之前有过吗？不，从未。岂止如此，甚至会将分配给工作与男人的时间，区分得格外清楚。女人会有意识地放下工作，为男人腾出时间。

还是做男人好啊……

被沟口拥在怀中，奈央子喉咙深处逸出一丝叹息。

正等得心急火燎时，手机震动起来。公司里禁止打私人电话，奈央子拿起手机来到走廊，在楼道边接了起来。

"喂，是我。"

"你在哪儿呢？"

"你们公司旁边大厦的地下，有家星巴克的地方。"

那个角落有适度的环境噪声，对话的内容不易被他人听去，附近的上班族都喜欢上那儿打电话，一个个把手机摁在耳边聊得起劲。

"刚刚我去见了你们副社长。"

"谈得顺利吗？"

"这个嘛，对方一口咬定，说没有那回事。"

"那你把远藤小姐提供的照片给他看了吧？"

那是在田部通过网络发给香苗的几张照片中挑选出来的、相对不那么出格的一张合影。镜头里，身穿浴袍的田部歪在一张大床上，一看即知是在情侣酒店。旁边的香苗却身穿一件连衣裙，在快门落下的瞬间，望向了相机。两人的表情都有点一本正经，感觉怪怪的。

不过，脱去西装，摘掉领带，袒胸露肉胡乱裹着件浴袍的田部，浑身散发出一股油腻中年的猥琐气息，让人见之恨不能自戳双目。估计他本人看了也臊得发慌吧。

"你们副社长可是个浑身黑料的大人物，一开始还问我是不是想敲诈，叫嚣说要报警。呵呵，不过，马上就消停了。"

"黑料？他怎么了？"

"算了，详细情况晚上再讲。这里不方便。"

"明白，我先挂了。"

回到座位，过了一会儿，香苗又打来了电话。

"也不知道发生了什么，不过某人刚才抓狂一样冲出去了。算不算是个好苗头呢？"

"是吗？我猜大概是好事情。"

两人用的是公司电话，都小心翼翼地略去了所指。

"详细情况，晚上电话跟你讲。"

"好的，等您消息。"

当晚十一点过后，沟口没有打电话，而是直接找上门来。对待一个立下大功的男人，奈央子没敢卸妆，恭候在家里，又豁出血本，开了一瓶收藏在冰箱里的凯歌香槟。望着香槟金黄的泡沫，奈央子深感自己过的日子还真够惊心动魄的。

"先干一杯吧！"

"好，多谢。不过，我干什么值得开香槟的大事了吗？"

"行啦，行啦。你先喝吧，等会儿再说。"

沟口却打开了话匣子。

据说咆哮了一阵之后，田部副社长终于泄了劲儿，问道：

"你是想要钱咯？"

"您要当我是来勒索的，那就没法聊下去了。我不是什么黑心记者，而是在一流出版社任职的媒体人。这张照片是不可能靠钱赎买的。这样说，听起来也许粗俗了点，不过，让我们做个交易吧。"

"交易？你指什么？"

"要是希望把这张照片永远埋进地底，您要向我坦白一些事情。"

"等，等一下！"

奈央子叫道。虽是叫了起来，但震惊与愤慨让她几乎发不出声来。

"这个……之前没听你提过啊！我只是拜托你拿照片吓唬他一下而已。"

"光吓唬一下，怎么可能达成目的？"

沟口唇边浮起一丝诡笑。这表情，也让奈央子感到陌生。仿佛在这个男人的皮肤上用力一摁，立刻便会有肮脏黏稠、摸不清成分的液体"扑哧"一声喷溅出来。

"我跟田部不是什么小学生了，懂吗？你以为亮出一张照片来，教育人家'这种坏坏的事，以后不许再干了哦'，对方就会乖乖答应'好的，我明白了'？事情哪有这么容易搞定！身为一名周刊记者，只是为了制止一个老头子去做荒唐事，就大模大样找上门来，反而会遭受怀疑。想要平息事态，不跟他谈笔交易怎么立威风？"

沟口滔滔不绝。

"三年前那起行贿丑闻，有太多无法合理解释的疑点。像东西商事这样实力过人的大型贸易公司，明知对方是居心不良、专门找碴儿的职业黑股东，为何还要白白送钱上门？因此坊间有传闻称，所谓的'贿赂黑股东'，其实是给收买政治家的幕后献金打掩护。这些内部情报，除非是副社长这样级别的管理层，否则不可能了解。所以我才说，要是不想照片被公开，就把当年的内幕告诉我……"

"我真服啦……你这是赤裸裸的恐吓。"

"我可没恐吓他，这是公平的物物交换。"

啊啊……求求你，别再摆出那副神情了。奈央子望着眼前这个男人，有种想哭的心情。

"这招一出，闹剧算是就此收场了。老头子终于有所忌惮，对那位美女彻底死了心，我也多少弄到手一些猛料。假如不这么两厢扯平，我去找老头子谈判就显得太不自然了。"

"不，我不会原谅你的！"

一种不可名状的巨大力量动摇了奈央子内心的信任，是愤怒。两人交往以来，从未体验过的巨大愤怒。

"你这是对我的背叛。"

"别说傻话了行吗？我也是根据对方的态度见机行事的，绝非一开始算计好要这么干。我打算等事情搞定后，再好好跟你解释的。所以啊，不是大半夜地跑到你家来了吗？"

"不，不，是你做的事大错特错了。"

这次，奈央子没有大叫，而是低声喃喃道。脑子比方才惊叫的时候清醒了许多。

"不只你背叛了我，我也背叛了自己的公司。"

"别说得这么夸张好不好？"

"没错，是背叛。公司每月按时不落为我支付着薪水，虽说它也存在不少可恶之处，但是对待员工一向不薄。我身为一名领薪水的职员，绝不可以做出对公司造成损害的事，绝对不可以。这是身为一个人，绝对不允许的事。但今天，我却在不知不觉中背叛了这条准则……"

"谁也不知道你跟此事有关啊。"

"我知道啊。况且，你也知道。"

两人恨恨瞪视着彼此。或许奈央子的目光过于锐利，沟口先撇开了视线。

"你到底要怎样啊?!"

"你走。从今以后我不想再见到你。"

"喂！喂！等一等。"

男人的脸扭曲了，露出怪异的神情。那歪曲的嘴反驳道：

"你们公司明明做了违反社会道德的事啊！把这样的丑事公之于众，让大家做出公正的裁决，又有什么不对呢？你这种想法，是身为员工的一种自私表现。"

"这只是你们媒体人的伦理，OK？公司职员有公司职员应当遵循的职业准则。我只是秉持自己的本分而已。"

"你激动什么啊？我们不是一直相处得很好吗？我喜欢你，从未有过跟你分手的念头。"

"很遗憾，我有。"

奈央子从沙发上站起身来。

"请你出去。我呢，还就是这样自私的女人。你以前或许没有发现。"

"回头我再给你打电话。"

沟口撂下这句话，夺门而去。奈央子凝视着杯中的香槟。气泡一个又一个浮起，宛如不断冒出的思绪。一切都结束了，和这个男人之间。可今后该怎么办呢？自己是否应当从公司辞职？思绪一片混乱，回头再想好了。奈央子一口干掉香槟。温吞吞的香槟，与此刻郁闷的心情是如此搭配。

"昨天香苗给我打电话了，说婚礼在夏威夷举行得很圆满……她让我好好谢谢你。"

"是吗？那可太好了！"

"话说回来，香苗那么急匆匆辞了职，接着又闪电成婚，秘书处的同事全都惊呆了。据说连工作的交接都没好好完成。不过，遇到她这种情况，也是没办法吧。磨磨蹭蹭的话，谁知那老家伙又会搞出什么幺蛾子。"

"是啊。"

"对了，最近不是有篇关于咱们公司的报道吗？虽说只是不起眼的一小段，没闹出多大动静，不过有传闻说，跟田部副社长有关系。是真的吗？"

"那我就不太清楚了。"

"唉，田部副社长卸任之后的下家，最终确定了某某财团，实在太好了。香苗说，这样一来，老头子的怨气也许就平息了呢。"

"是啊，也许吧。"

"如今，感觉香苗简直幸福满满呢。我说奈央姐，你不觉得在这世上，香苗这样的女人才是最厉害的吗？平时搞搞婚外恋，在危险的边缘不断游走，最后转身就嫁了医生^①。这样的女人，我一辈子都比不过。"

"比吕美也能说出这种话？我可真没想到。"

"不知为什么，我去帮她张罗这些事，总有种吃了亏的感觉呢。"

"别别！这话可不能乱讲。会当真遇上吃大亏的事哦。"

"是哦，要小心呢。"

比吕美说完，奈央子静静地笑了。至于自己选择放手的东西，她想，我绝不后悔。

---

① 在日本，医生的社会地位很高，是很受欢迎的择偶对象。——编者注

第三章　相亲

最近，奈央子发现每次回父母家都闹得挺不愉快。

正因为她很清楚，所谓家事都没什么道理可讲，所以对于该如何应对，就更觉得棘手。

首先，父母年纪大了，这一点让她比较心烦。通常父母的角色，就是永恒不变地对女儿叮咛、数落。末了唠叨烦了，双方就吵上一架。架吵完了，一家人就气鼓鼓地围桌坐下来吃饭——这，才是奈央子理想中的父母，不，尤其是母亲的形象。

奈央子的母亲厚子，今年六十岁。说来并未七老八十，可这阵子她却变得十分爱发牢骚，对女儿的关心越来越淡薄，日常的叮咛少了许多，取而代之，对自身相关琐事的抱怨却显而易见多了起来。

"我这个腰疼的毛病总也不好。医生开的药一点效果都没有……"

"那换个医生看看不行吗？"

奈央子烦躁地回应。

"可是从老早以前，我就在阪口大夫那儿看病了。何况大夫也交代了，千万别上那些针灸按摩的地方去，太不靠谱了。"

"那就找个靠谱的针灸按摩师去试试嘛。听说青山一带有个技术特别高明的按摩师傅。"

"可是让压根不认识的人瞧病，也不放心嘛。"

"妈，你到底是想治腰病，还是想讨好医生呢？"

说到最后，奈央子情不自禁地飙高了嗓门儿。

母亲厚子原本是个活泼爱玩儿的女人。奈央子上大学那会儿，厚子迷上了高尔夫，每逢星期天都会跑这儿跑那儿，去球场练球。而此项爱好，由于最近两三年她总抱怨身体不适，也逐渐放弃，外出的时间越来越少。原因似乎是更年期没能过渡得很好。

抱怨完身体之后，接下来，是抱怨奈央子的哥嫂。

"今年奈津美不是要过七五三①了吗？我问他们'打算怎么办啊？'结果晶子就装糊涂，'是啊，怎么办好呢？'让人一点也指望不上。"

奈津美是哥哥家里五岁的长女。晶子是哥哥的老婆，某企业副社长家的千金，从学生时代起就和哥哥恋爱，后来两人顺利成婚。据说，其父虽拥有副社长头衔，但也是长年在海外担任多家分社的社长后，最终熬来的名誉职位，手里没什么实权，刚上任不久便退休了。然而，一家人心气高、架子大的毛病，倒是落下了。再加上，嫂子晶子好歹也属于"海归二代"，人也确实有点小姿色。奈央子心想，这种类型的女人绝对没法拿来做朋友。在贸易公司上班的奈央子也认识几名海归二代，且十分明白该如何将他们分类归纳。而晶子这种女人，大约属于最难相处的一类。父母在日本社会里相对掌握一定的权力，却不

---

① 日本特有的节日，在孩子三岁、男孩五岁、女孩七岁进行的祝贺仪式。——编者注

愿入乡随俗，对子女好好进行日式的教育培养。这种类型的二代最难打交道，不光自视甚高、盛气凌人，同时既不是纯粹的外国人，又不是地道的日本人，两边不靠岸。

母亲厚子曾多次抱怨："正因为拿她当日本人才气得要命，索性就当她是外国媳妇啦。"

如今厚子已经有了两名孙女，照理说早该压住了心慌，不再焦虑。可五年前奈央子离家独立之后，生活大约还是太过寂寞吧，厚子开始态度露骨地把怨愤与不满挂在嘴上。据说哥哥一家基本很少回来看望父母。明明每周都要回一趟晶子的娘家，却连个电话也不肯给自家打。再怎么推说接受的是西式教育，不存在传统的婆媳关系，这样做也未免太过分了吧……

"哥哥有他自己的家庭和生活，你这样没完没了天天念叨，不是也没用嘛。"

奈央子不耐烦地随口应付着，同时渐渐不安起来。

"现在不管怎样还能对付，可十年后、二十年后呢？这个家会变成什么模样？"

哥嫂完全指望不上。就是说，年迈父母的养老问题，要靠自己来扛。

奈央子想起了真由美。真由美是大学时代社团里的学姐，今年三十六岁，任职于一家大型出版社。当初，她刚进公司父亲便过世了，哥哥姐姐也搬了出去独立生活。十年来，她与母亲二人一直相伴度日。据学姐形容，在她心目中，再没有比这更惬意的日子了。

她们干编辑的，下班一向很晚。可回到家里，桌上总会备着热乎乎的饭菜，洗澡水也烧得烫烫的。母亲把打扫、洗衣之类的家务都包了。所以听学姐讲，尽管谈了男朋友，可自家的日子这么舒服，让她一直觉得，哪怕不结婚应该也可以。

然而，七十多岁高龄的母亲因病短暂入院，迫使她意识到一点。

"到头来，哥哥姐姐其实把照顾母亲的责任全部推给了我。"

和母亲同居的快活舒适让她拖拖拉拉三十来岁依旧保持着单身。"赶快结婚啊！""你到底怎么打算的？"哥哥姐姐表面上替她发愁，实际上内心八成正中下怀。

"等我退休那时候，母亲肯定早就动弹不了了。这样一来，他们绝对会说，既然从前是母亲照料你的生活，那现在就由你来伺候母亲好了。"

"听好喽。"

学姐将略带烟味的嘴巴凑上前来。

"你可要当心哦。"

"世上再没有什么比未婚女人的便宜更好占了。你磨磨蹭蹭的工夫，人家就会把伺候老妈的差事丢到你头上。"

"反正我将来如果有机会，也是打算结婚的，绝对。"

真由美继续吐槽。

"三十六岁这种年纪，在我们出版界也就算个小字辈而已。我就寻思，自己干吗要逞年轻，拼死拼活地工作呢？"

不必刻意去想女友的告诫，单是母亲的牢骚就够让人窒息了，奈央子忍不住站起身。

"我回去了，帮我跟爸爸问个好。"

"等等，不是说吃了晚饭再走吗？我盘算着好久没吃涮肉了，都准备好啦。"

母亲做的涮锅，麻油蘸料总会调得特别甜。奈央子吃惯了市中心知名老店的口味，对她来说，母亲的涮肉锅似乎不具备特意留下来一饱口福的价值。

要是再坐回餐桌边，和退休后被一家联合小公司返聘，近乎徒有头衔的父亲大眼瞪小眼，那份憋闷才更叫人难受呢。父亲越是一声不吭，诡异的存在感就越是压得奈央子透不过气来。

所以在家待够两小时，奈央子就心神不宁，开始做回去的准备。年过三十的女儿与娘家的关系，不管走到哪里，大抵都是如此吧。

奈央子最近感到，有什么东西正如暗潮一般向自己逐步迫近。那是父母的老去，也是自己的老去，是生活的某部分即将崩坍的前兆。不管怎样，眼前这轻松的日子不知何时便会宣告终结，这一点千真万确。

不由自主，一句话脱口而出。

"我干脆结婚吧……"

这话倒是足足把奈央子自己吓了一跳。

无意识吐出的几个字，简直犹如灵魂深处生生榨出的一样。奈央子感慨，自己真的太孤独了。和男人刚刚分手，虽说并非爱到深处，两人之间只存在身体关系，对于单身女人来说，对方不过是出于便利而必备的一只玩具。可惜如今，就连这样的男人也失去了。该怎样总结眼下的状况呢？孑然一身？确实，孑然一身。

奈央子对性并不热衷。倒也不曾和他人做过比较，但身为一名三十出头的女性，无论欲望还是感受力都属于普通水平。然而，做爱时一些必不可少的步骤——温存的私语、爱抚发梢的指尖、褪去衣物时稍显冲动的那份甜蜜——所有这美好的东西，今后将与自己无缘了。或许再过几个月，或许再过几年，还会有希望再次得到。但性爱这东西好比美味的零食，就算不是马上要吃，也需常备在手边，否则便会心虚难安。

假若是那些年纪轻轻、脑袋空空的女孩，还可以纯粹出于游戏心态，将擦肩而过的男人如零食一般全部抓在手中。而三十三岁的奈央子，不可能这样做。

坐在私营电车内，奈央子陷入沉思。当父母皆已老去，接着相继离世，所谓的"娘家"彻底不存在的那天，自己又该何去何从？下一个容身之处，自己尚没有找到。

同一周的周五，来电录音里收到一通母亲的留言。

"有件事我想和你商量。周六或周日你能回来一趟不？"

商量？商量什么？奈央子脑海里浮现出父亲的脸，在最近的一次综合体检中，医生告诉他肝脏的指标有些不太好。不不，听母亲的声音，情况似乎没这么严重。莫非是以前提过的，想把房子外墙重新粉刷那件事？再不然，好多年没去海外旅行了，是希望我帮忙推荐旅行社？

周六上午，奈央子等到九点，给家里拨了个电话。

"到底什么事情啊？你说要跟我商量。"

"哎呀，也不是什么要紧的大事……"

母亲故意含糊其词。

"我原打算等你下次回家时再讲，可是奈央啊，你下次回家还不知是猴年马月呢。"

"到底什么嘛，快别吞吞吐吐了，就在电话里说吧。"

"这个嘛，就是……给你说亲的事。"

"哦？"奈央子不由得拔高了尾音，随后咯咯大笑起来。

"和我相亲？和一个三十三岁的女人相亲？世上还真有这么稀奇的男人呢。唉，相亲这个话题，都多少年没人提过啦？看来，我大概还不算是没人要的边角料。"

"瞧吧，你那个臭脾气。我早猜到你会乱开玩笑打发我，所以才不愿意在电话里讲。"

厚子突然压低了声音。

"这回的相亲对象，配你可绰绰有余。我都觉得是最后的机会了，过了这村恐怕就没这店了。人家可是东大毕业的高才生，在经济产业部做事，今年三十五岁。当然了，还是头婚。说不定过阵子就会调动到外交部，给外派到驻哪国的领事馆去呢。人家说了，可能的话，希望找个英语好、品行端庄的女性。因为奈央在贸易公司上班，所以才给介绍到你这儿来了。"

"哼……原来是东大毕业的精英官僚啊。我怎么感觉听起来不像真的。要是真有这么优秀的男人，那群淑女大学毕业的千金小姐还不早就摩拳擦掌、跃跃欲试了？"

"这回的对象啊，是晶子她娘家介绍来的。"

怪不得刚才母亲一直咬着牙关小声说话，原来是为了这个啊。

"有晶子牵涉进来，我担心奈央你不乐意，来来回回考虑了好多。这次的对象拒绝掉太可惜了，所以才告诉你的。"

"话说回来，这人长相怎么样啊？长相。"

"还不错哦。跟有个男艺人长得挺像呢。"

"哎？男艺人？谁啊，谁？"

"嗯……不是那种演主角的人，总当配角。就那个嘛，在富士电视台九点档的电视剧里，老是演刑警长官的那个。"

"算了算了，不用形容了。跟艺人有关的话题，我知道跟妈妈打听也没用。"

"总之，你周末回来一趟行不行？昨天有人给咱家送了些梨，还有你爱吃的饼干，也想一块儿交给你。妈妈求你啦。"

挂掉电话后，奈央子十分气恼。她气自己竟然对母亲的话题如此来劲。和二十来岁那会儿的态度，多么不同啊。那时候奈央子大学刚毕业，马上便接到了好几桩相亲的邀请。恰逢当时父亲的事业也进入了全盛期，再加上年轻即是傲慢，这一切使奈央子形成了一种毫无意义的别扭心态。每当有人送来相亲对象的照片与履历，她总会有种难以忍受的屈辱感。

"别再拿这玩意儿来羞辱我了！"

甚至，她曾把裱在硬纸上的照片，扔到母亲的身上。

渐渐地，进入二字头年纪的尾声，奈央子迎来了第二次相亲期。零零星星，也收到过几桩邀请。来到人生这个阶段，奈央子对人情世故已比较通晓，但碍于面子，屡屡总恶声恶气。看了相亲对象的照片，不是挖苦便是嘲讽，搞得介绍人目瞪口呆。

如今，三十三岁的奈央子面对相亲的邀请，首先感到的是惊讶，以及隐秘的喜悦。那是一份自己尚未被婚恋市场淘汰的安心感。来到三十三岁这年纪，曾经那份自尊受伤的感觉已彻底化成了另一种情绪。

话虽如此，对母亲，她却难以做到柔顺坦诚。三十三岁的女儿，一听有人来提相亲，立马摇起尾巴飞扑上去？这怎么可能。

奈央子回到父母家，是在挂掉电话的两周之后。

"你给我适可而止，别太过分了！"

厚子当真火冒三丈。

"人家晶子的妈妈都打电话来了，问你那边怎么考虑的。结果我什么也答不上来。麻烦你也替我想一想！"

"可我也没办法啊，这阵子实在太忙了嘛。"

奈央子闹起了脾气。每次不整这么一出，相亲对象的照片她就不会好好看上一眼。

"这是对方的照片和履历，说是姓齐藤。"

母亲递来一个白色信封。也许是时代变了吧，如今不再时兴那种装裱在硬纸上的相簿式相亲照。信封内只有三张快照：身穿白衬衫与同事的合影，手持高尔夫球杆的独照，以及不知在哪个国家拍的西服照。说平凡吧，此人的确相貌平平。不过下颌宽宽，有着坚毅的轮廓，给奈央子留下了较深的印象。对这种类型的男人，奈央子倒没什么兴趣，但也存在乐意买单的女性。

翻了翻履历书。此人名叫齐藤恭一。纸面上记载着他那无可挑剔的人生。横滨出生，初高中连读，上的是以升学率闻名的私立学校，毕业后考入东大法学部。爱好栏里填的是红酒鉴赏，让奈央子略有疑虑，不过这种程度的不合拍，是否应该予以忍耐？对方热爱的运动是打高尔夫。

又看了看家庭成员那一栏。对方的父亲并非东大毕业，而是早稻田出身，现任某知名企业的董事长。据说和晶子的父亲私交甚好，于是主动提出了相亲的邀请。

"你想，晶子的父母肯定不会给咱家介绍不靠谱的对象吧？"

厚子悄悄压低了声音。女人在讨论相亲的话题时，为何总要压着嗓门儿，神神秘秘的呢？用厚子的话说，如今这年头大家都怕麻烦，只要不是专门干婚介的，没有人愿意帮你张罗相亲的事。这种情况下，晶子一家人却还操心着奈央子的婚事，是十分值得感激的。

"奈央啊，你也不是什么年纪轻轻的娇小姐了，妈妈想说的话，你应该都明白吧？到了你这个年龄，必须把所有的缘分都当作机会。也许你早就不记得了，从前你不是说过吗？'反正我绝对会恋爱结婚的，你们都别来烦我'。可妈妈看你如今还是孤零零一个人，发现很多时候，你果然还是差点缘分啊。我啊，就是一直太放任你自由了，始终在等待有一天你能领着自己喜欢的男人，回来宣布'我要结婚了'，但总也等不到那一天。所以啊，希望你把这次相亲当作最后的机会，认真谦虚地去对待。"

奈央子注视着照片里的男人。试着问自己："我是否愿意和这个男人上床？"相亲这种事还真不可思议，在实际见到对方之前，每个女人都会在内心自问："我做得到和这个男人同床共枕吗？"

又瞅了一眼照片，奈央子觉得似乎办得到。条件是，只要努努力。至少从他身上，找不出什么叫人厌恶或拒绝的特点。

"只要努努力，说不定我会爱上他呢？"

再说了，也不一定非要为了爱而结婚。这样一想，就会觉得结婚是件触手可及之事。

"既然妈妈唠唠叨叨地说了一大堆，那去见见也好。"

有时，母亲的牢骚也会成为守护女儿自尊的堤坝。

电视剧里演的相亲戏，女方总是身穿振袖和服。现如今恐怕没有哪个女人会如此隆重盛装了，基本上大家都会选择套裙或连衣裙。

"说简单也挺简单，只是双方坐下来一起喝个下午茶，所以不用那么一本正经，穿套装去就可以。"

晶子的母亲在电话里叮嘱。话虽如此，毕竟是奈央子平生第一次相亲。于是，她穿上了在中国香港买的那套藏青色 JIL SANDER。

"你这一身还真够素气的，穿件粉红色的衣裳多好啊……"

厚子一脸不满。可大白天在酒店里，一位身穿西服的适婚男士与一位穿粉红套裙的女士在喝茶，旁人一看就知道是在相亲吧？这是奈央子最不希望发生的。

约正餐也会显得过于正式，遂改为下午两点，在四季酒店的咖啡座会面。

"本想着让两个年轻人单独见面的。可是，没有介绍人又不太好。"

结果就变成，由晶子的母亲从旁作陪。因为长年在国外生活，她将头发染成了夸张的颜色，戴着粗大抢眼的首饰。对这个初老的女人，奈央子一向十分头大。她脸上架着一副分不清是老花镜还是墨镜的玩意儿，模样活似那位总是闹出各种丑闻的退役棒球教练的夫人①。只是，人家跟她不一样，至少谈吐更低调、更有品。今天，老太太担任相亲活动的介绍人，八成兴奋过了头吧，一见到奈央子出现在咖啡座，便马上挥手大叫："这边！这边哦！"

与此同时，一个男人站起身来，似在恭迎奈央子。

"我来介绍一下，这位，是在通产部任职的齐藤恭一先生。"

"真不好意思，我的部门现在改名了。"

男人带着些许揶揄的口吻道。

"哦，是吗？现在改叫什么了？"

"经济产业部。"

"哎呀，那就简称经产部咯，好拗口呢。"

三人站在那里，拘束地寒暄了一阵。

"先别站着了，大家坐下来聊吧。来，喝点什么饮料？"

晶子的母亲摊开了饮品单。

"我就来杯红茶吧。一到下午时间，哪怕过一分钟都不行，只要喝了咖啡，我晚上就睡不着觉。"

---

① 此处似乎是指日本棒球明星、曾连续三度担任读卖巨人队教练的原辰德。他在1988年，曾闹出过轰动一时的性丑闻，"一亿日元不伦恐吓事件"。夫人明子，旧姓松本，比他大六岁，据说年轻时做过女招待。两人曾结婚、离婚，又复婚。——译者注

老太太一开口便停不下来。奈央子与男人对视一眼，两人脸上都隐隐泛起一丝笑意。那是共犯者之间默契的暗号。

"看来你也讨厌这种场合啊。没错，相亲什么的，太老土了。"

男人似乎在向她发送无言的讯号。此人比照片中看起来高大，头发也明显比照片中稀薄。

"奈央子小姐在东西商事任职，是位非常优秀的女士，能力特别突出。话虽如此，却绝对不是眼里只有工作的女强人哦。"

"东西商事的话，我有好几位同窗都在那边做事。食品部门有个叫桃泽的，名字比较特别，不知你是否认识？"

"不，不认识。"

话一出口奈央子便后悔了。这样回答感觉一下把天给聊死了。桃泽……桃泽……从来没听说过。

"是吗？是个十分古怪的家伙，让人很难不注意到他。"

男人讲了几件与桃泽有关的八卦，逗得奈央子和晶子的母亲笑了起来。他自己仿佛也觉得有趣到不行，咧嘴跟着一起大笑。

"看上去人挺不错……"

奈央子在心中自问：

"我愿意和眼前这个男人上床吗？"

"应该不成问题……"

自问自答刚刚完毕，目光便与对方撞在了一起。两人交换了一个不易察觉的微笑。

每当看到电视或电影里播出的相亲场面，奈央子总忍不住想："这些人在一起到底都聊些什么呢？"

这和在联谊会上认识，显然不同。联谊会遇到的对象是好坏参半，跟抽签卜卦一样，有上签就有下签。因此心态放松，既来之则安之，只是花两三个小时和对方玩乐一下的感觉。

相亲则不然，一本正经，又有一套死板的程式，让人感觉不得不拼命美化和掩饰自己，不光不能暴露本色，甚至必须扮演好以下戏份，即"一位知书达理、教养良好而具有相亲价值的女士"。毕竟，这也涉及家人朋友的面子与想法。

话虽如此，相亲还真是不可思议。一种双方以结婚为目标，并企图建立性关系的男女活动，家人却偏偏要掺和进来。原本充当电灯泡的嫂子的母亲，还算有点眼色，提早告辞了。而自己母亲的那张脸，却在奈央子脑海中挥之不去。

"这种好事，可是你最后一次机会了哦。"

所谓"这种好事"，也许可以翻译成，"能和这种高级别的男人上床、生孩子的好事"吧。啊……好烦，好讨厌，我干吗突然去想这些呢？奈央子终于明白了，年轻女性为何对相亲结婚如此抵触。在物色男人的过程中，但凡有父母插进来指手画脚，哪怕程度再轻微，也令人败兴。这种羞耻感，是否到了难以忍受的地步，是左右相亲能否成功的关键。

不过，齐藤恭一这个男人，并非那种讨人嫌的对象。奈央子问："您的工作内容具体是什么？"他答："很早之前，就一直负责 IT 方面的事务。"

据说，他和奈央子公司里 IT 事业部的几位同事还挺熟的。不过，齐藤的熟人都不属于部长级，而是董事级别的人物。不愧是在政府吃官饭的，实力确实不一般。若论经济产业部的权力级别，奈央子听说，只要三十来岁干到课长助理，就有资格单独接见大企业的高层，倘若升到课长级别，就有身份和社长直接沟通。齐藤似乎洞察了奈央子的心思，若无其事地转换了话题。

"前阵子我刚跟完一个开发援助项目。像我这种年纪的职员是最好差遣的了，总是被上面往死里使唤。"

据他自己说，因为时常去河内出差，次数多了，渐渐迷上了越南料理，如今对鱼酱的气味简直爱到不行。

"哎呀，西麻布那边新开了一家味道特别好、价格特公道的越南料理店，改天我们一起去吃啊？"

话一出口奈央子就愣住了。眼前这位，可不是一般的聊天对象，而是相亲认识的男人。当话题聊到美味的餐馆时，提议"下回一起去吃吧"，是三十岁都市女性惯用的社交辞令，但冲着相亲对象说出来，那就属于犯规操作了。不是应当遵循规定好的步骤，来决定是否还有"下回"吗？

然而，齐藤微微一笑，紧跟着说道："请奈央子小姐下回一定带我吃吃看。干我们这行的，对那些人气餐馆真是一无所知。"

"啊，是吗？我熟悉的一些店，倒是常常可以见到财经部的人在那边吃喝玩乐。"

"年龄不同，习惯也不同。我那帮年轻同事，都是从学生时代就打扮得光鲜亮丽，出入各种消费场所。有些热衷吃穿打扮的家伙，甚至让人怀疑'这样也算公务员吗'？像我这个年纪的大叔，和他们简直形同两代人。"

"怎么能叫自己大叔呢……"

奈央子笑了，刚想接一句，"也对，毕竟那帮年轻人可不干相亲这种事"，但马上又把话"咕咚"咽了回去。以自己对齐藤浅薄的了解，还不到说这种大实话的程度。

随后，奈央子和接下来要赶去国会的齐藤在酒店门口道了再见。

"您去国会都做些什么呢？"

"也不过是在红地毯上跑前跑后，还得准备答记者问的发言稿。"

"原来如此……为了国家大计，请您继续加油哦。"

"不敢当……"

齐藤脸上有那么一瞬流露出羞涩的神情，接着一口气说道：

"不是为了国家，是为了总理。"

"呃……为了总理？您说得是真的吗？"

"对，总理是我们这些政府官员的希望。处于权力高层的那帮人不知怎么想的，反正对我这个层级的官员来说，当真觉得为总理豁出命去也无所谓。"

闻言，奈央子震惊不已。她从未想到一个政府官员脑子里的想法竟如此热血。在她自己的公司里，是否存在愿意为社长拼命的人呢？肯定一个也找不到吧。且看看新年庆典或创立周年纪念日的时候吧。奈央子不禁想起公司里那帮老男人，明明也没干出什么骄人的成绩，却对财经界的各种活动热衷不已，时不时抛头露面在财经杂志上发表看法。

什么《通缩时代日本企业将何去何从》，诸如此类的文章她一次也没读过，但里面讲些什么她大致清楚，不过是把公司典礼上的致辞兑兑水，设法抻成一篇长文罢了。

与那帮人相比，齐藤的一句话又是何等震撼人心。

"我当真觉得，为总理豁出命去也没什么不可以的。"

在地铁里，在购物途中的青山大道上，奈央子无数次回味起齐藤的话，同时发觉自己内心竟有种奇异的振奋。

啊讨厌，这样下去，和权力阶层的男人结了婚，自己莫非也会产生错觉，变成那种痴痴傻傻的女人？

然而，胸中那团奇异的温热却驱之不散。回家的途中，奈央子拐进超市买了些生火腿，做了盘沙拉，摆上餐桌，又从冰箱里拿出放了很久的半瓶干白，拔去瓶塞……正当此时，突如其来的一份甜蜜预感，让奈央子不由得心里一慌。

难道说，目前这样自由随性的生活，快要结束了吗？

就算这样，也不至于如此羞涩、如此慌张吧？相亲结束，便意味着朝向结婚这个目标迈进了一大步。或者可以说，甩出了决定性的一张牌。从前认识的那些男人，相处时奈央子总会矜持地有所保留，极其偶尔才会和他们发生肉体关系。而且，要么是自己主动甩掉对方，要么是十分屈辱地由对方先和自己断了联系。相亲可不一样，它意味着走在一条通往婚姻的康庄大道上。换个说法，是走在一条铺设平整的柏油大马路上。尽管也有不少女人讨厌这份平坦，或不愿接受一切都已准备就绪的人生，但不管怎样，奈央子已然踏上了这条道路。尽管来到这一步以前，也曾有过怒火中烧，或自尊受伤的经历，但总而言之，自己已经走上了这条路。对待这样的自己，是否应该给予一些褒奖呢？像此刻这样，为了美好的预感而独自飘飘然起来，会不会乐极生悲呢？

正胡思乱想时，手机响了，是母亲打来的。通常来说，只要没什么了不得的大事，母亲都会打到奈央子家里去。

"刚才晶子的妈妈打电话来啦！"

母亲的声音十分激动。

"她说，齐藤先生在电话里夸你，真是位优秀的小姐啊，请务必要继续交往下去呢。"

"哦，是吗？"

奈央子一副无所谓的样子。可胸腔深处却禁不住狠狠一记战栗。

当命运急剧转换它的轨道时，肉体大概便会如此反应吧？这是她以往从未体验过的巨大震动。

奈央子并不知道自己能否爱上这个男人，但至少并不讨厌。何况，对方明显对自己相当中意。只要具备了这两点，人生岂非将进展得飞一般神速？

可惜，奈央子刚刚提起来的情绪，却被母亲忧心忡忡的声音打断了。

"我说奈央啊，这回你可一定要好好干哦。"

"好好干……什么意思？"

"你明知道的好吧？这么难得的对象，简直是打着灯笼也难找。以你目前的年纪，况且又在上班，很多男人是不愿意接受你这种女性的。尤其那些大众口中的精英男士，就更挑剔了。就算这样……呃……人家那位……"

不知是过于兴奋，还是当真忘记了，母亲一时想不起和女儿相亲的男人具体叫什么名字。

"人家竟然说，哪怕是奈央这样的小姐，也乐意交往一下呢。"

"我可不乐意被人家这么讲，更不乐意感恩戴德地和对方交往。"

"你看你，奈央啊，干吗老把人和事往歪了想，要么就故意表现得恶声恶气？妈妈真的特别担心你这一点。"

母亲说着说着，几乎快要哭了出来。看来比起奈央子，母亲恐怕更加坚信，"已经甩出了最后的底牌"。

"对方是一位稳重正派的男士。妈妈啊，相信奈央只要能坦诚又温柔地表现出真实的自己，就一定可以和对方顺利地发展下去。所以，你务必要多加注意自己的言行哦。喂，拜托了，下周回家一趟吧，和妈妈好好谈谈这件事。"

"人家好忙的，不清楚有没有空。"

奈央子粗暴地挂掉了电话，重新拿起喝到一半的葡萄酒。原本半空的酒瓶，比预料之中更快见了底。与此同时，心中再次注满了甜蜜的预感。

咦？没想到，相亲这种事竟然可以进展得这么顺利。

去见齐藤之前，奈央子通过厚子得知，晶子的母亲曾传授说："相亲的双方首次见面后，须在当日之内给出清晰的答复。虽说也有磨磨蹭蹭拖着不做表态的人，但这种做法是十分失礼的。地域不同，或许风俗有别。但在东京，但凡是有礼有节的相亲，就应在当日晚间之前表态接下来是否有意继续交往，这已成为默认的常识。若双方皆有意向，那么首次约会，将由当事者二人单独见面。约会的时间，通常定在相亲之后的第二周。而且一般来说，交往三个月后，双方便会确定婚约。"

"咦？这么快？"

奈央子吃了一惊。

"既然相亲合适又满意，再拖拖拉拉交往好久也没意义不是？"母亲答道。

那也就是说，如果按照这个步调进展顺利，今日的相亲，不过是通往婚约的三个月当中的区区一日而已。

奈央子小声嘀咕了一句。

"什么嘛，原来结婚挺简单的……"

母亲若是听见，说不定会勃然大怒。

相亲之后，值得纪念的首次约会，定在了由奈央子提议的越南料理店。相亲当日奈央子穿了一套藏青色 JIL SANDER，那么二次见面的着装，少不得又要动一番脑筋。必须演出一个与之前完全不同的自己，还要比之前拿到更好的印象分。这一点和恋爱中没什么区别。

奈央子选择了浅咖色针织衫，搭配一条白色长裤。其实原本心里想穿皮裤去的，但对方的职业过于严肃而正经，此类男性大多对皮裙皮裤抱有偏见。那么取而代之，就用细高跟鞋来增添女性风情，提亮整体的调性。蹬上高跟鞋，站在玄关镜子前，奈央子仔仔细细检查了全身从上到下的装扮。发型也吹得完美熨帖。与相亲那日不同，今天没有去美容院，上上下下全部自己动手打理。因此形象自然，感觉十分舒服。至于妆容方面，她亦有自信。这次面对的并非日间的自然光线，而是夜晚的灯光。那家店以前她光顾过好几次，很清楚店内绝不会出现惨无人道的荧光灯。这样一来，奈央子这个年纪的女性就可以把灯光变成自己的减龄利器。多刷几层唇蜜，提亮唇部光泽，眼线也比平时稍浓，最关键的是，今天奈央子最希望展示的，是紧身针织衫的线条。有些女性常会在胸罩上做足功夫，务必使双乳看起来格外坚挺高耸。奈央子可不愿干这种没品的事。

在她看来，束身针织衫勾勒的胸部线条，方才柔软自然。而那些胸围突兀，以致叫人不忍直视的女性，就更该选择弹力收身的针织衫。最好与男人面对面时，对方的视线会忍不住偷偷溜向你的胸部。奈央子一直用心将胸部的形状大小控制在这样的状态。她觉得自己很好地取得了这样的效果。

……话说回来，才第一次约会，对方不会一上来就提那方面的要求吧。

约会前的一周里，奈央子做了些相关调研。周遭有那么几位女性，分享了她们失败又荒唐可笑的相亲经历，而讲述成功经验的女性，却寥寥无几。得知这一点，奈央子不禁愕然。不过，她想起有位比自己早进公司一年的前辈，名叫由纪，也是相亲结婚的，嫁了个内科医生。由纪毕业于一所无人不晓的淑女名校，原本就是十分适合相亲的类型。晚上九点过后，奈央子打电话到她家里，能听到两个孩子在屋里跑来跑去，看样子过着低调的幸福生活。奈央子先铺垫了一番自己的相亲对象是经济产业部的精英官员，之后才问了一堆问题。

"哎，由纪姐，你在结婚前，已经跟老公做过那件事了吧？"

"那可不。那个才是最重要的不是吗？"

由纪发出咯咯的笑声。还在公司上班那会儿，她就是个爽朗可爱的女人。据说学生时代曾交往过一个男生，但对方读的大学过于普通，于是她痛快地甩掉男友，换了个相亲结识的医生。此事在要好的一帮同事当中非常有名。不过，大家都把它当作一段"成功的佳话"来谈起，认为由纪不仅运气好，同时也是个聪明而有决断力的女人。这一点，奈央子和她越聊越深有此感。

"哎，我说，那样的机会，到底在第几次约会的时候才会发生？稍微喝了点酒，然后男方提出去酒店过夜之类的模式，总归有点尴尬吧？毕竟是相亲认识的嘛。"

"嗯……这个嘛，当着孩子们的面，在电话里不方便讲得很清楚啦。"

由纪咻咻笑了一阵，随即又说："一切都会水到渠成的。如今这年头，因为是相亲就格外认真的男人根本找不到了。差不多三次约会以后，就和一般谈恋爱没什么两样了。像奈央子这么漂亮的女人，不必去烦恼这些。"

"比起担心这个……"

由纪接着道：

"你不更加仔细地考察其他方面可不行哦。肉体的和谐固然重要，但金钱的观念和花钱的习惯是否一致，更是重中之重。我当初认识孩子爸爸之前，也相亲过好几个，那种抠抠搜搜的小气男人可多呢。而且越是有钱人就越吝啬。有一回，我交往了一个老爸是企业主的富二代，连喝杯咖啡的钱对方都要跟我 AA，我立马跟他拜拜了。"

"我这边呢，充当中间人的阿姨叮嘱我，今后跟对方的一切约会花费最好都各付各的，这样中途哪一方要是叫停了，也不会有后续的金钱纠纷。"

"话虽如此，不过啊，男人和女人毕竟是牵手走向同一个浪漫梦想，不管再怎么不占对方便宜，身为一个成熟的男人，如果完全不给女方花钱，我看也是渣透了。听好了，奈央子，如果每次结账那个男人都把钱分得清清楚楚，那你就该好好想想了。"

因为听了由纪的一番教导，约会当晚那一顿饭，奈央子脑子里思绪纷纷，吃得万分紧张。首先从聊天开始，若想完全掩饰过去与男人交往的经历，就是个困难的操作。

话题碰巧聊到了北海道。齐藤学生时代的一位好友，据说被调派到北海道县厅任职，于是常会寄些玉米或鲑鱼过来。

"接下来这个季节的北海道一定超美吧。五年前我去参加过那里的冰雪节，有幸看到过美不胜收的冰雕，真是好激动啊。"

话一出口，奈央子有些忐忑，不知刚才这番话能否找出昔日恋人的蛛丝马迹。那趟旅行，她是和当时的男友一起去的。但与此同时，她又觉得，齐藤该不会以为今年三十三岁的我还是个处女吧？于是不可否认地，内心有些暗暗搓火。彻底冷静下来后，她越想越多问号——齐藤愿意通过相亲，和我这把年纪的女人结婚，心思还真叫人费解。他相貌尚还周正，况且拥有那样的学历与头衔，年轻可爱的女孩岂不是一抓一大把，要多少有多少？在这世上，优质的男人为数稀少，为了能嫁给这样千挑万选出来的"精品"，有些女孩甚至接受了专门的教育和培养。齐藤给出的交往理由是，考虑到将来有派驻海外的可能，希望找一位英语能力出色的女生。可就算他真有此意，从二十多岁的女孩里物色，不是更合情合理？之所以对眼前的男人涌起了猜疑之心，定是因为奈央子有些醉了的缘故。

齐藤酒量也不小。两人喝光了三瓶啤酒，外加一瓶用来佐餐的微辣红酒。即使如此也仍未尽兴，又另外单点了好几杯红酒。

"下回我们去喝烫烫的清酒，吃日本料理吧。"

齐藤若其事地发出了下次约会的邀请。

"要是愿意去潮得长毛、又老又破的居酒屋，就包在我身上好了。找那种一人只花五千块，就能吃饱喝足的地方，我们当公务员的最擅长了。"

"是嘛，好期待哦。"

奈央子由衷地答道。对自己说出的每句话如此走心、如此力求真诚，今晚可谓是平生头一回。假若处在恋爱初期，自己的状态大概会更加自然吧？毕竟齐藤是相亲对象。从一开始，便会把自己放在结婚对象的框框里去考察。对方投出的视线，其意图之深，让奈央子实在无法释放天性。

用餐结束，两人共计花费了一万四千二百日元。奈央子刚打算取出七千纸钞外加两枚百元硬币，齐藤连连慌张地摆手。

"请不必客气。我们这种穷官再怎么清贫，这点饭钱也还付得起。"

"可是，那就……"

"别别，请别推辞，务必给我点面子。这么便宜又尽兴的好地方，吃顿饭还要分账，也太可悲了。"

加二十分，奈央子心里默默寻思，由纪说得没错，就算是相亲的礼节，若真有让女方付一半钱的男人，也着实太可悲了。付钱的女方也会觉得自己挺悲惨的。

两人走出店外。

"本来还想和奈央子小姐再去喝上一家，不过……"

齐藤的声音中听不出丝毫醉意，低沉而清晰，是一个每日商议重要国事，说服公众接受政府决策的男人，方才拥有的声音。

"实际上我明早九点的飞机，要去海外出差，今晚就在此告辞了。"

"咦？要去哪个国家？"

"印度，加尔各答。"

据说是去出席国际会议。

"那再见吧。今晚过得非常开心。"

齐藤忽然捉住了奈央子的手。奈央子原以为他想牵手，谁知并不，是为了握手，完全像政治家一般，或者说，像个刚刚认识的白人男性那样。齐藤只是和奈央子握了握手。握手与牵手，完全是两码事。

奈央子有点困惑，记忆中从没哪个男人对她这样做。随后，齐藤便朝地铁站走去。奈央子坐上了他帮自己叫的出租车，将身体缩在后座上，疲劳感瞬间袭来。若说开心，今晚倒也算开心。若说心情像是刚做完一份工作，倒也不算假话。

打开约会时特意关掉的手机查看了一下。有一通黑泽的来电留言。

奈央子，周六的晚上你通常是怎么过的？此刻我正独自在西麻布一家相熟的馆子里喝酒。等你那边约会结束了，如果还想再喝点，就打电话给我吧。

"司机师傅，麻烦停一下，"奈央子大声道，"忽然想起来还有点急事，您就在这里停吧。"

不知为何一下子来了情绪。是对仅仅以握手来道别的男人感到欲求不满，还是扮演另一个自己让人过于疲惫？和相亲的男人约会，压力确实非同小可。莫非继续下去，自己的命运也将随之改变？奈央子万万没想到，这份不安的感觉会让自己内心格外躁动。

毫不迟疑，奈央子拨打了黑泽的号码。

"啊，奈央子，你在哪儿呢？"

"刚过西麻布的十字路口，往涩谷方向去一点点的地方。"

"太好了。不就在我附近嘛，好巧啊。"

黑泽发出女生似的欢叫。

"我马上去接你。待在原地别动。听到了吗？千万别动。"

六分钟后，当奈央子看到个子高高的黑泽，一路小跑地向自己奔来，不觉间流下了眼泪。泪水汹涌地溢出眼眶，停也停不下来。喝醉的时候，她偶尔就会这样。

明明是相亲过后，也许即将步入婚姻的关系，对方却连手都不肯牵一下，只是像个县议会的议员，跟自己例行公事地握了握手，便转身回家去了。难道自己再也不配得到男人的爱慕了吗？甚至，身上仿佛还挂上了"可领取"的牌子，随时都能够成为对方的妻子？作为一个女人，难道自己就这么缺乏魅力？是不是做错了什么呢？

况且，和相亲男的态度天差地别，眼前这个小男生愿意一路奔跑着来见自己，就算不见得代表对方深爱自己，至少比握个手便走掉的男人强百倍。

就这样，连奈央子自己也搞不懂为什么，当晚，她抽泣着，与黑泽一起去了附近的情侣酒店。

奈央子，你好吗？

前几日那顿越南料理，实在美味。此刻，我身在越南料理的老家——河内。我猜你一定知道，如今在年轻女性当中，越南这个国家越来越有人气。我每次过来，都发现日本的年轻女游客在逐日递增。

等我回到日本，请务必赏脸，一起去吃顿日本大餐。

齐藤恭一。

看到这封邮件时，有一团温热的东西在奈央子心里渐渐融化开来。它是如此丰盈，溢满她的心间，简直让她有些许愧意。

对相亲对象齐藤，奈央子明明抱有好感，却因为道别时的一个握手而生出复杂莫名的情绪。那是相亲之后的第一次约会。倒也并非期待对方不顾一切地与自己激情拥吻，但当齐藤伸出右手说"好了，再见吧"，一股莫名的空虚寂寥之感还是袭上了奈央子的心头。唉，这终究不是恋爱啊……她想。自孩提时代起，奈央子一直坚信，自己将来一定会在轰轰烈烈的恋爱之后才步入婚姻。因为大抵世上所有男女，都是如此结合的。到了如今这个年纪的奈央子，也并非从未谈过恋爱，直到前阵子，身边还有个堪称是"烂桃花"的男人。虽说不是全无男人缘，奈央子却在每一段关系里受挫跌倒，最终不得不和相亲认识的男人尝试交往。假如进展顺利，再过半年兴许就能和对方成婚了吧。而令她为难的是，她竟没有一丝想要拒绝这种婚姻的念头，相反，还对齐藤这个人可谓相当满意。于是，奈央子才如此气恼。虽是相亲，却只有自己单方面满脑子充斥着戏剧化的浪漫幻想。而对方的态度呢？约会时礼貌握手这种事，不正是典型的"相亲式交往"吗？

正委屈时，恰好收到了黑泽的邀请。他对奈央子虽非一往情深，奈央子却不由自主地被他吸引，甚至必须厚颜地承认，十分享受与他的激情。她想问问黑泽，激情与真正的爱究竟有什么不同，但开口的一方未免过于卑微，只好闭嘴。当晚，奈央子是在黑泽的央求之下去酒店开的房。而且，后来还发生了不止一回。这周，她和他又约了一次。

"这大概也算出轨或不伦吧？"

"怎么可能呢？"自我怀疑的同时，她又随之打消了念头。然而"和齐藤反正没有婚约，就算和其他男人开房也无妨……"这种话，她也说不出口，纠结得要命。

总之，作为一个还算具备常识的三十三岁女人，奈央子很清楚应当约束自身，谨言慎行。既然已经拿到了通向婚姻的"录取通知"，就该拿出与之匹配的态度。她并没有特别苛刻的道德观念或精神洁癖，但依然认为要向对方显示出诚实的态度。既然如此，为何却又随随便便跟年轻男人上床呢？

对自己的心理，奈央子虽没有百分之百的把握，却也能分析一二。和相亲的男人之间所缺损的那个部分、阴暗不见光的部分，自己希望可以匆忙地予以填补。毫无疑问，自己希望经由这种方式，抚平内心的忐忑与愤怒。

没错，对齐藤恭一，自己隐隐怀着怒意与憎恨。这个男人，正试图大幅改写自己的命运。这力量如此不可抗拒。假如它是爱的话，自己应当能够察觉。然而，齐藤却意欲通过相亲的方式，将自己带往一个陌生的地界。而和别的男人睡觉，正是对他的一种报复。

齐藤从未对奈央子做过任何过分之事。但若要求她放弃报复，她却无法平衡内心。

不过，此刻看到他从越南发来的邮件，奈央子至少已有所反省。

她觉得自己仿佛趁丈夫出门时在家偷情的妻子。就这样，在对方浑不知情时，从复仇、出轨再到反省，奈央子度过了心情瞬息万变的一日又一日。

她诚心诚意地给齐藤打出一封回信。

    感谢来信。东京这阵子要么冷雨霏霏，要么晴朗宜人，天气的变化令人应接不暇。

    在越南的这些天，你过得怎么样？四年前，我跟公司的四位同事一起去过越南旅行。那边东西好吃，胡志明市内有股迷人的法国风情，我特别中意。不过那次旅行之后，日子忙乱不堪，便再没去过了。

    回日本后，请和我联系。期待与你一起品尝美味的日本大餐。

    野田奈央子。

这封信会不会写得过于冷淡？不，还是改得再短一点，显得更云淡风轻才好？奈央子来回纠结。

"那次旅行之后，日子忙乱不堪，便再没去过了。"

这句话的后面，原本还有一句"希望下次能优哉游哉地去疗养胜地好好玩玩儿"。之所以删掉这句，是担心万一对方看了，以为自己在期待蜜月旅行，那该如何是好。至于"公司的四位同事"，已经暗含了"只有女性"这个意思。写封邮件却如此费尽心思，这在奈央子还是头一回。点击发送按钮后，她下意识地长叹一声，舒了口气的同时，又有一丝甜蜜而久违的惆怅摇曳在心头。自己给身在遥远国度的男人发了一封信。而这个男人，或许会成为自己的丈夫。

正值此时，房间里的电话响了。奈央子瞬间想到了齐藤。自己刚刚才一边想着他，一边写了封信。假如这通电话是他打来的，也没什么稀奇。

"喂？……"

听筒另一端却传来一阵女性的声音。

"喂，请问是野田小姐家吗？"

"对，是我。"

陌生女人的声音让奈央子瞬间警觉起来。这种电话，大抵都是推销人士打来的。

"打扰了，请问是东西商事的野田小姐吗？"

"是我，请问有什么问题吗？"

奈央子的声音尖刻起来。

"那个，冒昧跟你说这事，虽然真的很失礼……"

女人说到这儿沉默了片刻。无声的停顿，与其说还在斟酌到底要不要讲，不如说似乎在积攒开口的勇气。

"前天，野田小姐和一个年轻人去了情侣酒店，对吧？那家酒店，就在六本木还算热闹的一条街上。"

"你说什么？"

奈央子心头一凛。和黑泽去酒店开房确实不假，但这个女人怎么会知道？莫非，自己被人跟踪了？

"你到底是谁？"

内心的惊恐让奈央子叫了出来。

"你到底有什么目的？为什么要打恐吓电话给我？"

一边质问的同时，奈央子手指飞快地摁下了电话机上的录音键。

万一待会儿需要报警，这种措施是绝对不能少的。

"这不是什么恐吓电话。我只想知道，野田小姐为什么要和那个男人到酒店去。"

奈央子十分警觉地侧耳分辨着。对方的声音并不属于一个年轻女孩，年龄估计在三十来岁吧。或许是按下录音键后，内心不再慌张的缘故，奈央子发现女人的声音其实并不阴险，从中听得出对方良好的礼数与教养。如此优雅的一位女士，为何要打这样的电话呢？

"野田小姐是否方便告诉我，那个男子是你的情人吗？你们是在交往吗？"

"我有什么义务非要告诉你这些呢？"

"义务……那倒是没有。"

"难道说，你……"

奈央子反问："你认识齐藤先生？喂，我没说错吧？你认识经济产业部的齐藤先生？"

"不，我……不是那样的。"

电话挂掉了。对方的狼狈，证实了奈央子的猜想。一阵强烈的怒意涌上心头。原来齐藤有女人。当然，一个三十五六岁的男人，免不了有几段情史。但既然选择了相亲，双方已开始交往，那么理所当然地，就该把身边清理干净。如果还有女人打电话威胁相亲的对象，那就说明，齐藤和这个女人断得并不彻底。而这样的男人，压根就没有相亲的资格。但话说回来，奈央子不由得想到了自己。相亲之后，和齐藤保持约会的过程中，还跟其他男人去酒店开房，这样的自己，又该如何评判呢？岂非也有巨大的过错？况且，难以置信的是，偷情现场还被那个女人目击了。

对方当真目睹了自己所做的一切吗？奈央子微微有些毛骨悚然，一瞬间差点吐出来。难道那女人一直在尾随自己？她仔细回想最后一次和黑泽约会那天的事。两人先是去了麻布的一家中华料理店，吃了上海大闸蟹，喝了好多绍兴酒，付账的时候是黑泽掏的钱。

"别这样，还是 AA 好啦。"

奈央子提议。但黑泽摇了摇头。

"没关系，让我请你吧。再说是我早就憋着今晚要和奈央子大吃一顿的。"

毫无顾忌说出这话的小男生，让人觉得好玩又可爱，奈央子不禁笑出声来。大概也是有些醉意的缘故。

这些天，奈央子迷上了与黑泽做爱。直到前一阵子，和交往中的沟口上床时，她还总会抱有一点淡淡的失落。实话说，被男人拥在怀中的同时，她或许也曾暗暗期待，能被对方温柔的爱语所包裹。双方虽都是对感情拎得清也懂分寸的成人，默契地口不言爱，只享受肉体的欢愉。但每次性事结束，奈央子心底总淤积着一层沉沉的寂寥。此时回想，她才明白，其实那是因为男人对这段关系的不确定，与自己是一致的。

然而，黑泽不一样。归根结底，他只是个与众不同的小屁孩儿。虽不至于沦为"小玩具"，但在奈央子的生活中，也发挥着各种"代用品"的功能。他对奈央子绝不会说出"我爱你"三个字。因为连他自己也明白，这是撒谎。但作为补偿，他会对奈央子提供无休无止的赞美。"从没见过身材这么美的女人""皮肤太嫩滑了，真让人无法自拔""奈央子真的好棒啊！""能和奈央子做这么爽的事，简直像做梦一样"……

这些恭维话，虽说并不能句句当真，但男人的甜言蜜语似乎会浸润每一寸裸露的身体。男女赤裸相拥的姿态，宛如回到了出生的伊始，正因如此，女人才对温柔的爱语如此饥渴。

可惜，奈央子认为，没有任何人可以理解自己的这种心理。再怎么辩解也是徒劳。刚才打电话来的女人，目睹她和别的男人开房，必定会大呼"痛快"，自以为抓到了荡妇的把柄，而心中窃笑不已，并且，极有可能去向齐藤揭发她的所作所为。

"好吧，看来关系就此告吹啦。"

真是出乎意料的反转，齐藤还有别的女人。单单这一点，就足够让奈央子恼火了。谁知那女人还抓住了她和别的男人偷情的把柄。看来就算关系破裂，齐藤也可能通过介绍人把这件事捅到母亲那里。

"啊啊！"奈央子大叫起来。

"千万别搞得很麻烦啊！"

忽然，电话又响了。奈央子凭直觉判断，肯定还是那个女人。果不其然。

"喂？喂？那个……"

"又是你吧？我说，你这个人很烦耶。这种时间，麻烦不要一遍一遍往别人家里打电话！"

奈央子愤怒地大喊："别以为我猜不出你是谁。你是齐藤的女人吧？听着，就算不这样吓唬人，我也会跟齐藤分手的。我们才刚交往几天而已，用不着这么恐吓，我可不怕你！"

"请等一下……"

电话里的女人发出了一声呜咽。从声音的低沉可以判断，对方并非年轻女子。这一点，奈央子十分确信。

"野田小姐，你会把今天电话的事情告诉齐藤，是吗？"

"是啊，我会告诉他。虽然要把我和男人去酒店的事情也说出来，但也没办法。总比为了这种瘆人的电话一直烦恼要强。"

"那样我会很为难的。请不要告诉齐藤我给你打过电话。"

"你很为难？被一个素不相识的女人打这种恐吓电话，我才为难好吧？"

　　"这一点是我不对，我向你道歉。刚才那通电话，就当我从没打过，可以吗？而且，请和齐藤先生继续交往下去吧。拜托了。"

　　太蹊跷了！奈央子内心一阵狐疑。电话里的女人，正慌张地试图抹去发生的一切。到底什么目的？自己唯一有把握的是，这个女人并不年轻，且似乎有些软弱。

　　"是我不好，打这种无聊的电话给你。请务必忘记此事吧。"

　　"你说忘记就忘记？没有那么简单的事吧？"

　　"可我真的很为难，我已经后悔了。求你了，就当是在帮我好了，请把刚才的事情忘掉吧！"

　　这个女人难不成在哭泣？一想到这点，奈央子不禁脱口而出，说了句令自己也诧异的话。

　　"你到底讲些什么，我一点也不明白。见不到你的样子，也让人挺腻味的。我们不如见面好好谈一下吧。"

　　"呃？"

　　"我已经被你搞烦了。见个面，你来好好解释一下吧。"

　　"可是……"

　　"你的真实身份，我早晚会弄清楚的。继续这样下去，就必须把一切都跟齐藤挑明。你若不愿意的话，就好好跟我见个面。"

　　"明白了。那就见面吧。"

　　女人仿佛豁出去了。

　　"告诉我时间和地点，不管哪里我一定会去。"

　　"那好，嗯……首先，你叫什么名字？"

　　"我叫水泽加世。"

　　听名字估计是个美女呢。奈央子脑子里瞬间冒出这个无聊的念头。

当女人出现在表参道的咖啡店里时，奈央子马上断定，她一定就是水泽加世。名字这东西，是有能量的。根据奈央子过往的经验，凡名字听起来像是美女的，果然都是美女。基本上名字叫琉璃子、兰子的，还从没见到过一个丑女。不，也许是美女自身的"美丽能量"，让名字焕发了魅人的光彩。

加世穿一身浅咖色套装，上衣半长不短，略显土气。然而，这种土气反倒衬托出加世身上的古典美。越是不谙修饰、打扮不起眼的女人，有些越是美得脱俗，加世便是其中之一。

但话说回来，这或许只是加世相当巧妙的表演。看到奈央子，她立即微微一笑，点了点头。

奈央子闪过一念："是男人会喜欢的类型。"

眼梢微垂的一对大眼，毫无疑问会勾走男人的心魂。薄薄的唇，在近来一大拨卖力演出"性感丰唇"的女人当中，显得尤为动人。

"初次见面，我是水泽。"

"你好，我是野田。"

周六的咖啡店，八成座位都坐满了人，几乎全是一对对情侣。在这样的环境中，与一个初次见面的女人相向而坐，实在尴尬得要命。

"嗯……前几天给你打了那样的电话，真的很抱歉。肯定让你觉得特别困扰吧？"

加世大约三十五六岁，皮肤白净光洁，乍看之下显得十分年轻。下颌附近的线条略微松弛，奈央子由此推断，对方大概与自己同龄或稍稍年长。于是，说话时特意夹杂了一点敬语。

"那可不。谁收到那样的电话都会吓一大跳，心里很不痛快吧。请你好好解释一下吧。我就是为了了解原委才来见你的。"

加世开始了从容的讲述，语速虽慢，要点却表达清晰。大概拥有长年的职场历练吧。

加世与齐藤前后交往过四年，但两人并没有结婚的打算。齐藤本人也向她坦承过这一点。最近，还告诉她，相亲认识了一位特别满意的小姐，打算和对方展开交往。当下两人便分手了。

"希望野田小姐不要误会，齐藤在这一点上还是有始有终的。"

可惜女人却做不到干净切割、痛快撒手。为感情狼狈不堪，连自己都可怜自己，每天脑子里都在琢磨那个相亲的对象，从齐藤口中打听出对方名叫野田，在东西商事任职，便开始寻找门道收集奈央子的信息。

"我在短大时期的朋友的老公，在东西商事工作。他帮我查了员工名册，拿到了野田小姐的住址。为了了解你，我当时真是想尽了办法。"

加世和朋友的老公，在家庭以外的场合，并未打过交道。于是趁上班时间，把人家喊到公司附近的咖啡店里，坦白说自己想远远看一眼奈央子长什么样。朋友的老公便介绍了一位与奈央子同期的女同事给她。加世原打算借一张对方与奈央子的合照，谁知煞是偶然，女同事忽然向店外一指。

"喏，走在那边的就是野田。"

当时恰好是下班时间，三五个东西商事的职员，正走出写字楼大门。奈央子穿一件格外打眼的橘色上衣，仿佛被她吸引，加世便跟了上去，尾随在她身后。

"接着就发现，你和一个男人在用餐……"

"接着我跟那个男人就去了酒店，对吧？"

"没错。我当时心里特难受，气不打一处来。那也是当然吧。让我嫉妒到快要发疯、羡慕得几乎要命的女人，竟然早已有了恋人。"

"那男生可不是什么恋人，他什么都不算。这一点或许你很难理解，但我跟他之间，并不是因为相爱而在交往的关系。"

"但我当时彻底震惊了。"

加世目光灼灼地投向奈央子。这份令人发怵的坚定，让奈央子意识到，眼前的女子可绝不软弱。

"我当时觉得，无论如何不能放过你，所以才打了那通电话。纯粹是气得脑子一热。真的很抱歉，过去的事请你忘记吧。请和齐藤继续交往，好好结婚吧。我今天来，就是想拜托你这件事。"

"等一下，OK？"

奈央子一头雾水。眼前这个女人，难道打算做自己的队友？可这个世界上，有哪个女人会央求别人嫁给自己心爱的人呢？如果说这是伪善，大概也对。但加世流露出来的绝非伪善，而是一心一意的恳求。

"我有个疑问……"

"嗯，你讲。"

"水泽小姐为什么没和齐藤结婚呢？你们交往了整整四年不是？况且，你看起来也爱他很深。"

"实际上……我有一个小孩。我年轻那会儿结过婚，有个快七岁的孩子。"

奈央子瞬间哑然，被加世背后那份人生的沉重所压倒。

"他的父母绝不可能同意我们的婚事。我自己也认为这事终究不可行。齐藤是大众口中的精英人士，假如被我妨碍到事业发展，那就麻烦了。去年孩子升小学之前，我们也商讨过，孩子是不是需要一个父亲，结论还是觉得不现实。可说归说，我依然对他不能忘怀……"

"你等等。"

奈央子被一股莫名的冲动所驱使。

"这也太奇怪了吧！有孩子怎么了？干吗把自己说得这么卑微？不就是在公务部门里有个一官半职吗？不就是东大毕业吗？也用不着你这么自轻自贱。你这种想法可笑得厉害。"

不知不觉间，奈央子为他人之事愤愤不平起来。

眼前这个女人，与自己素昧平生，今日方才谋面。更何况，还是相亲对象的前女友，也可以说，是自己的竞争对手。然而，听了对方和相亲对象齐藤不得不分手的经过，奈央子却一肚子火。

加世既然说了，"请和齐藤幸福地在一起吧"，那么换个角度想想，事情的发展显然于己有利。但奈央子却对眼前这份不快，非要立即铲除不可。

"我说，你们不觉得这理由太过荒唐吗？女友离婚带着小孩儿，所以就该分手？我会因此怀疑齐藤的人品。"

没错，奈央子终于明白了不快的来由。她一直以为，这个通过相亲结识，感觉托付终身似乎也不成问题的男人既无官僚之气，又有一颗自由而温柔的心。难道真实面目竟是个死要面子、俗不可耐的"精英人士"不成？

"我身边也有好几位带着孩子再婚的同事或友人。为了这点事而耿耿于怀，不惜和交往多年的恋人分手？让我觉得未免有点可悲呢。"

"可是，野田小姐，世人的态度不是一向如此吗？"

加世静静地面含微笑。

"就算是野田小姐，刚听说我有个七岁的小孩时，不也一脸惊诧吗？在我看来，世间大抵不过如此。何况齐藤的父母又是家教严厉、十分注重名声与体面的那种人。"

"呃，是吗？"

"哎呀，瞧你，不是都相过亲了吗？怎么对这些事一点都不了解呢？"

加世笑了起来。

"齐藤的外祖父曾是某县的知事。他母亲当年也是日本女子大学的毕业生，能说一口流利的英语。就算没到死也不接受的程度，但对离异带孩子的女人，她应该是不会认可的。"

"哦，那太糟了。"

奈央子情不自禁脱口而出。这不正是自己最讨厌的家庭类型吗？嘴上叫苦连天，"好累哦，好辛苦哦"，同时四处吹嘘自己嫁过去的人家有多"上流阶层"，这样的女人为数不少。对奈央子来说，那是她一直鄙夷的遥远世界中的人与事。孰料不知不觉间，这样的家庭却似乎已逼到了自己面前。

"所以啊，我好羡慕能和齐藤结婚的、体体面面、出身良好的千金小姐。说真的，我好羡慕野田小姐……"

"不敢当，我哪是什么体体面面、出身良好的千金小姐。"

今日的奈央子有些反常，总像吃了枪药一样恶声恶气。

"我早过三十岁了。再说你也看到了，我还一边相亲一边跟别的男人开房，我就是这样随便的女人。"

"是啊。这事终归不可原谅。"

加世毫不躲避地直直盯住奈央子。奈央子心想，被如此饱含谴责的目光审视，近来还真没遇到过。

"我一直希望和齐藤结婚的女子是个出类拔萃的好女人。尽管内心备受煎熬，但考虑到这样对齐藤更好，便忍痛做了分手的打算。所以，后来目睹到那样一幕，才情不自禁给你打了奇怪的电话。这种做法真的太卑劣了，请你原谅。"

看来这个女人是真心深爱着齐藤呢，奈央子心想，绝不是为了东大毕业或社会精英之类的狗屁理由。她爱的是齐藤这个男人本身。而且，说得丧气一点，奈央子自认无论如何也爱不到这种地步。换言之，奈央子打开了名叫齐藤的包裹，点检一番，估价之后，得出结论：货色还不错嘛。仅此而已。奈央子轻轻叹了口气，在这一点上，自己和那些挟相亲对象以自傲的女人也没什么太大区别。

不过，话说回来，接下来怎么办好呢？胸中的义愤一点点平息下来。仔细想想，此事的走向委实不可思议。奈央子走近幸福的可能性，与她内心的愤怒程度，两者恰呈正比。明明这个男人有希望和自己结婚，自己却愤慨于他和其他女人的婚事为何难以成全，事态离奇得很。不只打恐吓电话的女人暴露了真身，奈央子也极大地触犯了禁条，被对方拿住了把柄。这个叫加世的女人，只要对打电话的行为绝口不提，奈央子也能对去酒店开房的事缄口不语。

"你可要放聪明一点啊……"

奈央子在心里冲自己嘀咕。

"这个女人不是声称早已和齐藤一刀两断了吗？那就用不着再担心她的问题了嘛。奈央子啊，你此刻必须考虑的是，如何让这个女人守住秘密。但也不要紧，这个女人打了那么恶心的恐吓电话，我跟她也算半斤八两。索性就把她彻底抛到脑后吧。不这样做，就无法继续向前走。"

奈央子抬起头，随后一些连自己都大感惊愕的话，接二连三脱口而出。

"是否和齐藤结婚，我目前还不确定，正处于纠结和摇摆当中。所以才时不时情绪发作，跟其他男人做出那样的事来。这一点你能理解吧？"

加世沉默着未置一词。

"总之，你打电话的事我绝不会告诉齐藤，今后也不会再和那个小男生继续约会。就把发生过的一切统统忘掉吧。我想，这才是最理想的处理方式。"

"是啊。"

加世小声回应。

圆满搞定，奈央子放下心来。放心归放心，但她十分清楚，自己没有为此体会到一丝一毫的愉悦。

齐藤时常光顾的那家日本料理店位于六本木十字路口再往背街里走一点的地方。

六本木这地方属实不可思议，拐过一家高端时髦的餐馆，有时紧跟着会是一大片延绵的墓地，突兀的程度简直让人怀疑眼前是不是故意搭建的舞台道具。走不通的小巷也星罗棋布。齐藤介绍的这家餐馆，就在某条里弄的最深处。走过三四间歇业的普通民宅，有座商住两用的杂居楼，该店便位于一层。

"我算这家店的熟客，可不是什么高档的地方哦。"

齐藤特意先做好铺垫。果然如他所言，是间只有一排吧台和三张餐桌的小店。不过，吧台前方的玻璃柜里整整齐齐码着一排新鲜的鱼肉，看样子的确会是家美味的馆子。店家递来的菜单，也密密麻麻排列着各种日本酒的名字。

"奈央子小姐喜欢日本酒吗？还是说，先从啤酒喝起？"

"日本酒也挺好，不过一开始还是先来杯啤酒比较爽。"

"没错，那我也点啤酒好了。这家店的主人，喜欢客人从日本酒开始喝起。不过两个人的时候，一上来还是大口大口灌啤酒更痛快。"

大概是听到了两人的对话，吧台后面的白衣男子莞尔一笑。

"可是齐藤先生啊，如果从啤酒开始喝，到头来肯定净顾着喝啤酒了，最后灌满一肚子。平时我给您推荐本店珍藏的好酒，请您小酌一杯试试口味，您总是拒绝我，说平时喝惯了啤酒，不必了，搞得我失望死了。来嘛，今天请您尝尝这个。"

店主吩咐老板娘给二人的桌上送来了一支二合装①的小瓶，名曰"花龟"。

"想喝啤酒也行，不过得先把这个快些干掉。搭配今天的赤贝，美味得不得了。"

"这样的话，啤酒只喝开始的一瓶，接下来换您推荐的这个好了。"

"是嘛。"

今天的齐藤，比起上次吃越南料理时显得胃口更好。

"这家店是地道的四国高松料理，道道菜都可口，最后收尾的一碗乌冬面更是好吃得要命。"

生鱼拼盘、刚炸好的油豆腐、小朵的瑶柱天妇罗、黑鲗鱼煮物……一道道料理源源不断。正如店主竭力推荐的，日本酒无论和哪盘料理都很搭。两人面前顷刻间就多了三支空掉的二合瓶。

没想到，和这个男人一起吃饭这么开心。奈央子心里默默给齐藤加了分数。

加十分、减五分、加二十分，相亲这种事，就是在心中如此计算着对方的分值。不过，究竟要合计多少分时，双方才会下定决心呢？

奈央子细细打量着眼前的男人，下颌宽宽的，长相说平凡是真平凡。不过，紧抿的嘴角透露出知性与沉稳的气息，追加十五分。得知

---

① 合：日本传统的计量单位。二合瓶，等于 360ml 装。——译者注

还有另一个女人正热烈地爱着他，自己打分的标准竟也随之宽松了许多，真是匪夷所思。

"奈央子小姐，接下来要不要尝尝土佐的清酒？是最近少见的甜香型哟。虽说是甜口的，但回味很丰富，要不来点试试看？"

"好啊……"

两人又连饮了几盅。奈央子没料到齐藤酒量如此了得。不过，酒后他既不吊儿郎当、胡言乱语，也不死缠烂打地劝酒，一句话形容，大概就是"酒品极好"。

追加三十分。不错，不错哦，奈央子心里暗暗嘀咕，照这样下去，如果自己能一步步爱上这个男人该多好。是啊，把齐藤从那个女人手里夺过来，给她点颜色瞧瞧。绝对要把齐藤弄到手——假如奈央子能真心这么想，一切难题便迎刃而解了。

认真吃完最后一道乌冬面，走出居酒屋时，奈央子已略显醉态，脚步虚浮，时不时笑嘻嘻地向齐藤身边倚过去。女人哪！当她感到但醉无妨时，才会有这样甜蜜的醉意。此情此景，她会觉得"索性由他去吧"，内心被期待的念头填满。在这样的夜晚，女人无不渴望得到一个长吻。连一个吻都不给，就此道别，是绝对不可原谅的。奈央子心念刚动，就被男人紧紧拥入怀中，推到了拐角的暗影处。

一开始男人的唇干燥冰凉。停了片刻，那双唇再度贴了上来。随后，舌头也探入她口中。哎哟，奈央子心忖，这是想秀一下吻技吗？

男人将嘴唇凑近奈央子的耳垂，低声呢喃："奈央子，和我去酒店好吗？酒店，就现在，你愿意吗？"

该怎么办呢？奈央子断断续续地答："我呢……跟齐藤先生刚认识不久。我们……还在交往中不是吗？现在就做那事，会不会……不太好呢？"

这气喘吁吁的娇声，若不是醉酒，恐怕连她自己听了都会尴尬得要死吧。奈央子歪头一副忸怩的神情，仿佛娇羞的少女。

"该怎么办才好呢？"

"有什么不行的，走吧。"

男人斩钉截铁。

"反正我们也要结婚的。"

之后，奈央子迈出的每一步都像踏在软绵绵的空气里。走了片刻，打到一辆出租车，最后抵达了赤坂的一家城市酒店。奈央子认为，选择了一流的星级酒店，而非廉价的情人酒店，显示出齐藤为人的诚意与礼节。

两人依偎着办理了登记手续，大大方方走过酒店前台。若在平时，这种场合奈央子定会十分留意周围。万一遇到熟人该如何是好？因此畏畏缩缩，以防招人注目。然而今晚，不如说反倒有种炫耀的心情。

"这位，是我即将结婚的男人，快要变成我老公的男人。"

真好，真好。奈央子开心到眼泪几乎飙出来。幸福这东西，到头来全仗运气，老早就有人这么讲过。此刻她才领悟了其中含义。其实说是仗着酒力也无不可，在酒精的作用下随波逐流。一桩一件，见招拆招，向着结婚按部就班地走去。就算齐藤还有别的女人又怎样？自己也不例外，哪有资格去怪别人。凡是有魅力的男女，谈谈恋爱、和异性上上床，岂非理所当然？……啊啊，此时的心情竟如此快活……自己总是，不，只是偶尔会和男人喝点小酒，享受一点肉体的欢愉。随后内心便会被悔恨与苦涩长久地纠缠。而明天，自己将会迎来何等晴朗明媚的早晨呢？

"和男人睡觉"，切切实实成了推动关系"向前"的一个步骤，这在奈央子来说，还是破天荒的头一回。

到了酒店房间，男人打开房门。奈央子最爱这个瞬间。哪怕置身市中心的酒店，也有一种二人手牵手，终于抵达一处隐秘居所的感觉。

深蓝色调的沙发与床品，奈央子对之还有隐隐的记忆。二十多岁尚年轻那时，曾和男人来过几次。她还记得，彼时酒店刚开业，恋爱中的男女比较流行到这种地方来开房。而齐藤竟和那时的男人口吐相同的台词：

"你要不要先去洗个澡……"

反正男人这东西，管他做着多么正经的工作，管他是不是东大毕业，为了掩饰难为情，都会首先对女生说这句话。

只脱去了外套，奈央子走进了浴室。浴室空间设计得相当宽敞。不过，她发觉配备的梳子、香波等洗沐用品，在舒适性上却差了好几档。这或许也是时代的趋势吧。

慢慢褪去衣物，奈央子凝望镜中的自己。约会之前，也不是没考虑过会有这种情况，所以她选了一套蕾丝织就的内衣。镜中那个三十三岁的女人，在荧光灯下，脸色略微苍白，状态却不坏。皮肤不见泛起的油光，睫毛膏也未曾脱落。哪怕三十分钟后将被男人拥入怀中，也不担心会显得多么狼狈。

酒店的浴室，是个将醉意一扫而空的神奇空间。奈央子与镜中的自己慵懒对视，为什么自己竟愿意做这种事呢？忽然，她对接下来要跟齐藤做爱这件事感到一股厌烦。

"这样真的好吗？"

她发现自己一直在浴室待了好久。这感觉讲不清楚，大约是一种动物式的直觉吧。她开始觉得，即使和齐藤做爱，也不会有什么快乐可言。

"算了算了，管它爽不爽，大不了只做一回就完了。"

在此之前，自己的人生也谈不上多么洁癖。与黑泽的关系不也如此？趁着酒意上头就随他去酒店开了房。可偏偏这一次，为何会如此纠结？奈央子心中，始终有个声音在不停低语。

"你干吗磨磨蹭蹭？快快冲个澡，推开门走出去就好。只要做到这一点，就会有'上流人士的贵夫人'这种不可多得的头衔在未来等你。"

是啊，就因为这样才可怕呢。她想，以往推开这扇浴室门，外面等待自己的，只是一时的快活。虽说也会有通往恋情的可能，但在当下那一刻，不过是场小小的冒险。然而，此刻不同。如果自己摘下浴帽，披上浴袍，推门走出去，就非得选择床上那个男人不可。有一场仿佛是礼节，又仿佛是契约的性的仪式，在等待自己……

正胡思乱想之际，奈央子忽然发觉，便座旁边的电话上，有个"通话中"的小灯一直在闪。是齐藤在给什么人打电话。莫非在高层的酒店里，手机的信号太弱？是工作电话吗？怎么可能，已经这么晚了。奈央子确信，他一定在跟加世通话。

可见齐藤也在来回摇摆。

他也在等待女人从浴室里出来的时分，对自己的人生左右掂量。摘下浴帽、身披浴袍的女人假如推开浴室门走了出来，他也要面临不得不做的选择。此时，已不允许掉头反悔。也许在最后的最后，他想再听一听心爱女人的声音？

奈央子穿回衬衫，系好纽扣，套上裙子，取过丝袜，同时内心做出一个决定。脚还微微有点湿，尼龙丝袜穿起来很费劲，她硬扯着，把双脚伸了进去。就算齐藤通话的对象不是加世，恐怕自己也会这么做吧。

她推开浴室门走了出来，身上穿着衣服。电话似乎已经打完了，齐藤正坐在床上看电视。瞥见自己脱下的外套已被收进了衣橱，奈央子心里微微有点别扭。齐藤见她身上还穿着衬衫和裙子，脸上露出迷惑的神色。

"你怎么了？"

"没事。那个，我想说……"

很无奈，奈央子不知该怎么回答。已经进了浴室又穿上衣服离开，这对她而言，是从未有过的体验。

"说不清为什么，我忽然觉得，我们不该做这种事。"

"哦？……"

齐藤夸张地瞪圆了双眼。大约是感到自尊深受伤害吧。那是自然。

"为什么呢？能告诉我理由吗？"

"这个嘛，嗯……是因为我们两个并不相爱。"

男人拼命眨了眨眼睛，思绪大概十分混乱。一阵沉默之后，他静静地开了口。

"确实，目前我们还没有热烈地相爱，但我们彼此抱有好感，正有条不紊地一步步向前走，不是吗？这样回答，不知你能否满意呢？"

"不能。"奈央子回道，"毕竟你有一个真正爱你的女人，不是吗？我很清楚，自己无论如何也做不到像她那样爱你。"

"呃，此话怎讲？"

齐藤忽而褪去了理性的面纱，暴露出真实的情绪。没错，刚才电话里的人一定是加世。

"有个女人真正深爱着你，而你也无法忘情于她。尽管如此，你却选择了我，我认为这是不对的。"

"请等一下。"

男人辩解：

"没错，我确实和别的女人有过交往。但自从跟你约会以后，就正式同她分了手。作为一个男人，有过一两段恋爱也是没有办法的事吧？如果连过去的感情也要蒙受责备，那我真的很为难啊。"

"不是过去的感情，齐藤先生的心里，依然放不下那个女人。不过，希望你能明白，我并非在责备这一点，而只是明白了一件事，就是我绝对无法爱你到她那种程度。哪怕再过多少年，恐怕也做不到。"

奈央子打开衣橱，取出外套。

"你不觉得吗？这样来酒店开房，对我们来说，似乎也是一项勉为其难的任务！"

以为能获得对方的谅解，看情形，大概是不可能了。

在酒店门前上了一辆出租车，奈央子发觉头发仍湿漉漉的。唯有这一点，在提醒她今晚发生的一切是真的。

"算了，没得救了。"

不这样开口告诫，恐怕回头又要后悔。她讨厌反复纠结的自己。心里明知又撒手放走了一条大鱼，但她清楚自己的脾气，除此之外不会有别的选择。

"我这个人，也许真不适合相亲啊。"

"喂喂？奈央吗？太好啦，你在家呢。

"刚才晶子妈妈打电话来了。听说跟你相亲的那个齐藤，和别的女人同居了！那女人离过婚，还有个上小学的孩子。你说吓人不吓人？听说他们两个已经交往好长时间了！

"当然了，齐藤家里面是不可能答应的，据说正在竭力阻挠，绝对不让他俩办入籍手续。

"不过啊，齐藤这人也太不可靠了，和那种带拖油瓶的女人牵扯不清。别看家境出身那么好，又是政府官员，一碰到女人的问题，根本就拎不清。

"所以啊，妈妈觉得，自己是不是做了件特别对不起你的事啊？听说这回的亲事又黄了，你哭得很凶吧？有没有气得要命啊？

"不过，这回的亲事，果断拒绝掉是正确的。对方人品也太差劲了。

"但话说回来，奈央接下来打算怎么办呢？明年你就三十四岁啦，我看以后不会再有人来提亲了。

"妈妈一想到奈央的婚事啊，真的整夜整夜睡不着。我说，为什么奈央老是抽中下下签呢？运气真是不好啊。

"这样子一直走背运，是不是被什么邪门的东西附身了呢？听我说，妈妈有个熟人，就是去神社占了一卦，请大师帮忙驱了邪，结果她家三十八岁的儿子很快就结婚了。你啊，也去试试怎么样……喂！怎么回事？喂？喂？奈央啊……"

第四章　厄年

奈央子的公司大幅削减了冬季的年终奖。

这事虽说也平常，但还是让多数员工乱了阵脚。在经济低迷的大环境之下，贸易商社自然也不能幸免。好在，奈央子所在的公司属于财阀系，有自己附设的银行。

"咱们公司倒闭之日，就是整个日本破产之时。"

有些职员，却相当有底气，醉酒时总爱把这话挂在嘴边。然而，东西商事的股价最近也在一个劲儿下滑。据有识之士断言，商社这种企业体制，已不再适应现代日本的经济结构。来年，东西商事估计也要裁掉几个业绩较差的部门，还有可能会与其他商社展开合并与业务上的合作。

但话说回来，这是公司头部那些大人物需要考虑的问题。身处一般行政职位的奈央子认为，自己用不着操心太多。当然了，倒也不至于毫无包袱地说出"与我无关"这种话来。但既然不属于管理职位，成天担惊受怕的也没什么作用。想开一点也许是对的。从年末至正月，奈央子和公司的年轻女孩结伴去夏威夷，来了趟高尔夫之旅。旅行团是其中某位女同事负责物色的，价格便宜得惊人，简直叫人怀疑，一趟海外游怎么才花这么点钱。

话虽如此，更便宜的好事倒也没有。因为自由行不包晚餐，奈央子常会邀请女孩们一起用餐，末了，总是由她来掏钱。

"出门在外的，奈央姐，大家还是各付各的吧。"

"别别，不要紧，只是一顿饭而已，让我来请吧。"

嘴上这么说，但每次去吃波利尼西亚传统料理，都要花费一大笔钱。奈央子心想，要是在去年，奖金全额发放，自己也不至于抠门儿到这种地步。实际上，尽管一再说"不要紧"，奈央子心里却在暗暗计算着信用卡的额度。

"没法子啊，看来真该好好琢磨一下将来的出路了……"

马上就要三十四岁了。有时，她会觉得自己还年轻呢，有时又认为自己已是无可救药的孤寡老人。用母亲厚子的话说，三十四岁的单身女人，"早就没有正经路可走了"，简直无异于末路之徒。和政府官员的亲事泡汤以后，母亲总没完没了地数落，"今后啊，只剩那些再婚的男人才会来找你了"。

"哎呀，再婚什么的，也不错嘛。"

奈央子想也没想便顶了回去。

"如今的再婚，只要没小孩儿，跟从前的头婚也差不多啊。我觉得没什么不好的，完全可以接受。"

"奈央你啊……"

厚子脸一拉，又露出一副泫然欲泣的表情。

"你啊，干吗老开这种玩笑呢？"

"我可没开玩笑。"

"不管男人，还是女人，都是新品才最好用呢。那些离了婚的男人，个个毛病一大堆。没办法经营好婚姻生活，就说明这个人大约有点问题。哪有特意去找这种人结婚的道理？"

虽然觉得母亲思想陈旧，对她的话嗤之以鼻，但说到底，对于嫁给再婚人士，奈央子内心还是略微有些发怵。因为，"说来说去不也是个离过婚的二手货"？就算对方是社会精英或多金人士，恐怕也难免听到一大堆酸溜溜的闲言碎语。

她也想过，可能的话，最好找个三十来岁的未婚男士。但也太难了些。年近四十尚且未婚这一点，或许说明对方要么比较变态，要么有点难搞。

算了，管他们头婚再婚呢。奈央子混混沌沌意识到，目前最要紧的是，自己能不能真的嫁出去。

年轻的时候，她总觉得结婚这种事多简单啊。那会儿，刚开始零零星星有男人向她求婚。她以为，只需从中择其一而嫁之即可。然而，万一当中的任何一个自己都爱不上呢？

"到那时候……"刚刚二十出头的奈央子想，"就把心一横，从中挑选一名努力去爱上就行。结婚嘛，只要勉强能过日子，哪怕不是特别喜欢，一起共同生活也绝非什么难事。"

这想法何其傲慢啊。如今，奈央子才算深切领悟到，哪怕是结婚过日子，也必须选择自己真正喜欢的人才可以。哪怕有一天会离婚，一开始也要保证嫁给自己真正喜欢的人。

可惜，所谓"真正喜欢的人"，又到哪里去找呢？

奈央子发现自己现在满脑子考虑的都是结婚。前一阵子，还不是这个样子，工作在她的心目中，占据着相当大的分量。尤其对结婚还抱有一颗傲慢之心的年纪,她对工作的态度更为虔诚。为了好好掌握专业的英文术语,那时她还参加过夜间的辅导课程,主动订阅了《朝日新闻》和《日经新闻》两份报纸,从上面剪下所需的信息。

如今,那样的自己早已远去。倒也绝不是不把工作放在眼里,而是公司似乎并不需要她为之付出巨大努力。

本身奈央子也不是把"男女平等"挂在嘴边的人。自己并没有努力到要为争取平等高声呐喊的程度,也不曾有过不公正的痛苦遭遇。比起这些,她的"女性野心"并未百分之百投入工作之中,而是交付给了其他东西。明白了这一点,令她十分悲哀。

该如何平衡工作与婚姻?诸如此类的疑问,对如今的奈央子来说,早已是遥远到不能再遥远的课题。比起这些,她更加想要的是幸福。过去,幸福的定义对她来说十分宽泛,有巨大的容量。可惜如今,幸福却收缩成"结婚"二字。她日复一日企图挖掘其中的价值,简直到了连自己都觉得可悲的程度。

"唉,真不愿意变老啊……"

奈央子一边迷迷糊糊、似睡非睡地打着盹儿,一边嘀咕。原本她曾以为,自己是个更加知性、更有个性的女人。谁知到了三十来岁的年纪,提起脑子里面考虑的东西,结果就只剩"结婚"两字……原来自己竟然是这么俗不可耐的女人。

"不好意思,打扰了……"

听到一个女人的声音,奈央子蓦然扬起脸。面前站着一位身穿毛巾沙滩装的女士。

"请问,您是东西商事的野田奈央子小姐吗?"

"哎,是我,怎么了……"

在异国他乡被人冷不丁直呼全名,奈央子十分困惑,声音中流露出一丝不悦。

"那个，以前我也在东西商事工作过，我叫铃木绘里子。不知您是否还记得？"

"铃木……"

非常普通的名字。商社里工作的女孩们，有相当一部分在刚进公司三年左右、稚气尚未消退的时候，便早早结婚辞职了。从一大群成天叽叽喳喳、有说有笑的女孩中回忆起一个人来？这操作难度系数太高了。

"当年我在食品二部上班，跟奈央姐喝过好几次酒。记得还有一次，我们一起参加过仙石原的高尔夫球赛。"

"啊，啊，那个铃木……"

想起来了，是个大家都评价球打得超好的女孩。奈央子记得，她应该是女子大学高尔夫球社团的。

"不过，你很早就从公司离职了吧？"

"是的。我先生突然调任到了海外，所以匆匆忙忙做了决定。现在，我跟先生、孩子三个人都住在这间酒店。昨天在大堂偶然看到野田小姐……当时没敢冒昧上前打招呼。此刻又在这里遇见您，开心得终于忍不住了。"

哎哟，哎哟，奈央子险些笑了出来。恰好正为结婚的事想东想西，就出现了一个已婚女人的幸福模本？对方大概是经过了一场轰轰烈烈的恋爱，才嫁了如今的老公，生了可爱的孩子，此刻全家又来到夏威夷度假，可见家境方面也颇为优渥。而自己，却要被动收看一家三口的幸福表演，可实在消受不起。

"大堂里除您之外，还有几位日本女孩，她们全都是东西商事的员工吗？"

"对，是公司的后辈。"

奈央子记起来了，绘里子似乎是比自己晚三期的后辈，于是说话时语气比较随便。

"这样哦，东西商事的女孩们果然最酷了。身上穿的戴的时髦又高级。一开始，我还以为是群空姐呢。"

绘里子奇怪地操着最谦卑的敬语。

"不知各位……今晚有没有什么特别的安排呢？"

"那倒没有……"

"若是方便的话，我想请各位吃顿便饭。自从辞职之后，我一直在家里做专职主妇，如今看到老同事，真是好亲切、好亲切呢，请务必给我个机会和大家一起叙叙旧。"

"这不太合适吧？你是和家人来度假的，被外人打扰多不好。"

"哪里，没这回事。自从来度假，一天到晚对着孩子老公，闷都闷死了。我会把孩子放在酒店的托儿所里，或者请保姆来照顾。请千万赏光一起吃个便饭吧。"

"可是，我得问问其他三位同事，不知她们有没有空。"

"这倒也是呢。那么，能麻烦您打个电话到我房间吗？"

绘里子从塑胶休闲包里取出一本红色的爱马仕手账，撕下一页，写了个大大的房间号码。

"如果时间不方便，也请电话告知我一下哦。"

回到酒店房间，奈央子问了问购物归来的伙伴，大家都觉得有点提不起兴趣。

"那女的，大概多少年前辞的职来着？"

"嗯……大约是七年前吧。"

"那样的话，我想你看她的样子就很清楚，一起吃饭肯定挺烦人的。"

"我们正商量，没什么事的话，今晚要去酒店的美容室做 SPA 呢。如果结束后还要化好妆去见什么人，那就恕不考虑了。"

"明白。要是大家都是这个意思，那我也不去了。"

取出绘里子撕下的纸片，奈央子拿起电话，拨通了对方的房间号。

"喂？"

电话里传来一个男人的声音。

"请问，是铃木绘里子的房间吗？"

"啊，不是铃木，是泽木。因为她已经结婚了。"

"啊，可不是嘛。"

不知为何，奈央子笑了起来，因为男人的口吻里完全没有丝毫不耐烦。电话对面，男人也笑了起来。

"失礼了。那么，麻烦转一下泽木绘里子。"

"内人这会儿刚好出去了。不好意思，您是野田小姐吧？"

"是的，我是野田。"

"刚才绘里子从外面回来，高兴得不得了。说是偶然遇见了从前公司里特别敬仰的前辈，今晚要请您一起用饭……"

"吃饭的事嘛……我今晚有些不太方便。"

"请别这么说啊。内人今天特别高兴，刚才还给酒店托儿所打了电话。有家夜景特别漂亮的多国料理店，她说今晚一定要请前辈过去尝尝。如果其他几位不太方便也没关系，还请野田小姐务必赏光呢。"

结果，奈央子答应了今晚的邀约。

六点半，大家在酒店大堂碰了面。奈央子提前五分钟下楼，只见身穿水蓝色棉质连衣裙的绘里子，早已坐在沙发上等候了。看到奈央子，她满面喜色地站起身来。旁边原本坐着一位穿藏青色麻质西服的男人，也在妻子的拉扯下跟着站了起来。男人高高的个子，大概时常打高尔夫球吧，肤色晒成了太阳棕，目测比绘里子年长不少。鬓边隐约可见几绺白发，但反而为他平添了几分沉稳与知性。在夏威夷这种观光胜地，男性游客基本上人人都穿着花哨的 Polo 衫，极少看到具有这种沉稳气质的男人。

"实在抱歉，只有我自己来了。其他几位年轻姑娘，接下来要去做美容。"

"哪里，荣幸之至。我和内人也觉得这样能好好聊聊。"

"我真的好开心好开心。刚才，我想不管怎样也要预约到靠窗的最佳座位，还跟餐馆那边费了好一番口舌呢。结果，最后还是我先生出面搞定的。"

从酒店坐上出租车，在车里绘里子也一直喋喋不休。

"那个，大冢部长，他还好吗？"

"那位部长啊，前阵子调到东西流通分社去了。之前有传闻说要被提拔为董事，明明敲定了的。唉，这些高层的人事变动啊，真让人搞不懂。"

"唉，大冢部长竟然被贬去了分公司……那可真是个好人啊。我刚入职那会儿，他待我特别亲切。像他这样的人，想要跻身商社的高层队列，人品或许过于正直了些呢。"

"唉，顶层梯队里倒也会有好人存在，大冢部长只是缺点运气吧。"

"是呢。"

绘里子激动地说。

"当初那个韩国的项目，功劳都被上面的家伙抢走了，我想起来就替大冢部长惋惜。"

"不过，他本人似乎没怎么在意呢。"

奈央子啜了一口绘里子夫妇推荐的甜味鸡尾酒。

"我听要好的同事说，这阵子部长气色不错，看样子当真乐在其中呢。学生时代他曾梦想去德国留学，如今，为了退休后重拾当年的梦想，正在自学一大堆东西。最近，我常常会觉得，并非只有在职场竞争中存活下来才具有意义。不知怎么讲才好，反正人生啊，应该合计在一起去评判才对。哎呀，我是不是喝得有点多了？跟这么多年没见的人，唠这么严肃的话题。"

奈央子将目光投向窗外。这家餐馆，位于一条蜿蜒漫长的山路尽头，沿途不时可以见到簇簇燃烧的篝火。月光下，火堆腾起红色的火苗，简直让人感叹，世间怎有如此美不胜收之物。映在旅人微醺的双眼中，甚至散发出某种哀愁的意味。

方才，自己信口开河，对人生侃侃而谈，可"活着"究竟是怎么一回事呢？有的女人，与丈夫、孩子一起，日子过得充实而满足；有的女人，事业感情全部搁浅在半路，过着稀里糊涂的每一天。只要不生什么重病或绝症，自己和绘里子大致会活到相同的年纪，在相同的岁数上死去。在奈央子看来，假如一切照目前的样子继续下去，两人一辈子能够享用到的人生滋味，在量上简直是天渊之别。

"哪里，希望野田小姐多谈谈才好呢。"

泽木投来一个微笑。这男人显然已年过四十，笑起来，眼角会聚集起微小的细纹。而这细纹，是一名中年男人魅力"成熟"的预兆。想到拥有这样老公的绘里子该多么幸福啊，奈央子心中不禁百感交集。

世间的女人啊，为何轻轻松松便能抓住如此优质的老公？自然而然，犹如呼吸一般，毫不费力便能握到手中，整个人变得无比充实而富有。

而今年三十三岁，悠闲自在跑到夏威夷来打高尔夫的自己，该算幸福呢？抑或不幸呢？这样思绪万千的同时，胸中涌起的话语，奈央子却并不打算向面前的这对夫妇倾吐。面对这两位看起来幸福满满的、偶然擦肩而过的路人，怎么可以把内心的想法随意吐露出来呢？她可不干。绝不。

　　"野田小姐，在你心目中，我和内人是不是一对来夏威夷吃喝玩乐的、无忧无虑的夫妇？"

　　内心活动似乎早被对方一眼洞悉，奈央子无言以对。

　　"旅途偶遇，或许有交浅言深之嫌，但这次旅行，说来就像我们全家的一次重生之旅。"

　　"重生……之旅？"

　　"对。我们这个家，差一点就东零西散了。"

　　绘里子也重重地点了点头，仿佛也在说给自己听。

　　"怎么讲呢，我其实……一直都在接受心理治疗。曾经有段时期，我都以为自己再也挺不过来了……"

　　"你别瞧她表面挺开朗，实际上有时候比较神经质。"

　　泽木迅速接过了话茬儿，仿佛在暗示绘里子，别再说下去了。

　　"当年我被公司外派到海外进修，她也随之为我辞去了工作。我原以为至少她在商社里工作过，应该挺能适应海外的生活，结果大错特错。在当地的日本人社会里，像她这样的人，反而会举步维艰，接二连三地遭到排挤。"

　　"身处在狭小的日本人圈子里，只要有一个齿轮脱离了轨道，人际交往就会全盘失败。当时恰好有位日本大企业分公司的社长夫人，是我女子大学时代的学姐。一开始，她对我也挺热情的，且照顾有加，可我却适应不了对她唯唯诺诺的服从关系……"

"后来内人生了小孩，心理状态有时会稍有失衡，我就安排她一个人提早回国了。"

"谁知这样一来，又陷入了育儿焦虑。有一段时期，甚至连听到婴儿的哭声都会崩溃……"

"好啦，那些细节就不用再提了。后来，我也从公司辞了职，于是情况变得越发严重起来。"

"不过，二位此刻不是来夏威夷度假了吗？情况肯定早就彻底好转了吧？"

听着夫妇二人你一言我一语的二重唱，奈央子闷得喘不上气来，不禁叫起来。

"所有这一切，都是过去的事情了吧？"

"是啊，幸亏有缘认识了一位特别好的心理医生，一切都向着良性的方向转折了。这次的夏威夷旅行，如果放在去年，我猜是压根来不了的，当时我的精神状态还十分脆弱。"

"野田小姐，不好意思。"

泽木忽然低下了头。

"刚刚认识就对您说这些，实在冒昧。如果让您不舒服了，那么十分抱歉。"

"哪里，我和泽木先生虽说是初相识，但和您太太见过好多次呢。我们是同一个公司里的前后辈关系，请尽管说吧，不必客气。如果对我倾诉一下能使二位心里轻松一点，说多少都不碍事。"

嘴上这么回答，奈央子心里却在嘀咕："可真会说漂亮话啊！"

旅行之中，被迫收听这些夫妇间的苦水，怎么可能会舒服？自己总扮演这种垃圾桶的角色，简直可以说，已然成了某种宿命。

确实，天天听各色人等倾诉他们的烦恼，时不时还要替对方出谋划策，可奈央子却无论如何抛不开这些破事，只要听到，心里就觉得必须为人家做点什么。

人们将这种行为称为美德。果真如此吗？奈央子有时会想，纯粹是迫不得已罢了。

人们大概一眼便能看穿，迅速鉴别出奈央子是个嘴巴非常紧的人。这种品质，在如今的世间格外珍稀。

并非有谁刻意教导她如此。这也不是她个人秉持的处世信条。对待别人"分享"给自己的秘密，奈央子仅仅出于习惯，从不将之向任何人提及。甚至好多次遭受背叛，那些她坚守的所谓"秘密"，被它们主人的大嘴巴到处散播，逢人便讲。但奈央子依然故我，决不将别人口中听来的重要消息，再泄露给第二人。而这种态度，自然会被对方察觉。

"有个不情之请，或许有些得寸进尺了，但今日在此地重逢也算一种缘分，奈央姐今后能否也和我交个朋友？

"我在东西商事工作那会儿，就一直对奈央姐仰慕不已，觉得你既能干，又受大家尊敬。"

说这话的绘里子，神色似乎与之前略微不同。

在酒店泳池边偶遇时，她浑身散发着现代都市中常见的那种精英阶层美丽时髦的人妻的气质。在发型精心打理、皮肤细致保养的商社女当中，这样类型的女性尤为常见。

而此刻的绘里子，神色中却透露出一些难以名状的东西。奈央子无法清楚地形容，那是一种非常态的、特殊的热情。

"是啊，我们在东京再会吧。"

嘴上这么应着，可对于再度碰面，奈央子内心却颇觉沉重。

"我给你发邮件吧，一回到东京就发。奈央姐，告诉我你的邮箱地址好吗？还有手机号码。"

"哦，好呢。"

嘴上回应着，奈央子心里却暗自懊恼。

"说来说去，我这个人还是太软弱了。"

近来，奈央子的圈子里忽然流行起一种行为，就是去神社参拜，除灾驱邪。最初听朋友提起这事，奈央子不由自主地笑出了声。

"饶了我吧，又不是江户时代。现在都啥年月了，还搞驱邪这档子事。"

但大学时代的老同学美穗，表情却极度认真。

"哎呀，你不知道吗？大家都去的。我有个在电影公司做宣发的熟人，三十四岁，她对这些特别清楚。听说前厄、本厄和后厄，接连三年她都找有兴趣的朋友一起去了。因为工作性质的关系，那姑娘平时挺时髦洒脱的一个人，唯独在这种事上面思想传统着呢，一次不落地全部认真打卡了。"

"哎呀，上了年纪的女人个个大搞迷信，到底是想怎么样嘛。"

"都说不是迷信了好吧？"

美穗何止是认真，表情里简直含着怒意了。

"最近我读了一本书，里面写到，厄年这种说法是可以从科学角度加以考据的。比如，男性的厄年不是四十二岁？在那个年龄，恰好男人承担的社会责任最为繁重，所以不光身体容易生出各种毛病，灾啊劫啊一股脑儿都来了，也没啥奇怪的。"

"这么说的话，女人的厄年呢？"

"虚岁十九，接下来是三十三。"

美穗应声答道。

"这个也有好多人不懂。古时候，一说十九岁，不就是女人新婚和产子的年纪吗？换句话说，是夫妻之间容易起矛盾、生是非的时候。女人初次怀胎生子，据说也有各种麻烦和辛苦。至于三十三岁，在古代那就算正当中年了，孩子的事啊，家里的事啊，是女人一生烦恼最多的时候。"

"别吓人啊，什么中年不中年的。"

"古时候就是如此啊，有什么办法？那个年月，三十三岁女人的烦恼其实也就是身为妻子和母亲的烦恼吧？不像如今，单纯只是身为女人的烦恼。唉，比如我跟你吧，发愁的就是身为女人的一些问题咯。"

说这话的美穗，早先在一家银行工作，如今则登陆在人才派遣公司。据她自己讲，原本是打算在银行里挑个好男人，四年之内把婚结了的，也不知什么缘故，始终没能如愿。直到现在，她还觉得："会不会是中了狐仙的邪了？"

再加上刚过三十岁，就赶上社会对派遣职员的雇用需求大幅锐减，美穗在职场上也不像过去那么吃得开了。

"为什么我老是这么不顺呢？狐仙干吗一直附在我身上，没完没了呢？"

一句话逗笑了奈央子。美穗身材高挑，算是个美人，学生时代在男生当中大有人气。奈央子对她的历任男友都一清二楚。记得当年，美穗还曾和其中某一位瞒着家长跑到洛杉矶游玩。作为对美穗的辉煌年代了如指掌的老友，看到她如今的惨淡景况，奈央子也不免觉得，好像真有狐仙在作祟。

"对吧？没错吧？奈央你是不是也有同感？所以说，还是去做个驱邪的法事比较好。"

美穗依然像个爱撒娇的少女，不停拿眼角去瞄奈央子，让人失笑。

“唉，没办法。我当真觉得，咱们这种……说是走背字呢，还是不走运的日子，最根本的原因还是遭了什么脏东西。”

“我的日子还没不幸到这步田地吧？”

奈央子刚欲反驳，却不由自主被美穗执拗的劲头所折服。每当此时，毫不迟疑地加入命运共同体的阵营，是女性友谊的铁律。最后两人商定，要尽快去把除厄驱邪这件事给办了。

“话说回来，我马上就要三十四岁了。三十三岁基本已安然无事地度过了，不去也没关系吧？”

“不行不行！后厄这一年不给它好好送走，是绝不能安心的。”

对怪力乱神这种事，美穗真是熟门熟路。

“既然要去，那还是找川崎大师，或者电视里宣传过的佐野大师，这种相对知名的大师比较好。”

跟母亲通电话时，奈央子顺便提了一嘴这事，却得到了厚子的大力表扬。

“做得很对！妈妈我啊，大年初一去神社参拜的时候，也打算顺便给奈央求张除灾祛邪的符回来呢。可又怕万一你不高兴……”

“那是当然吧。”

本是当作笑谈跟母亲随口一提，谁知反倒搞得骑虎难下起来，奈央子有点不开心。

总之，本周六，约好了跟美穗一起去拜见川崎大师。没承想，周四晚间接到一通电话。

“喂？是奈央子吗？”

对面女人的声音里，透出一种莫名其妙的、自来熟的亲热劲儿。奈央子有点蒙。

“我是之前在夏威夷与你偶遇的泽木绘里子。”

听到对方自报家门的瞬间，一股隐隐的厌烦，好似苦涩的唾沫，一下涌到了嗓子眼儿。夜晚十点，刚卸了妆，打算看一会儿书，对独居的女人来说，这是一天里的黄金时段。在这种时刻，如果是亲密好友那也罢了，没有谁愿意和自己不太感冒的人打长长的电话。

"哦，是泽木啊。"

奈央子用疏远又尽量不使对方感到冷漠的语气答道。

"在夏威夷时承蒙款待了，非常开心，抱歉没能及时去信问候。"

旅行归来后，奈央子原打算给绘里子发一封礼节性的问候邮件，但预感到此举会给自己招惹一堆的麻烦，便放弃了。至于自己的邮箱地址，当时虽也告诉了绘里子，但却糊弄说，平时只有在公司时才会收信。为了打发对方的追问，最后，只得又用自家的座机号码先搪塞了过去。

"哪里啊，一顿便饭而已。奈央子愿意赏光，我才高兴呢。"

"你先生，他还好吗？"

"哎，他很好。"

一通寒暄之后，两人静默了一刻。

"那个，奈央子，抱歉在你百忙之中打扰你，我们能见个面吗？白金台有家特别好吃的意大利馆子，红酒的品牌也很齐全。我前些天刚去那里吃过饭，所以想约你无论如何也去尝尝。"

"是吗，改天定去尝尝。"

奈央子以为委婉地表示了拒绝，谁知绘里子似乎并没有领会。

"那你几时比较方便呢？比如……本周内哪天有空？"

对方急不可耐，想把日子确定下来。

"本周嘛，不大可能了。像今天这样也是挺少有的，没什么杂事，能早些回家。"

眼皮底下，放着最新一期的推理杂志。奈央子原本计划着美美地沏上壶奶茶，一边悠闲地享用，一边追新一章的小说。啊啊，这女人能早点挂电话吗！

"那周六或周日怎么样？若是晚饭不方便的话，改吃午饭如何？"

"这个嘛……"

奈央子心里盘算，此刻强硬地拒绝掉，倒也简单。但这样一来，对方恐怕还会一遍遍再打过来。答应陪她吃一顿午餐，届时可以把气氛搞得无聊一点，只要不冷场就行。往后绘里子估计就能消停了吧！

"要是午餐还行……"

"那，周六可以吗？"

"周六已经约了人，我有事得出门。"

会不会太敷衍了些？奈央子心里自问。接着一个没忍住，不小心说漏了嘴。

"其实，我是打算去参拜川崎大师。因为今年三十三岁了，属于后厄之年。"

"呃？要去那种地方吗？"

"对，都到这个年龄了，感情还一直拖拖拉拉没有着落。朋友说恐怕被什么脏东西附了身，所以我俩约好了一起去。"

"好棒啊，我也好想去。"

"这事可没什么好玩的，只是两个失意女人的迷信活动。泽木太太跟这种事可沾不上边。"

"哪儿啊，没那回事。我马上也该三十三了，按虚岁算就是本厄之年。"

奈央子不是很懂，所谓厄年，是按虚岁来算的吗？放在现代，也有人说该以周岁算。

"所以，我可以和你们同去吗？"

"不不，这个嘛，不太方便。"

美穗那个人，和黏人的绘里子肯定合不来，以她的性格，绝对会不加掩饰地对绘里子甩脸子、撂狠话。

"我和一个同岁的朋友老早前就约好的……"

"我保证不打扰你们哦。要是没有这次机会，我也很难见到川崎大师呢。可以的话，我来负责开车，你们就把我当司机用好了。"

"可是，我和朋友约好要坐电车去了。"

"那，等你参拜结束，我们再一起吃饭好吗？"

"抱歉，真不好意思，我和朋友约好要去附近的馆子吃鸭肉火锅。老早前她就做了好多计划，全都安排妥了……"

末了，奈央子答应绘里子周日一起吃午餐。

绘里子提议的是位于外苑西街的一家意大利餐馆。这家小店刚开张不久，据绘里子介绍，鱼鲜类的菜品十分美味。

最近，熟知各种美食或购物打卡地的职业主妇越来越多，女性上班族根本无法同她们较量。当然，老公有钱是条件之一。此外，她们比职业女性有钱更有闲，也叫人没脾气。更何况媒体蜂拥而上，逮着这群时尚主妇又是采访又是追捧，奈央子觉得，搞得三十多岁的职业女性意兴阑珊，丧失了工作的热情。

在约定的时间，奈央子一到地点，便看见绘里子坐在店堂深处的餐桌旁，完全一派假日休闲装扮，白色的针织套装一看即知是高档货，此外还佩戴了钻石项链与耳饰。听说泽木在外资咨询公司里任职，恐怕年薪不菲。这对夫妇，与整日为裁员减薪所苦的日本上班族无缘，身处于另一个时空。

"你出来玩的时候，小孩怎么办呢？"

"请了保姆来照看。"

听说保姆时薪两千日元，奈央子吃了一惊。

"哦？那么一天来五个小时，就是一万？"

"除此之外，交通费和餐费另付。"

"这样的话，对一般主妇来说，是压根不可能负担的一笔费用呢。"

"对她们来说，还有更便宜的家政派遣公司，也有托儿机构可以利用。我家只是偶尔请一回保姆，虽然贵点，我会选择拥有优质人力资源的公司。"

奈央子听得直郁闷。某一天自己也会结婚，也会成为母亲。若是为了育儿成天蓬头垢面，她感到接受不了。理想的生活方式是，与他人相比，适当晚几年怀孕生子，在育儿方面，也相对更游刃有余。偶尔把孩子托管给服务机构照看，拥有自己可支配的悠闲时光，这是奈央子头脑里勾勒的未来图景。天晓得这样的生活竟需要这么多银子来支持？婚后仍外出打短工的女人挺多，可每小时能挣两千日元的，又有几个？

不管心情如何，总之，午餐开始了。绘里子似乎已光顾过多次，三下五除二点好了菜。

"这道香煎六线鱼一定要点。还有他家的乌鱼子意面，味道堪称一绝。"

好容易来一回，索性喝点吧，于是又点了一瓶干白。尽管并非密友，但午后时光中，两个女人啜着美酒，吃着大餐，倒也有种奢侈的惬意。

"我有些心事，想听听奈央子的意见。"

奈央子摆出洗耳恭听的架势。虽早已做惯了女孩们倾诉心事的树洞，但绘里子吐出的这句话，却过于辣耳朵，惊得奈央子差点呛了一口酒。

"怎么说好呢，我……有个喜欢的人。"

"呃……"

婚外情的话题并不稀奇。但这一回，却不是奈央子身边时常发生的，有妇之夫与单身女子的搭配组合，而是人妻的出轨。这比未婚女性的插足，似乎更缺少让人同情的余地。在奈央子看来，仿佛一个三餐饱食无忧的人，竟还贪图着满汉全席，暴露出内心肮脏的贪欲。自己身边那些单身女性，可比眼前这女人踏实且单纯得多了。

"这段时间，我满脑子想的都是他，简直快要崩溃了。心里明知对不起先生和孩子，但只有见到那个人时，我才觉得生活有些许意义。"

奈央子想起在夏威夷见到的泽木，是个感觉舒服而知性的男人。尤其对容易陷入偏执的妻子总是悉心维护的样子，让她格外感动。客观来看，泽木是个层次相当高的人。在单身的奈央子看来，拥有这么出色的老公，竟还惦记着别的男人，怎么说都属于犯规行为。

"那个人，接下来打算和泽木太太结婚或一起共度人生吗？"

绘里子打从见面起，就一口一个"奈央子"地叫。而奈央子却始终称呼她"泽木太太"。可惜，这其中的意味 ① 似乎并没有被对方领会。

"那倒没有。他只是不停地表白，说爱我。"

"这么说，就是随时都会结束的关系咯？我猜泽木太太也绝没有抛夫弃子的打算吧？若是也没有改变目前生活的意思，那岂不是毫无出路的一段感情？"

<hr>

① 在日本，只有关系亲近的人之间才会省略掉称谓，彼此直呼其名。此处绘里子直呼"奈央子"是一种表达与对方亲近的方式，但奈央子称绘里子"泽木太太"是在刻意与她保持距离。——编者注

"但我真的好痛苦。"

绘里子将酒杯放回餐桌，手一抖，瞬间杯身轻轻摆荡。仔细保养的水嫩肌肤，配上精心勾勒的双眼，看在任何人眼中，都是一位漂亮且有品位的优雅的人妻。

她已不再满足于眼前的生活。

奈央子心想。

过去也许经历过很多，但如今，她不再感到充实与幸福了。拜托，请不要为了自己过家家一般的恋爱游戏，来夺走我宝贵的时间好吗？

没错。世人啊，为何总如此轻易向他人吐露自己的烦恼？所谓倾诉心事，听取意见，不过是口吐毒素，等着它们被对方吸收。为了解毒，听取烦恼的人却要消耗自身的心神与体力。为什么大家就不明白这个道理？

"既然这么痛苦，那就和先生挑明谈一谈，怎么样？"

奈央子毫不客气，有话直说。

"你先生那么体贴，我想他会理解吧。关键他那么关心你，在乎你。恕我冒昧猜测，泽木太太只是对眼下的生活有些厌倦，想搞点乱子出来罢了，那何不跟先生坦白聊一聊呢？"

"我早跟先生谈过了。"

"呃？"

"前些天在夏威夷，我不是提过自己有段时间精神状态比较低落吗？我跟那个男人就是当时认识的，感觉真的被拯救了，心里对他还挺感激的。我与他也曾短暂分开过一阵子，最近却又忍不住想见他了……"

"这样啊……"

奈央子对泽木的印象也蓦然一落千丈。莫非只是一对怪异的夫妇，在玩什么怪异的狗血剧？要么是换妻游戏，要么是给自己老婆输送小白脸，从中获取快感的变态老公，杂志上不是隔三岔五就有类似的描写嘛。泽木与绘里子夫妇，该不属于这类奇葩吧？休想把我卷到你们的剧本里去，奈央子心里气哼哼的。

"我还是……告辞了。"

咖啡正喝到一半，但再聊下去也没必要了。她一把抓过手边的账单。

"啊！是我约你来吃饭的，让我付……"

"不必，不必。"

被这种人请吃饭？还是免了吧，奈央子大步走向收银台。一万两千五百元，由于点了红酒，金额远远超出一顿午餐的水平，好心疼。对她们这些阔太太来说，这个价格大概不算什么。可作为一名普通OL，简直是一笔肉痛的开销。

昨天跟美穗两人也痛快地大喝了一顿，但至少心里舒坦，花钱也就算了。此刻，这顿只是出于义务勉强奉陪的午餐，却贵得要命，实在太不值了。

奈央子头也不回，狠狠地摔上了店门。

电话响了。半夜三更的电话，本身就带着不祥的气息。奈央子心口一揪，看了眼闹钟，凌晨一点二十四分。

"喂喂，奈央子，这么晚打电话给你，不好意思。"

这个声音早已深深刻在她脑子里了，是前天刚刚见过面的泽木绘里子。

"这么晚了，我很困扰的。"

奈央子语气里含着露骨的怒意。

"你好歹也是上过班的，应该懂得这个道理吧？这种时间把一个要上班的人用电话吵醒，有多失礼？"

"真的很抱歉。可是我，确实没有办法了……"

话筒对面的声音显得极度微弱。奈央子做好了打算，假如对方话语中有丝毫异样，自己就果断把电话挂掉。

"那个……今天我和那人见面了。告诉他，我们还是分手吧。结果他死活也不愿意。"

"那你就跟他继续交往呗。你不是爱他爱得要命吗？你老公不是也默许了吗？那就三个人团团圆圆地相处下去，不也挺好吗？"

"可我跟先生约定好了。在去夏威夷之前就立下了保证，说要好好重建生活，不再和那人见面，做个好母亲，调整好心态，从头开始认真过日子的。要是先生发现我还跟那人藕断丝连，不知会怎么想呢。"

奈央子不知何时在睡衣外面披上了一件毛衣。心里明明觉得这女人好渣好自私，却不知不觉投入地倾听起对方的烦恼。这样的自己，连她自己都深觉凄惨。

"那人对我说，如果现在提分手，就把我们至今还在见面的事向我先生摊牌。但糟糕的是，这样威胁我的男人，我却依然不能忘情……"

"明白，明白。"

奈央子朝听筒对面的女人不停"嗯嗯"点着头，仿佛在与对方周旋。

"总之，现在你不要操之过急，别忽然把事情搞大。悄悄地，瞒着你先生和那个男人见面好了。也只能这样先跟对方拖一阵子了不是？"

"是吗？不过，最近那人老是话里话外暗示我将来的问题。大概并不满足于偷偷把关系维持下去。对他的这种态度，奈央子怎么看呢？"

"嗯……"

解这种谜题，原本是奈央子的强项，但此刻脑子有点转不过来。看来，只能回答点对方乐意听的，让绘里子把嘴闭上了。

"这也许说明，那男人在诚心诚意、认真考虑和你的将来吧？"

"原来这样啊？"

"对啊，也只有这种可能了。反正，你现在少安毋躁，不要惹得对方采取行动，只考虑怎么稳住他就行。"

电话终于挂掉了。

哪知，两天后，绘里子的电话又来了。这回是在晚上九点，还算可以原谅的时间，正是奈央子用毛巾擦拭着洗好的头发，刚把电视频道换到富士台的时候。最近奈央子隔一阵子没有追剧，才漏了一集就跟不上进度了。其实本可以选择定时录像，但不知为何，电视剧这玩意儿还是实时收看有意思得多。

长长的广告之后，刚开始出片头演员表，电话便响了起来。

"那个，不好意思，现在打扰一下，你方便吗？"

"有什么事吗？稍微过一会儿还行。"

"我和那人又见面了。不过，好像被我先生察觉了。"

"你怎么知道他察觉了？"

"我跟保姆约好晚上九点交接，结果到家都十一点多了。我先生已经回来了。他大发雷霆，质问我在外面干什么，为何一直待到这么晚。"

"那是因为一个有孩子的女人，在外面玩到深夜十一点，老公才发脾气的吧？"

"不过，他发火的样子跟平时不大一样，肯定是发觉我和那人的事了。我该怎么办呢？如果真走到离婚那一步，必须一个人养孩子，我无论如何也做不到啊。"

奈央子听得满心不耐烦。不，与其说不耐烦，不如说全身神经起了生理性的排斥反应。绘里子客气又温柔的声音，她却忍无可忍，一分钟也听不下去了。

"啊，不行呢，这个时间。"

奈央子故意加大了音量："有个工作方面的国际长途要打过来。对不起，我挂了。"

下周找个时间约泽木先生见一面吧，奈央子暗自下定决心。思来想去，他这个老婆脑子有点不正常，必须把这件事好好同他谈一谈了。奈央子一边考虑着，一边有些心虚，仿佛为了见面，自己在故意制造不可推卸的借口。

泽木指定的见面地点，在高轮一家酒店附设的咖啡座。市中心的酒店奈央子时常光顾，但这家倒是头一回。古典风格的建筑，大堂与咖啡座空间轩敞，有高拔的屋顶，透过落地玻璃，可见花园里春日即将结束前葱茏的绿意。

客人疏疏落落，几乎让人担心酒店的生意是否还能维持。一位正在品咖啡的老人，外加三位和服打扮的妇人，正愉快地有说有笑，衣着的品位与档次，都在一般的酒吧夜总会里极难见到。餐桌的摆放距离宽松，因此客人的谈笑声并不刺耳。

窗外稀薄的暮色悄然潜入室内，身穿白色制服的侍应生在餐桌摆上一盏盏烛台，仿佛什么重要的仪式。

奈央子看看手表，距离约好的七点还差五分钟。不知为何，她预感泽木定会准时准点到。

果然如她所料，当奈央子手上那块以前在中国香港买的卡地亚腕表的指针恰好指向七点时，只见收银台前出现了身穿藏青色西服的泽木的身影。

置身这样的场合，例如酒店咖啡座、高档法国餐厅之类的正式场所，有些男人的气质便会显得寒酸起来，但泽木并不。在海外工作多年，任职于外资咨询公司，位列精英阶层等，身为男性的一些高分特质，皆从他高大英挺的身姿极为自然地流露出来。奈央子感慨，所谓"对男人进行估值"，原来是这么一回事啊。

而对明明拥有如此优秀的老公，却厚颜地声称"我爱上了别的男人"的绘里子，奈央子则更添一层憎恨。这份情绪，既非"嫌恶"，也不属于"厌烦"，它就是真真切切的憎恨。

这世上，就有那种顺风顺水、玩转人生每一步的女人，从一个名头还算好听的大学毕业，过上几年无忧无虑的 OL 生活，接着再嫁个收入好、样子体面的男人，婚后也没什么烦恼可言。要辞职还是继续工作？这类问题从一开始就不会被她们放在眼里。比起蓬头垢面、奋力平衡事业与家庭，她们相信更加快乐而有意义的生活会在前方向自己招手。而最终，一切如愿以偿。

闲时和老公打打高尔夫，出门旅旅行，随便学点才艺，沉迷于家装与园艺。孩子出生后，便好好品尝一下身为母亲的育儿乐趣。接下来把孩子送入名校，便与一群同样有钱有闲的宝妈，展开了多姿多彩的社交生活。

每次吐槽这些女人，总会有一些人反驳："如今经济不景气，这样的主妇也越来越少了。她们的日子其实也没那么好过吧。"

可但凡去港区白金台或涩谷的广尾随便溜达一下，就能看到不少靓丽主妇的身影。她们将宝贝装扮得可可爱爱，牵着孩子的小手走在街头，身穿低调且不落痕迹实际却价值不菲的时装，头发染作高雅的栗色，吹剪打理得一丝不乱，保养到无微不至的肌肤，外加精心修饰过的指甲……

什么减薪裁员，在她们看来，此类话题只会和少部分运气糟糕的人扯上关系。而她们自己，则安居在另一个时空里。那种稍微一个行差踏错，便会跌落人生谷底的边缘绝境，她们永远不可能涉足。

这种类型的女人，商社里有很多。而绘里子应该曾是其中一员。不，如今也是其中一员。她不是已经十分幸福了吗？欲求不是获得充分满足了吗？为何还要故作不幸，甚至不惜去以身试错呢？在奈央子看来，那是因为她贪念太深，不仅享用自己的人生，还要试图窥探和涉足他人的人生。所以奈央子对她的感觉，才会以"憎恨"来形容。

"让你久等了。"

泽木落座的瞬间，可以窥见手腕处白色的袖口。完美的袖长，裁剪时显然经过了严密的计算。奈央子对藏青色西服最有好感。她认为，穿这个颜色的西服时，应当放弃领部设计繁复的衬衫与花哨的领带，尽量采取正统保守的搭配。最好选择简洁平凡的白衬衫，领带也以普通的为好。取而代之，西服的面料与做工则必须上乘。

泽木的一身西服品质精良，白衬衫搭配棕灰色领带，也显得优雅时尚。奈央子心里微微刺痛，绘里子能够嫁给这样一个能完美驾驭藏青色西服的男人，岂非太过幸福？

"真不好意思，把你约到这里来。原本该选个离野田小姐比较近的地点，可我待会儿有事必须回公司去。"

"哪里哪里，请不要客气。倒是我，突然打电话把您约出来，才应当道歉。"

寒暄过后，一阵静默流过两人之间。面前的橘红色烛火随之摇曳。两人对着烛光，不是喝酒，而是啜着咖啡。况且，是为了讨论另一个女人的事情。啊啊，奈央子不禁懊恼，为什么我总扮演这样的角色？

"其实，野田小姐打电话来的理由，我想，我大致能猜到一些。"

泽木开了口，声音低沉。

"大概，绘里子一直在骚扰你吧？"

"是的，没错。"

仿佛有谁在背后拼命推着奈央子，让她必须要说个清楚。

"三天前，几乎是半夜三更还给我打了电话，说无论如何希望我听听她的烦恼。"

"所谓烦恼，就是她爱上了别的男人吧？"

奈央子无言以对。虽说绘里子已经承认此事她的先生也知道，但听到别人来找自己聊老婆出轨的事，哪个老公也不会痛快吧？

"她是不是告诉你，自己另外有了喜欢的人。她好爱好爱那个男人，爱得心痛到不得了？"

奈央子猛然抬头，吃惊地望向泽木。发觉男人的眼睛由于痛苦，眯成了一条细缝。绘里子，你绝不该把自己的先生折磨到这种程度。

"我说这话并非在逞强，实际上，我认为她在撒谎。"

"此话怎讲？"

"她这样做，恐怕是为了博取野田小姐的关注，希望你能以同情的眼光，来看待她的问题。"

"可是，只为了博取同情，用得着撒这种谎吗？"

"你也知道吧？她曾经精神崩溃过一阵子。刚开始显露征兆的时候，我们还住在美国。一个在商业学校认识的日本人，嗯，我们姑且称之为 A 先生吧。绘里子为了吸引他的注意，编出了各种各样的瞎话。比如，我在外面有了女人啊，或是我对她实施家暴之类的。A 听了她的话，要是因此爱上了她，那事情倒还简单。可现实并非如此。A 在我们日本留学生群里早就有了女友。于是，她反过来告诉我，说自己爱上了 A，爱到已无法自拔。"

"简直难以置信！"

奈央子叫了出来。

"我觉得您太太的确有些偏执之处，但真看不出来，她会做出那种事。"

"唉，我也未曾想到，她对国外的生活如此难以适应。早先她之所以嫁给我，也有部分原因是我决定到美国进修。一开始，她梦想要考进我所就读的大学去念研究生，因此一直在用功复习。最终留学梦破灭了。这也不是问题，只要好好学英语，也不失为一种融入的方式，但她拒绝了。反而把时间精力花在购买奢侈品和聊天上，成了一个典型的'驻在员夫人'。"

奈央子想起绘里子精致的五官与品位优雅的衣着。听到'驻在员夫人'这个词，你会觉得，她的形象与多数人脑袋里勾勒的那副模样高度匹配，打眼看去就是会尽情享受这种身份的类型。

"可惜，在人际交往方面，她也失败了。在夏威夷时，我想她自己也有向你提到过，她跟社交圈内的某位夫人处不来。在国外，假如社交能力过于笨拙，是会严重影响生活的，对女性更是如此。那时候如果我能多倾听她的烦恼，也许就好了，但我当时实在没那个精力和空闲。"

接下来发生的，早已听绘里子讲过。和驻在员夫人之间的矛盾，搞得她心力交瘁，遂提早一步回到了日本。随后，便爆发了育儿焦虑……

"在我看来呢……"

奈央子开了口。

"您太太可真不像那种败犬类型的女人。坐拥优质老公，孩子送进了名校，与周围的人相处愉快，快活享受着自己的生活，轻松搞定人生每一步……您太太看起来应该是这种通吃型的赢家。"

"她那份笨拙，以及天真，究竟从何而来，我也不太搞得懂。也绝非出生在有问题的原生家庭。为何性格那么懦弱自卑，老实说，我是真心想不通。"

有片刻，泽木低垂着眼帘。眼睛下面的一点松弛，在脸上制造出小小的阴影，却绝不令人讨厌。奈央子意识到，烛光不仅是女人美貌的加持，还可以让男人的容颜生动而有魅力。

忽而，泽木抬起了眼帘。一直在偷偷观察的奈央子以为，他会对自己投来责备的目光，事实并非如此。那是终于下定了什么决心的神情。连语调也变了。

"唉，失礼了。竟然跟野田小姐诉苦，说我真的不懂自己的妻子。我到底在想些什么啊。"

他抱歉地低下了头。

"这是我们夫妇之间的问题，必须由我们自己来解决。真是给野田小姐添麻烦了，请务必见谅。"

"哪里，我并不指望您来道歉，而是担心如此下去情况恐怕会恶化，所以才约您出来好好谈谈。嗯……这么问也许管得太宽，但我实在放心不下，您太太有去医院接受治疗吗？"

泽木"唉"了一声，点了点头。

"基本上是一个月一回，去主治医师那里随诊。"

"这样的话，去主治医师那里咨询一下应该最好了。虽说是夫妇之间的问题，但已经到了泽木先生独自解决不了的程度，不是吗？"

"我的确有此打算，同时也想对野田小姐提个请求。下次内人若是再打电话给你，请你毫不客气地予以拒绝，好吗？否则，内人的心理会越来越执拗，对野田小姐不断死缠烂打，以至于最终连她自己也刹不住闸。"

"明白了。下次如果您太太再打电话来，我对她态度冷淡一点，也不会再接受她的任何邀请。不过，泽木先生，假如连我这个发泄的出口也失去的话，您太太不知会变成什么样呢？我有点担心这个问题。"

"我会尽一切努力照顾她的，绝不再让野田小姐跟着担心了。"

泽木注视着奈央子的双眼，目光里充满男人特有的温柔。对一个萍水相逢的女性尚且能如此善意，难以想象泽木对待自己的妻子，每天会用怎样深情款款的目光温存地凝视。

对于"夫妇"这种关系，奈央子由衷羡慕起来。两个原本素不相识的陌生人，不知不觉间成了骨肉至亲。妻子的耻辱便是丈夫的耻辱，妻子的悲伤亦是丈夫的悲伤，同时，丈夫竭尽所能地庇护着妻子。能够拥有丈夫的女人，哦不，能够拥有泽木这种丈夫的绘里子，奈央子打心眼儿里羡慕。

两人一起走出酒店大门。四下已被夜色笼罩。树木伸出新叶繁茂的枝条，宛如夜空一般遮蔽了头顶，让人感觉不到置身于都市的中心。

"接下来，我必须回公司去，本该请野田小姐吃个饭，结果只让你用了些茶点，真是抱歉。"

"哪里，请不必担心。这间酒店我还是第一次来，环境真不错，让人放松而宁静。又没有改建过，在市中心还保持着古典的原貌，太难得了。"

"这里有家法国餐馆，菜式十分美味，是间隐蔽的名店，只有少数懂行的人才知道。他家的料理挺正统的，真想请野田小姐来尝尝。"

"是呢，改天真想尝尝看。"

两人都没有主动约具体的日子。毕竟今日见面，是为了谈谈他罹病的妻子，怎能轻浮地做出约饭的行为。

两人在出租车停靠处道了别，泽木向庭园出口走去，奈央子上了车，告诉司机目的地之后，扭身回望。隔着车窗望见泽木的背影，似乎沮丧地垂着头。不知是不是自己想多了，刚才自己那番话，莫非伤害了他，给他造成了巨大的困扰？奈央子有些不安，凝目试图仔细端详。谁知司机猛然加快了车速，泽木的背影在视线中迅速远去，再也看不见了。

"喂喂？是奈央子吗？"

绘里子再次打来电话，是在次日晚间十点。仿佛提前计划好了，特意瞅准了钟表，在整十点之际拨通了电话。

"嗯……最近我们能见个面吗？关于那个男人，我无论如何想听听奈央子的意见。"

既没有客气地问候一声"你好吗"，也没有寒暄几句季节或天气，开门见山，出其不意，一开口便丢过来只与自己有关的话题。绘里子的这种态度，让奈央子顿感不适。

"那个男人，说他马上要去找我先生摊牌了，要把我俩的事说出来。我想不出怎么办才好。奈央子，只要一会儿就行，请你抽空和我见一面吧。好吗？好吗？只要是奈央子方便的时间，让我去哪儿都可以。请帮我出出主意吧。求你了！"

"我说，泽木太太，你把这件事主动找你先生谈一谈，会不会也挺好呢？"

绝不能给她一种自己在训斥她的印象。奈央子谨慎地选择着措辞。

"我有一种感觉，事情发展到这个地步，以我的能力，恐怕已经给不出什么有建设性的意见了。你先生不是已经知道这个情人的存在了吗？既然如此，那就不必再战战兢兢了嘛。虽说只跟你先生见过一面，但我感觉他真的很爱你，是个十分体贴的人。听我说，好好和你先生谈一谈，两人一起认真考虑考虑，如何？比起听我这个外人说些半生不熟的看法，那才是更有效的解决方式吧？"

"你对我先生又了解多少？"

对方语气恶狠狠的。

"呃……"

"奈央子，你不要被我先生骗了。他那个人，表面看起来温柔，似乎挺为我着想，实际根本不是那么回事。我在美国过得那么痛苦，完全是因为他的出轨。他和同研究室的加拿大女人勾搭在一起，卿卿我我，在日本人圈子里甚至成了笑柄。奈央子，那时候我有多受伤，你知道吗？在海外生活，我唯一能依靠的人，就是自己的丈夫了。而他，却狠狠地背叛了我。"

这些，又是绘里子编造的谎言吗？泽木说过，此刻有个情人什么的，全部是她个人的妄想。实情是，在美国生活期间，她爱上了丈夫的留学生伙伴，对那个男人穷追不舍。这样的绘里子，难道又在炮制新的谎言？又或者……奈央子为脑中可怕的想象，情不自禁一阵激灵。又或者，绘里子口中所说才是事实，泽木这个男人不仅出轨，还试图陷害自己的妻子？

"总之！"

奈央子低声喊道，仿佛要用力拂掉缠绕在身上的一层黏糊糊的物质。

"总之，请不要再给我打电话了！你们夫妇之间的问题，与我何干？我很忙，没工夫去管别人的闲事。不管出轨的人是谁，都随便你们，不要再给我这个毫无瓜葛的外人打电话了！"

不想再听绘里子的反应，奈央子说完便挂断了电话。应该不会再打来了吧？想要冲刷掉身上那层令人悚然不适的东西，奈央子走进浴室，在浴缸里放满热水，拿了本时尚杂志迈进浴缸，将身体缓缓浸入热水当中。洗好头发，用毛巾擦干。给身体涂一层润肤啫喱。又以腿部专用的乳液细心按摩了小腿，使之充分吸收。做了足部护理，顺便清理了耳垢……花足工夫，度过了一段对女人来说不可或缺的身体保养时间。当她手法娴熟、有条不紊地做完一个又一个步骤，终于使心情恢复了日常的平静。

"别想让我和那对夫妇再有任何瓜葛。"

盯着手中的湿棉签，奈央子自言自语。

"我也是看这个老公有点帅，不由自主起了同情之心。实际上这对夫妻恐怕半斤八两，没准儿都有点不太正常。还想让我见他们第二面？没门儿。"

电话铃响了，晚上十一点半。这种时间打电话过来的，都是特别亲的闺密。

"嗨！"

奈央子兴奋地抓起了话筒。

"喂喂？奈央子……"

声音属于绘里子。自她背后，传来街头穿梭的车流声。

"刚才那通电话，好像惹你不高兴了。我也不知怎么办才好，想要跟你道个歉，就从家里跑了出来……"

"这……现在，你在哪儿呢？"

"就在离你家很近的地方，叫什么南山公园，我在一条大路边给你打的电话……"

就是家门前的公园。

"你女儿呢？怎么安排的？"

总不会把不到六岁的小姑娘也带了出来吧？

"她没事，好好在家睡觉呢。那孩子一旦睡着，不到早晨不会醒……"

"大半夜的，也不是你出门乱跑的时候吧？你先生呢？泽木先生在干吗？"

"我先生还没回家。"

浴衣的背后袅袅爬上来一股寒意。这女人真有毛病，就算再有什么烦恼，毕竟是一家的主妇，怎能丢下睡梦中的孩子，自己从家里跑出来？

"我呢，想跟奈央子赔礼道歉，就跳上了一辆出租车，等意识到的时候，已经开到这地方来了，奈央子，你这会儿还生我的气吗？"

"我没生气，都说不生气了。"

总之，得先把这个烂摊子收拾一下。奈央子决不打算让绘里子到家里来，同时必须尽快把她送回女儿身边去，哪怕早一分钟也行。不过，若是把她撇在公园里不管，恐怕过一会儿工夫，她就会跑到公寓门口来按门铃了吧。

"反正，我先过去找你。现在我刚洗完澡出来，估计会花点时间，你好好给我待在原地。"

奈央子挂断电话，取过手袋，急急忙忙从中抓出几样东西，最后终于找到了联络簿。泽木给她预留了手机号，说万一有什么情况就和他联系。

"喂？泽木先生吗？我是野田。"

"啊，我是泽木。出什么事了吗？"

对方或许也嗅出了事态的严重，一上来说话的声音都拔高了几度。

"您太太跑到我家附近的公园来了，说无论如何有事要跟我商量。"

"她怎么说的？"

"泽木先生此刻您在哪儿？"

"刚在银座跟人喝了点酒，此刻正在回家的出租车上，目前开到松见坂这一带了。"

"从您目前所在的地方，到我家应该很快的。拜托了，您告诉司机去南山十字路口附近的公园，他会明白的。"

"明白了，绘里子就在那儿是吧？给野田小姐添麻烦了，我现在马上就过去。"

挂掉电话之后，奈央子虚脱般地瘫坐在地。

"怎么会这样，怎么会这样啊——"

她口中自言自语。自己只不过向对方表示了一点善意，为何会遭遇这么恐怖、这么讨厌的事呢？半夜三更，被一个莫名其妙的女人电话骚扰不说，竟然还跑上门来？绘里子的所作所为，不就是一种同性之间的跟踪狂吗？自己究竟为什么会被他人抓住弱点大肆利用呢？只不过稍微管了点闲事，出乎意料的麻烦就一出接一出降临到自己头上。

冷不丁，电话铃又响了起来。奈央子跳起来，心想："是绘里子打来的吧？大概左等右等不见我去公园，急得受不了了。真不想出门啊。"然而，电话却执拗地响个不停。

就当是争取时间吧，奈央子把心一横。

"喂？是野田小姐吗？"

声音来自泽木。

"现在，我跟内人已经在回家的路上了。今晚的事，真的非常抱歉。改日一定登门道歉，今晚就不再打扰了。"

可以听到绘里子在泽木身旁娇嗔道："讨厌，人家不要嘛。"

声音里隐隐透出一股媚态。

"哈？讨厌？人家不要嘛？"

别耍我了好不好？奈央子心里嘀咕。恐惧消散的此刻，她只感到一阵妒意压顶而来。

昨夜之事，深感抱歉。简直不知如何表达我内心的歉意。电话之后，我和绘里子一道回了家，两个人谈了好久。

绘里子一遍又一遍地说："我把野田小姐惹恼了。所以不管做什么也想求得她的原谅，就跑到她家去了。我该怎么办才好呢？"

我让她立下了保证，总之这阵子绝对不会再联络你。我这段时间也会尽量早点回家。这样做不知能否解决所有的问题，但总而言之，给您添了一大堆麻烦，在此深表歉意，真的太对不起了。

泽木翔一敬上。

打开公司的电脑，里面躺着这封泽木发来的邮件。奈央子装出工作的样子，立刻给对方敲了封回信。

昨夜之事，您大可不必如此担心。

不过话说回来，我也当真吓了一跳。我知道这样讲非常不自量，但您太太终究还是接受医生的正规治疗比较好。恐怕您工作太忙，她的生活过于寂寞吧。希望她能尽早恢复健康。

野田奈央子敬上。

这封信写得，连她自己都觉得言不由衷，显然骗不了人。按下发送键以后，奈央子小声叹了口气。

"啊——"

假如有人告诉她，用真心话写信也可以，那么奈央子大概会这样写。

真是够了，请二位不要欺人太甚！夫妇之间闹矛盾，就请夫妇之间自己解决。我不过在夏威夷被你们请了一顿饭而已，凭什么要遭受这样的折磨啊？

你说妻子的精神状态有点失常。如果以为这样讲，就凡事都可以被原谅，那可大错特错了。把她变成这副模样，是你的责任。说得更不客气一点，是你挑女人的眼光有问题好不好？

像你老婆这种女人，我们公司里一抓一大把。就是从一个稍微不错的大学毕业，在商社里上过几天班，就觉得自己与众不同的女人；就是相信光凭这些，就有风光无限的人生在等待自己的女人。

说出来估计不太好听，你太太就是典型的、这种属性的女人。明明天真幼稚，自尊心却高得吓人。所以哪里会有战胜困难的能力？你既然挑选这样的女人做老婆，现在就别摆出一副受害者的面孔，OK？

奈央子在头脑中一遍遍读着这封幻想出来的回信。而后，又轻轻叹了口气。

自己确实比较焦虑，并且根本原因在于，对拥有优秀老公的女人怀抱的一份妒意。

"奈央姐，你怎么了？从一大早就长吁短叹。"

后辈加藤博美不知何时站在了身后。博美比奈央子小三岁，眼看快要来到被称为"职场老鸟"的年纪。

凡是没能在公司里抓住一个精英男，早早辞职嫁人，在这条赛道上败下阵来的商社女职员，都会渐渐养成一股顽强的劲头和奇妙的开朗性格。她们成了段子不离口、笑话满天飞的"大女人"，成了正面意义上的"我行我素"的女人。博美大概便是其中一例典型。她从几年前便开始学习莎莎酱与法式糕点的制作，据说一直在等待自己彻底迷上其中某一样。只要迷上了，就二话不说辞职去留学。她说，"想换条赛道跑跑看"，只可惜……

"老啦！没法再像从前那样沉迷什么了。沉迷啊，其实是一种年轻人专属的技能。"博美笑道。

薪资既不会长，也不会跌。在这家体体面面的公司里，拿着比一般 OL 水准高出许多的薪水。虽没有结婚对象，但好歹有个能算"恋人"的男友。刚刚年过三十，尚未山穷水尽的 OL，若说她们的魅力在哪儿，该怎样形容好呢？女人若四十出头，便会流露出一副败象。而博美这样方才开始展露熟女风情的 OL，会让人感觉简直在向四下抛洒光芒。

私下里，博美无疑也会像奈央子一样，有种种烦恼与彷徨。但在职场上，她是男同事也会高看一两眼的存在。

"我知道啊，唉声叹气会显得好像七老八十。可是，唉，世上净是些叫人忍不住叹气的事啊。"

一看对方是博美，用不着有所顾忌，奈央子语气比较随便。

"我在一本书里看到过，说人每叹气一次，寿命就会缩短三到四十秒哟。"

"哼哼，果然哪，叹气这种行为，根本就是体内积攒的压力，从嘴里泄露出来而已。"

"奈央姐，看来你还想再缩短一点寿命，不好意思打断一下啦。那事儿，你搞定了吗？"

"啊啊，那个啊……"

"他们男的实在太狡猾啦！自己从不愿意扮坏人，把得罪人的事净往我们这边推。"

"没办法。谁让我跟博美你，恰好处在这种年纪呢。"

昨日下午晚些时间，奈央子和博美被课长喊了过去。他貌似攒了一肚子无处发泄的邪火，"啪嗒"一声，把厚厚一本装订的复印件丢在两人面前。那是会议上使用的资料。据说没有认真编好页码，中间脱漏了两页，遭到了上级的当众叱责，课长感到狠狠丢了面子。

"这事说到底，就得你们这样的老员工，好好地教育一下那帮派遣职员才行！"

对于课长的命令，奈央子和博美心里一阵厌烦。

"又来？"

景气长期低迷之下，东西商事四年前终止了对女性一般行政岗位的招聘。废除了女性助理制度，让某些原本不属于综合业务岗位的女性员工，也担起了专业性的工作。而这套人事方针，成了混乱的根源。但更让奈央子她们头疼的，还是那帮派遣职员的问题。

公司裁掉了一般行政岗位的同时，取而代之，将所有相关工作都交给了派遣职员。但话说回来，派遣职员的人数也不是个小数目。何况在公司里，正式员工总随口称呼她们"派遣"或"派遣妹"，用一种居高临下的目光看待她们，亦是不争的事实。派遣职员净是年轻女性，当中有一些，显而易见是瞄准了商社男才进来的。目前，和男职员结婚的派遣妹源源不绝，而处于恋爱中的情侣，据说数也数不完。

这些派遣妹，决不和正式女职员共进午餐。各个楼层的派遣职员总会互相约着，到公司外面去用餐。奈央子她们和派遣帮之间，仿佛隔着一道肉眼看不见的、以又粗又结实的绳索编织的巨大帘幕。

当派遣帮尚属于少数派的那段日子，这样的状态倒还能容忍。但如今，她们正逐步扩张为社内最大的势力。在不远的将来，在这个公司里，除了那些化石一般的老阿姨，估计正式的女职员将变得一个也不剩。而此刻，新类型的矛盾与纠纷也正层出不穷。

为什么公司那些身居高位的男人，从不考虑女性职员的心理与感受呢？他们一定认为，女性之间的人际纠纷，都是些不足挂齿的小事吧。

"真不知道怎么跟那帮派遣职员打交道。"

奈央子的伙伴大多这么讲。因为再也无法像从前那样，与对方保持一种不远不近、井水不犯河水的状态。作为重要的工作搭档，双方不得不建立更为牢固可靠的合作关系。但现实是，暧昧的状态一直不见任何改善。并且，让女同事之间的关系变得更为复杂难解的，是男同事的一些做派。他们对奈央子这类资深女员工态度亲近，也能给予信任，这自然是不错，但每逢自己有不便开口的要求，便纷纷推给奈央子她们出面摆平。自己不愿对派遣妹说难听话，就一直委托奈央子她们代劳。今天的事，便是其中最好的例子。

复印文件的工作，原是课长亲自委派的，由课长本人提出批评，才最为妥当吧。然而，一旦对方是派遣妹，他便毫无道理地把头一缩。

"也许是没法子吧。"

这一次，奈央子自言自语。

"在课长们的印象中，派遣员工永远是个打工的。不管任何时候，对她们大概都有种客人的感觉。"

午后，午休刚结束之际，在乱纷纷、闹哄哄的气氛中，奈央子若无其事地喊了一声：

"早乙女！"

早乙女可奈，是一名二十五岁的派遣职员，加入本部门七个月，据说以前曾在某大型服装制造企业任职，大概是这个原因吧，身上的装扮比较讲究。虽说不能以"美人"来形容，但皮肤很白，再加上化得一手出色的素颜妆，使她整个人看起来颇清纯可人。在派遣帮中，她是个醒目的存在，但工作方面的问题也不少。

"早乙女，来一下好吗？"

奈央子坐在位子上招呼。这种时候，若特意把对方喊到外面去聊，效果会适得其反。终归是工作中的一个环节而已，在自己桌边若无其事地谈上几句反而更好。

"你看一下这个。"

奈央子把装订有误的文件递给她，可奈拿在手里反复检视。粉色的指甲涂得格外精巧，仿佛出自专业人士。若是把花在这方面的多余的心劲儿掰开揉碎抽点出来放在工作上，又何至于犯如此低级的错误。奈央子内心有种男上司般的感慨。

"怎样？是不是有点问题呢？"

"是，对不起。"

可奈垂着头，貌似有些懊恼地咬着嘴唇。奈央子猜测，恐怕是对自己的指摘感到丢了面子。

"当时手头忙得要命，时间太紧迫，匆匆忙忙赶着做完的，所以才发生了这种错误吧。"

最后句尾那个"吧"，仿佛在说别人的失误，奈央子心里有些放不过去。

"我说，老早以前我就在想。早乙女小姐每次一接手这种简单重复的工作，就必会出错。明明合同审核之类的重要任务，你都能完成得很好嘛。莫非早乙女小姐认为，文书打印的工作太无聊？"

"不是，没那回事。"

可奈抬了抬眼皮，看起来不像要顶嘴，但也不像对奈央子的批评表示服气。

"听我说，我想硬着头皮，站在前辈的立场上忠告两句。我们部门的日常工作，都是靠复印文件、接听电话之类简单而琐碎的小事堆积起来的，但最终，却对公司发挥着至关重要的作用。不管哪个公司恐怕都一样，绝不会因为事情小，就可以马虎对待。"

"对不起，我以后注意。不过，我也问两句行吗？"

可奈那对描得漂漂亮亮的大眼，忽闪了一下。

"请问，野田小姐，你到底有什么权力对我这样训话？"

"呃？"

"这种问题，不是应当由直接委派我工作的上司来指出吗？我也时常在想，野田小姐究竟有什么权力，用这样的口气对我讲话呢？"

奈央子一阵语塞，可奈这话说得没错。不过，自己果真用什么高压式的口吻教训过对方吗？以至于对方搬出了"权力"这么严重的字眼？她自认在措辞上已相当留意。假如自己是那种喜欢给同性穿小鞋的人，那另当别论。但今天这种情况，身为一个女性，她只想尽心尽力完成一个吃力不讨好的角色。

"权力什么的，我自然没有。"

奈央子尽可能表现得和颜悦色。

"只是，我作为一个与你共事的人，想要给你提供一点建议。再怎么说，我也是你工作中的前辈。就算得罪人，也请你听我多说两句。"

"话虽这么说，野田小姐老是扮演那些男人的传话筒，一听你开口说什么我就烦。难道对我们派遣职员，只需找个代理，随便打发几句就行？"

"这个呢，就是你的偏见了。"

嘴上这么说，奈央子心里却琢磨，对方不愧是一招命中了要害。

"我年轻的时候，也常常受到前辈的提醒啊。咱们公司这些男的吧，似乎有一个传统，就是不愿对女同事说难听话。于是像我这样的老阿姨才免不了要承担这种角色。唉，反正职场里总归有那么一两个人，要出来扮演讨人嫌的老妈子吧，你说呢？"

可奈这才展颜一笑。

"好啦，以后文书复印的工作，也要认真对待哦。"

话一出口，奈央子就犯嘀咕。

"啊，讨厌，讨厌死了。就算是老妈子吧，凭啥就要把自己丑化到这种地步？凭啥就非得照顾小朋友的感受？"

女人教训女人，是个多么讨人嫌的活儿啊。接过这口大锅的瞬间，仿佛立马老了十岁。不管怎么说，伤害值绝不是叹几口气所能比拟的。每训斥同性一次，寿命活活能缩短一个钟头。

奈央子心忖："我到底还要在这里待上多少个年头呢？"

奈央子收到一封信。这年头一提写信，基本上都是直接发邮件，因此手写的书信显得格外醒目。瞅了一眼信封背面，上面写着"泽木绘里子"几个字，而发件人地址却是爱知县丰桥市。脑子里还正费解，手上已不假思索地撕开了信封。

奈央子，你还好吗？

我想，你必定为了工作与生活，忙忙碌碌地过着每一日。

前些天，真的非常抱歉。我当时的行为实在太失礼、太冲动了。

一想到万一被奈央子讨厌该怎么办，我就立刻把其他的一切全部抛到了脑后。

以往惹过的每一次麻烦，也都是如此。太担心别人会讨厌自己，反而乱了方寸，把事情搞得更糟。我先生也总是责备："你怎么就把握不好人际关系的分寸呢"？

那天，我和先生谈了许多。最终，决定先回娘家待上一段时日。

我原本是在东京长大。但父亲退休后，回他自己的老家盖了座房子。丰桥是个大城市，却到处散发出古朴的历史气息，是个恬静安详的好地方，吃的东西也特别美味。我和女儿住在这里，心境悠闲而适意。

下次再见时，相信我定能笑容满面地面对你。书不尽意，且容后叙。再会。

绘里子敬上。

迟疑片刻后，奈央子拨通了泽木家的电话。

"喂？我是泽木。"

声音比上次面谈时多少有些生硬。

"喂，你好，我是野田。"

"啊，你好，好久不见。"

对方的声音似乎深感诧异，难道自己的电话就这么突兀？奈央子有些没好气。

"刚才我回到家，收到一封您太太的来信。"

"她写什么不妥的话了吗？"

“不不，那倒没有。信写得非常礼貌，是对前阵子那件事表示歉意，还说下次要笑容满面地再见。”

“那太好了……”

对方似乎深舒了口气，沉默了片刻。

“您太太，目前住在丰桥的娘家是吧？”

“是的，岳母来东京探望她了，半是强迫地把她接了回去。这样似乎也好，自从去了那边，她打电话的声音都开朗了不少。”

“那真的太好了。不过，得有一阵子不能回东京吧？这样子一个家庭分居两地，总也不是办法啊。”

话一出口，奈央子脑中复又响起了四天前那句质问。

“野田小姐究竟有什么权力，用这样的口气对我讲话？”

的确。奈央子想，自己对他人的私事涉入过深了。而泽木答：“唉，是有这个顾虑。一直这样下去，女儿也太可怜了。”

是啊，自己不必瞎操心什么。这个名曰“人家老公”的男人，会解决一切。

“请问，野田小姐，本周内你哪天比较有空？”

“有什么……”

“瞧你，上次不是约好了吗？我说过，那家酒店的法国料理十分地道，味道好极了。作为道歉，下次要请你过去尝尝。”

“可是，您太太最近不在家，我们这样见面，我会心里不安。”

“快别这样讲嘛，又不是什么私密约会。”

泽木笑了起来。奈央子也觉得，对啊，确实如此。两人哧哧地笑了一阵，心情顿时放松了不少。

“内人不在的这段时间，我要么在居酒屋打发一餐，要么就在便利店买盒便当对付一顿，偶尔也想吃点好东西啊，请野田小姐陪我一下嘛。"

"那好，就容我奉陪一下吧。"

两人约定，周五晚七点，在上次的老地方见。

两人虽在电话两端相对而笑，声明这不属于密会。但此刻酒店绿意环绕、古意盎然的风姿，却使奈央子禁不住浮想联翩。如果是和一个喜欢的男人，在这样浪漫的地方约会，那该有多好！高高的屋顶，静谧的大堂，这间酒店仿佛就是为秘密的恋人而存在。而自己呢，却在这里和别人的老公用餐，也太糊涂了吧。

但话说回来，今晚的泽木也着实风度翩翩，与上次见面时一样，身穿藏青色西装，不过换了种薄而清爽的面料。

"我们两人能喝掉一瓶红酒吧？"

"哎，人家常说我，红酒喝起来没底儿。"

"太叫人放心了。那好，索性就点一红一白怎么样？"

"这个嘛……喝太多的话，就没胃口吃菜了，还是适可而止吧。"

不一会儿，酒塞开启，两人共同举杯。

"祝野田小姐工作上大显身手！"

"祝泽木先生阖家早日团聚！"

闻言，泽木脸上流露出一抹悲伤的神色。奈央子不禁后悔自己的失言，这种时候，干吗哪壶不开提哪壶呢？

不一会儿，前菜端了上来。奈央子点的是一道法式肉冻，泽木点了鲑鱼沙拉。最近他貌似较少外食，在美食方面不怎么讲究，对面前的菜式也不详加解说，只是不停地喝着红酒。

"看来您也挺能喝呢。"

"这阵子没有酒，我晚上就睡不好觉。但话虽如此，我也不多饮，只在睡前稍微喝一点助眠而已。"

"这么说，您还是在为太太的事情难过？"

今晚的自己确实怪怪的。从刚才起，就专挑戳人伤口的话来说。都怨酒劲上来得太快。

"说到底，你还是担心太太的事，才这样喝酒的吧。"

"也许是有这个原因。"

男人的目光中，既含着困惑，又闪烁着怒意。欣赏男人眼底那簇小小的火苗，让奈央子无比快乐。

"不过，我一直尽量不去想她的事。"

"哦，为什么刻意不去想她呢？"

"对那些怎么想也没有结果的事，我会禁止自己去想。"

"这太奇怪了吧，人们对于重要的事，肯定无论如何也控制不住会去思考它啊。"

"大概我讨厌总是对这件事思前想后的自己，所以才刻意装作什么也不想的样子吧。"

男人话音落下，脸上瞬间升腾起某种压制不住的情绪。这下子，轮到奈央子心痛了。因为激烈到难以按捺的妒意。

被眼前这个男人如此思念的，名叫"妻子"的生物，该是多么幸福啊；令眼前这个男人如此痛苦的，名叫"妻子"的生物，该是多么恶劣且残酷啊。

假若换成自己……换成自己的话，可绝不会这样折磨他，绝不会让他流露出如此痛苦的神色。

用餐完毕，时间已过十点。酒店外面彻底笼罩在漆黑的夜色之中。泽木从方才起便一言不发。难道生气了？奈央子有些忐忑。

等客的出租车就停在右手边，两人却缓步走出了庭园大门。

路边的樱花树，春日里必然美得极为绚烂，但此刻却投下一片片浓密的暗影。奈央子忽然挽住了男人的手臂。她只是觉得，这么做似乎没什么不可以。

手臂被用力挣开了。男人反手将她的肩膀重重扳向自己，粗暴地捏住她的下巴，将嘴唇叠了上来。

这个吻，奈央子想，我已满心焦灼地等待了太久。而且，我当然有权利得到它。

是的，"权利"这个字眼，正该应用在此时。因为真的太想太想得到它，所以，奈央子拥有这个权利。

第五章　不伦的序章

不伦恋这种事，奈央子从未染指过。

这难道不是理所应当的吗？众人一定会这样反驳。在当代，这或许可以算是一种美德吧。

但环视身边四下，和有妻有子的男人交往的女性，数量何其之多。有的是纯爱，有的是婚前小小的放纵，类型可谓多种多样。

奈央子还在女大读书那会儿，泡沫经济虽已逐步临近尾声，世间却仍有不少男人保持着挥金如土的愚蠢习气。奈央子同班某女生，当时曾和一名四十多岁的律师交往，她的传说直到现在仍是大家闲余的谈资。

那男人在多家大企业担任法律顾问，据说钱多到放在家里长毛的程度，给那个女生买了超多奢侈品，带她吃遍了各种豪华餐厅，还以"告别昭和纪念游"为名目，携该女生坐着头等舱去欧洲游玩，以爱马仕铂金包为首，凡女生撒娇吵着要的东西，全部二话不说给她买下来。

不止如此，该女生更是突破天际，毕业后进了电视台就职。以奈央子所在大学的水准，根本是不可想象之事。虽说进了电视台，并非去当女主播，只是从事一般的行政工作，但也招致了多数人的羡慕嫉妒恨。毕竟众所周知，该电视台是那名律师的关系户。据奈央子她们掌握的小道消息，女生在校园生活以及与男方的交往行将结束之际，作为补偿，向对方提出了去电视台工作的要求。

"那女生，将来绝对不得好死的。"

同学们在背后议论纷纷。哪知不到三年，人家就和电视台报道部的一位男同事结了婚。据参加婚宴的"目击者"证实，该男是一桥大学的高才生，长相帅气，气质清爽。

"真是跪了。她跟老公交代自己的黑历史了吗？"

大伙半是玩笑、半是认真地打趣。

反正，奈央子一直觉得这些绯闻八卦，都是别人编造出来的神话故事，和自己永远扯不上关系。与其说是生理性排斥，不如说出于一种极为朴素自然的情感，奈央子对不伦恋始终不来兴趣。倒也不至于憎恶，总之就是不喜。

不过，做白领这么多年，和公司里那些已婚男总会有气氛暧昧的时候。最常见的情况是，陪对方加班之后，对方以酬谢为由，邀请她出去吃饭。甚至，被对方告白的情况也不在少数。而且，除了同事关系以外，也会有朋友的朋友对她动之以情，提出交往。

然而，奈央子一次也没有动心过。本来嘛，明明有老婆的男人还向其他女人提出交往，其污浊的动机，令奈央子很不舒服。这种男人，一旦你表示拒绝后，他们必会如此辩解："谁让我和老婆结婚之后才遇见你呢？我也无可奈何好吗？"

奈央子很想反驳，别以为摆出这样的借口，一切就应当被谅解。

世间万事都有它的先来后到。

比如，惦记了许久的一套衣服，到了大促销时节打了八折。啊啊啊，不枉等了这么久，太划算了，于是高高兴兴地买下。谁知，逛到下一家商店，发现同样的衣服成了处理品，仅售半价。可惜的是，你却无法让时间因此而倒流。再比如，拿到一家公司的录用通知书，甚至被告知了入职培训的具体日期，以及新人届时将有个欢迎酒会。谁知，没几天工夫，自己真正想去的公司也发来了录用通知书。此时此刻，敢把第一家公司蹬掉的人可谓勇气可嘉。再不然，就是把世间的重重阻碍，或人与人复杂的关系全然不放在眼里。

所谓先来后到，奈央子想，不就是"走运"或"不走运"的区别吗？菜点好以后，就算令人垂涎的料理从面前鱼贯而过，大多数时候，你也很难开口要求："不好意思，我还是换一盘吧。"

除非是刚刚点单完毕，那就另当别论。否则，人们不得不放弃更换的念头。

"哪怕结婚了也有恋爱的愿望。"

这样说的人，毫无疑问，是个提得起放不下，吃着碗里看着锅里的家伙。且令人难以置信的是，把这种男人的"贼心不死"误解为爱情的女人，何其之多啊。

幸好，奈央子周围，那种逼着男人"和你的太太离婚来娶我"的蠢女人倒是一个也没见到。认为"没必要这么丢人"的高自尊女性，几乎占据了全部。不过，她们这种不知该称为"理智"还是"达观"的态度，在奈央子看来，也挺可怕的。

"怎么说呢，他总不可能为我抛妻弃子吧。带着这种思想准备去交往，不也挺好？况且，我也有我自己的生活。"

看着这些女人，奈央子恨不能冲她们大喊："你们干吗要这么懂事啊？！"

　　男方是背着一屁股房贷和孩子教育费的普通上班族，旅行与平时约会吃饭的费用都需要女方自己出。望着貌似得意如此宣称的女友，奈央子都替她们着急上火。

　　"干吗要做这种吃亏的傻事？他值得你付出这么多去交往吗？"

　　闻言，她们总会一声冷笑，如此回道："我说，你肯定没真正爱过什么人吧。所以才会说出'吃亏''沾光'这种字眼。"

　　可事实当真如此吗？倘若是年轻女孩，即使吃了亏，当作是"赚点人生经验"也就罢了。三十多岁的女人可没有这等空闲。到了这把年纪，她们不得不在通往幸福的赛道上全力冲刺。都啥时候了，怎么还沉浸在这种受虐狂式的沾沾自喜当中呢？

　　对于持这种态度的自己，奈央子的评价是"十分健全，相当满意"。基于以上理由，对婚外情她绝对碰也不碰。但话虽如此，泽木的事情，又该做何解释呢？在用餐完毕回家的途中，一时情难自禁和对方接了吻。且令人困扰的是，关于那个吻的记忆，在她的心中一日比一日巨大，成为无法忽略的存在。

　　奈央子也不是没有想过"一个吻又能怎样"。这样想当然简单。有人认为，吻是通往性的入口。也有许多人，认为这不过是一种逢场作戏罢了。喝醉了酒，一时乘兴接个吻什么的，奈央子过去也有几回。但那样的吻，通常在次日早晨便被她忘得一干二净了。

　　而泽木的吻，却在她心中一遍又一遍重演，不断地反刍，仿佛按下了"播放"键的录影带。但凡挤出一点时间，奈央子便会不停地回想泽木嘴唇的触感，以及自己肩膀被对方用力搂抱时隐隐的痛感。

　　"真没想到会做出这种事。"

　　起初，两人不是加害者与受害者的关系吗？为了对妻子的逾矩行为表示歉意，泽木才与奈央子见面的不是吗？

他也的确进行了道歉。但道歉完毕回家的途中，却和奈央子吻到了一起。

"真没想到会做出这种事。"

没错。奈央子思忖，自己心中如此的悸动，完全是太过意外所致。并不是一个注定会做点什么的年轻人，在一个注定会发生点什么的夜晚，拥住了自己的双肩。而是一个成熟稳重、衣冠楚楚的"人家的老公"，出其不意地将自己搂在怀中吻了下来。这样非同寻常的举动，为她带来了一份甜蜜悸动的心情。

不过，奈央子绝没有搞不伦恋的念头。何况对方还是个具有跟踪狂嫌疑的女人的老公。

"接吻这种行为，以后就不要再有了。"

奈央子说出了内心反复纠结得出的结论。

"只要不再和对方接吻，就不会有什么问题吧。"

假如泽木再提出约会的邀请，答应还是可以答应的。假如回家的途中他主动吻了过来，就到时候再说。推三阻四也大可不必。毕竟在奈央子心目中，接吻是一个约会的收尾动作，而非通往性爱的序章，它在那个当下即可终止。与此同时，奈央子忽然想到，仅仅为了一个吻就烦恼不已的这种表现，究竟多少年不曾有过了？简直有种回到高中生的心情。自己到底是怎么了？

但话说回来，奈央子的意志也十分坚定。

绝对，绝对要以接吻来收尾。

尽管奈央子在头脑中设想了诸多可能发生的情景，还推导出了可行的结论，但至关重要的人物——泽木，却任何联络也没有。好容易收到一封邮件，还是从上次共进晚餐算起半个月之后。

> 久疏联络，别来无恙？我去纽约出差了一段日子。话说，麻布十番有家好吃的和食料理，你愿意陪我去尝尝吗？

就算人在海外，邮件还是想发多少就能发多少。半个月佯装无事，到底是什么意思？可惜，奈央子的这番牢骚，更像是一种掩饰尴尬的自嘲。读完邮件三十秒后，她马上动手敲了封回信。

> 原来你到纽约出差去了？在这种时期，真的好辛苦呢。我除了月末的周二周三，基本上都有空。期待与泽木先生共进晚餐。

约会的日子到了。麻布十番这一带并没有一个合适的碰头地点。"索性直接在餐馆见吧"，泽木发来一张电子地图。位置就在麻布十番的温泉附近。提早处理完手头的工作，奈央子打算先去那边逛一逛。

麻布十番早年间交通不便，昔日老店因此仍残留着旧时的风貌。地铁大江户线开通后，往来者骤然倍增。人气鲷鱼烧和豆沙点心店等，据说火爆到了排队难求的地步。抵达麻布十番街后，距离约会时间还有二十分钟，奈央子决定在附近走走看看。

由于是工作日的傍晚，游客较少。奈央子漫步在麻布十番街内，视线落在了一家店的橱窗上。那是间古玩艺术品店。橱窗内的货品不算昂贵，展示了若干件价格适中的有田烧或九谷烧（日本传统瓷器）。

三十来岁的女性大多对食具器皿兴趣浓厚，奈央子也有此爱好。每次发了奖金，都会入手几样，慢慢攒出了一套蓝白唐草纹样的茶具，以及品牌各不相同的咖啡用具六件。

过了三十岁以后，奈央子渐渐迷上了和式器皿。她发觉，和式瓷器相比西洋瓷器，对品位的要求要高得多。西洋瓷器的话，只需将自己心仪的高价系列逐一攒齐，便会颇具气派。和式瓷器在起手收藏之前，却需要相当的知识与审美储备。比如同样是白瓷器皿，也有多种不同层次的白。她的想法是，反正也买不起过于昂贵的，那么日常使用就应该尽量挑选富于品位的物件儿。奈央子不由自主做了大量功课。但凡杂志上登载了和式器皿的专辑，她就会立刻买下。尽管并非刻意为之，只要百货公司的活动区举办什么器皿展，她也总会拐过去看看。在她看来，美丽的和式器皿仿佛是女性独自一人用心生活的证明。哪怕是独自用餐，她也从不用赠品的餐具来盛菜。哪怕是招待女性朋友上门做客，她也十分注重把应季的果蔬用与之合衬的碗碟来摆放。下次女性朋友再来做客，就用橱窗里那只瓷盘来盛应季的水果怎么样……

正斟酌时，感觉有只手搭在了肩头。扭头一看，是泽木站在身畔。

"哎呀，是你。"

奈央子脸颊涌起一片绯红。女人孑然独立于橱窗前的模样，倘若被他人瞧见，她定会羞得要命。这恐怕是女性在生活中最没有防备的时刻。

"恰好时间有点富余，就……"

"我也是。实在太高兴，一不小心来早了。"

泽木的话，引得奈央子一阵怦然心动。自己果真动了情吗？两人只是有过一次亲吻而已。奈央子还从不曾对一个男人的话如此心荡神驰。

"我打算跟平常一样在六本木打辆车，谁知一算时间，还是地铁快，结果早到了好大一会儿。"

奈央子试图调整乱掉的阵脚，仿佛找借口似的解释道。

"那家店就在前边。我们赶快过去点杯啤酒喝起来吧。"

"好啊。"

两人开始往前走。方才被男人拍了一记肩膀，扭头看时，天色似乎瞬间暗了下来。此刻，商店街里的店面纷纷点起了灯。

果然如奈央子想象，这家料理店，地方窄窄小小。开店的日子尚浅，原木的吧台似乎还散发着木头的清香。

"好久不见。"

"好久不见。"

两人举起啤酒干了干杯。今晚的泽木，穿一身灰色西服。奈央子原以为，个子高大的他适合穿藏青色，谁知灰色也同样熨帖。领带是藏青色几何图形的款式。

两人像咨询公司的顾问和贸易公司的 OL 那样，先聊了一阵子纽约最近的股价。过了片刻，一盘鲷鱼刺身隔着吧台递到了面前。

"都说春天的鲷鱼味道最美。这个季节的鲷鱼，好歹也请两位尝尝看吧。"

如此一来，需要配日本酒了。点了一瓶店主人推荐的大分县产的甜口清酒。

"好好喝哦。"

"真好喝。"

两人相视一笑，再干一杯。杯盏交错之际，店家又端出了红烧鲷鱼头。这可是奈央子的最爱。先嘬去鱼头里的胶质，再慢慢下筷子，小口小口地挑里面的鱼肉。醉意渐次弥漫，又贪恋眼前的美味，奈央子几乎不再注意身旁泽木的视线。

"野田小姐吃得好香呢……"

听见话语声，奈央子抬起头。泽木正目不转睛地望着自己。

"我头一回见人把一盘鱼当宝贝似的，吃得这么小心又深情。"

"真是呢。"

吧台背后的店主人也好奇地探出头来望了望，随声附和。泽木今天只是第三次光顾，谈不上是熟客，但店主似乎是个可亲的人，从刚才起一直朝这边搭话。

"现在的年轻小姐们，已经很少看到这么会吃鱼的人啦。"

"哪有嘛，人家只是吃得贪心一点而已。"

"非也非也。如今的年轻人哪，吃鱼的时候把肉刨得七零八碎的，让我们这些做鱼的看得心凉凉的。这位小姐的吃法实在秀气又体面。"

奈央子胸中涌起一股暖暖的热流。以往，倒是时不时被上司表扬工作。什么认真可靠，什么值得信赖，这样的赞美她听过不少。哪比得上此刻，被店主人夸奖吃鱼的方式，更教她高兴。被店主人喊作"年轻小姐"，在两个男人的目光守护下，自己从容举筷……此情此景，为什么会如此快乐呢？

最后，吃完一道葛粉羹，用餐完毕。两人走出店外，十分自然地挽起手臂。麻布十番的店打烊很早，几乎所有店家都落下了卷帘门。

"奈央子。"

泽木唤了她的名字，而不是姓。

"我们去看东京塔吧。"

"啊？东京塔……"

"稍微走几步，马上就能看到。权当顺便散步，去看一眼吧。"

"好。"

从新一桥的十字路口向右拐，东京塔立刻从建筑上方探出了它的上半身，仿佛一只巨大的红色四角锥，笔直地刺向夜空。

"好美啊……我一向觉得东京塔什么的，不必刻意去看它。谁知今天这样一看，真的太美了。"

"小时候每逢暑假或正月，我总会死乞白赖地央求父亲，让他带我去看东京塔。长大后，我仍然热爱这里，一旦得知哪里可以看到东京塔的夜景，就忍不住要去瞧瞧。"

"对了！我们去爱宕之丘的酒吧看夜景吧。"

奈央子从包里取出手机。

"夜晚这个时间，从那家酒吧看到的东京塔最美了！因为是热门店，平时很难预约到座位，不过这个点的话，兴许没问题呢。"

"还是不去了吧，没必要非得从那里观赏东京塔。"

泽木温柔地伸手拦住了她。奈央子为自己说风就是雨的脾气有些难为情。

两人朝芝公园方向，沿高速公路慢慢踱去。东京塔越发璀璨，越发高耸。

奈央子为了今晚的约会，特意在公司里换了双鞋子。Manolo Blahnik 的细高跟，不太适合走这么多路。两人间的气氛，似乎微微拘谨起来。

"你不要紧吧？"

被奈央子挽着手臂的泽木，用力支撑着她。

"没事没事，小意思。"

"奈央子吃鱼很在行，走路却不怎么擅长呢。"

"好过分哦。"

过了马路，眼前是一座占地颇为宽广的公园。从此处却望不见东京塔。距离太近了。只有一片位于东京正中央的广阔到几乎毫无意义的树林。

两对情侣占据了长椅。没关系，还有夜色与树木的暗影笼罩四下。泽木将原先挽着的手臂挪至奈央子腰间，将她的上半身拉向自己。而后，是一个远比上次更为漫长的吻。两人的脸短暂分开的片刻，彼此对视了一眼。泽木用眼神征询"可以再吻你一次吗"，奈央子轻轻颔首，仿佛在说"当然"。

一个更长时间的吻。近处明明有几十辆车疾驰而过的噪声，不可思议的是，亲吻中的两人却只觉得静谧。那静谧，充斥在他们置身的半径五十厘米的空间。

"糟了呢。"

泽木呢喃。

"在纽约的时候，我也一直在想你。但无论怎么思来想去，我也没有得到你的权利。"

"权利"这个词似乎唐突，但从泽木的口中吐出来，就让人感觉无比真诚。

"你也知道，我是有妻有子的人。而且我的妻子，还给你添了极大的麻烦。也就意味着，这是一份错综复杂、乱无头绪的关系。我们这样见面，本身就是荒唐的，可我却无法控制自己不见你。"

"可是……"

每当这种时候，奈央子却总有股埋怨男人的冲动。没办法，因为实在太过羞涩，不知该如何表达情感。

"你连一个电话也没有给我打过，不是吗？哪怕发封邮件也好啊。"

"那是肯定吧？"

对方忽然换了副气恼的口吻。

"我在拼命和自己抗争啊，尝试看是否能忘记你。可总是眨眼便败下阵来。单是为了发那封一句过头话也没有的邮件，就再三斟酌了好几个小时。"

两人再度拥抱，激吻起来。每至这种地步，奈央子往往是一种甜蜜的、一切随他去的心情。

"再继续下去，接下来估计要直接上酒店了吧？"

但此时，奈央子内心却有种异质的东西在蠢蠢欲动。它与浪漫这个词无缘，是一种坚硬的物质，名叫"决心"。

"我说……"

奈央子在泽木的臂弯中开了口。

"你不必那么烦恼，我们来制定一套规则好了。"

"规则？……"

"让我们决不再往前踏出一步吧，我不愿涉足不伦的情感。"

男人以粗重的喘息代替了回答，显然倍觉困惑。一个方才还与自己深情拥吻的女人，转瞬抛出了"规则"这么冰冷的词语。

奈央子却为自己的"决心"而感动。此刻，自己的的确确战胜了什么。

奈央子下定决心："我可不干那种蠢事。"

所谓蠢事，指的是明知危险或眼瞅会给自己造成损失，却纵身飞扑进去的事。仔细想来，世间的麻烦与纠纷，多半是由这类蠢事所致。

从前，奈央子不太理解那些为跟踪狂所苦的女人。但凡对男人具备了一定程度的辨识能力，就应当能看透对方的人品与素质，不是吗？为什么还要和病态的男人打交道、谈恋爱？

年轻的时候，在与危险一纸之隔的地方尝点苦头，或许还好。委身于放任自流的快乐，也还不错。可惜，年过三十的女人，彻底抛弃理性追逐情感，未免太过有失体面。同时，也没有那样的时间或精力，去为不值得的感情而烦恼。

"所以，我决不干那种蠢事。"

假如与泽木纠缠过深，可以预见前方将有怎样的麻烦等待自己。他的妻子绘里子可不是个精神状态正常的女人，恐怕会搞出大乱子。届时，肯定世间所有人都会来谴责自己。

"这个男人，值得我付出这么多代价去抓住吗？"

结论是一个大大的"No"。但给出否定回答后，奈央子心里却有微微的动摇。之所以能做到直截了当如此断言，她很清楚，是因为与泽木的关系仅仅停留在接吻的阶段。倘若不加干涉任其发展，自己还能如此清楚切割，拿得起放得下吗？

"所以，我决不干那种蠢事。"

这念头在脑子里来回兜着圈子，搞得她自己都厌烦起来。

然后，某天，奈央子时隔许久，又和黑泽有了一次约会，见面的地点定在青山新开业的一家意大利餐馆。该店开张的同时，在杂志上做了声势浩大的宣传，导致订位极其困难，并因此收获了不小的名气。实际上，当晚也的确是满席状态。

"你不错嘛，竟然能搞到这家的位子，一定超难约吧？"

奈央子不敢相信地小声嘀咕。

"两周前开放预约那天，我就火速打了电话。"

黑泽一边把葱香发丝面往嘴里送，一边回答。

"基本上所有餐馆只要早早预约，就没什么问题。"

恐怕黑泽之前跟谁一起来过吧，奈央子猜测。但她没有为此责怪他的意思。对方只是自己借着酒意偶尔到床上打打交道的人，不过下了床之后，关系仍微妙而暧昧地持续着。两人有时会相隔两三个月不见，而一旦兴致来了，也会一起吃个饭，如果兴致再高点，便会去奈央子家。虽从未相互表达过"我爱你""喜欢你"之类的意思，但两人间的气氛还算浪漫，也会有激情的欢爱。

年轻的黑泽体力充沛，总是竭尽全力给予奈央子充分的快感体验。奈央子对他在床上的表现相当满意。再加上不管时间多晚，黑泽从不在她家过夜，会老老实实打车回自己的住处。

送走男人，上好门锁，奈央子会钻回尚存一抹男人体温的被窝里继续睡。即使彼此间没有深爱，年轻男人好闻的气息也令人愉悦；即使对方不是正式的恋人，只要多试几次，对敏感点或渴望的爱抚方式形成了默契，就能给奈央子带来快乐。可以说，奈央子也对这样的关系感到适意。

再说，与黑泽来往，将来估计也不会招惹什么麻烦。对两人的秘密，她一向守口如瓶。万一真传出什么流言，就凭两人的年龄差距，以及黑泽这人给大伙的印象，估计也没有谁会相信吧。更为关键的是，黑泽能拎得清与奈央子的关系。

"虽说谈不上深爱，但我被奈央子的魅力征服了，和你在一起的感觉简直美妙极了，让人难以自拔。"

这种恭维话，起初听到时奈央子会想，"拜托，少来了"。但当两人的关系慢慢以"情事"的形式落定之后，各种便利便显现了出来。

"情事"，多美妙的说法啊。奈央子半睡半醒间思索着。不必执意于爱或恋什么的，归根结底，把性当作一项心与身的运动便好。这样的明智与理性，或许唯有成熟女性才能掌握吧。

黑泽这个小朋友并不讨厌。虽不讨厌，但和以往恋爱过的那些男人相比，自己投入其中的心境显然不同。虽心境不同，但每当与黑泽激情相拥时，自己的身体反应却很诚实，会随之舒服地大声呻吟。

事毕，黑泽会起身离开。不像谈恋爱时，或者自己年轻时，会与男人紧紧相拥，从胸到腿再到脚跟，每一寸身体都务必亲密结合在一起，慢慢睡去，再一同迎来翌日的清晨。奈央子相信这才是爱情。但话说回来，如今的年纪不必再执着追求这样的情感了。

男人离去后，可以舒服地伸展腿脚，美美地睡上一觉。大腿根处还残留着方才激情撞击的记忆，麻酥酥的。随后而来的，则是深度而踏实的一场好眠。奈央子叹了口气，多么美妙的感觉。

"情事"，是独属于成熟女人的奢侈。在真正的恋人出现之前，有一两个能享受肉体之欢的对象，该是多么重要啊。

奈央子思忖，今夜倘若黑泽有意，也可以带他回家去。她抓起红酒，自斟自饮。

"咦？奈央子，你今晚不点甜品吗？"

"这阵子，我喝红酒的时候通常不吃甜品，主要想清减一下腰围嘛。"

"奈央子，你哪用得着清减腰围？你的腰不要太美，简直能把人迷死。"

黑泽挑逗地抛了个媚眼。这是男人醉意与欲望上头的证明。小朋友的心思太好懂了，奈央子情不自禁地露出微笑。过去，自己在男人那儿吃了不少苦头。女人到了这年纪，已不再总巴望着遇上个绝世帅哥，谈一场深刻有趣的恋爱。对已过三十的奈央子来说，眼前与黑泽的交往，就如同一次小小的休息。据说，吃法国大餐时，在正式的肉菜之前会先上一小碟果子露冰沙，为的是在下一道重磅主菜上来前，先清清口，调节一下味蕾的感受。

这么说的话，黑泽不就是主菜之前那碟果子露冰沙吗？奈央子觉得怪有趣的。

"黑泽君胃口很好，却完全不会胖，倒是挺不错的。"

"保持成这个样子，花了我好大力气呢。"

黑泽撇嘴瞪眼，做出一副大力出奇迹的模样。

"我每周都去体育俱乐部游泳两次。"

"哦？好意外，这么有毅力。"

"说是体育俱乐部，其实和区立的体育中心差不多，小里小气的。但我寻思总比不去强吧，这阵子一直在认真坚持。"

"哼……"

这样闲闲散散聊着，话里话外，皆可以感受到黑泽的年轻，却绝不叫人心生别扭。奈央子认为，自己可不是那种饥渴地贪图于年轻肉体的老女人。因为他的年轻，以及总叫人觉得轻浮油滑、略嫌薄情的地方，反正末了大概都与自己无缘。

"还有，我想说……"

黑泽把脸凑上前来。这阵子的男孩们啊，皮肤有时比女人还要白嫩光洁。再加上长长的睫毛，在眼睛下方投出一抹淡影。唇部的线条如若再丰盈些，黑泽简直可以被称作"花美男"了吧。

"饭后，可以去奈央子家玩会儿吗？"

他撒娇一样挑起眉毛，乞怜似的望着奈央子。好可爱，奈央子想，世间至少还有这样渴求着自己的男人。

"嗯……容我想想，怎么办好呢……"

奈央子假作沉思，把手里的酒杯转来转去。她扑哧笑了一声，感觉自己恍然间成了魅力不可一世的女人。

"你好坏哦。"

黑泽在餐桌下轻轻踢了她一脚。

"好想喝杯茶啊。"黑泽说。

"喝茶？是指咖啡吗？那我家有咖啡机。滤纸在第二层抽屉里，装咖啡豆的罐子摆在搁架上，能找到吧？"

"嗯。"黑泽乖乖答应了一声，站在了厨房操作台前。这事儿挺新鲜的。平时做爱之后，他总是连口水也不喝便拔脚离开。

独居人士家里的厨房，布局设施似乎都大同小异。黑泽立刻找齐了所有用具，不一会儿工夫，咖啡便四下飘香了。

"奈央子习惯放鲜奶的吧？"

"嗯，不过今晚我喝黑咖就行。谢啦！"

奈央子直接套了件T恤，坐了沙发上。要是在外国电影里，此时此刻，女主角应该身披宽大的睡袍。不过那种打扮，大概需要先有宽敞的睡房来施展吧？坐在沙发上，感觉大腿白花花的格外扎眼，奈央子又去套了条牛仔裤。

两个人相对而坐，温馨地啜着咖啡，此情此景，可以说还是头一回发生。有一种温情缓缓注满了奈央子的胸间。

"难道说，和泽木之所以没有向愚蠢的不伦恋踏出最后一步，全靠这个男孩起到了阻挡的作用？"

对一个独居女人来说，哪怕一个月或两个月一次也好，有个能满足身体需求的男人，是多么大的拯救啊。没错，和泽木必须止步于吻。不可以再越雷池半步，绝对不可以。刚和一个男人从床上下来，脑子里就开始考虑另一个男人，对自己的这种心态，奈央子微微有一点羞愧。

"有件事，我必须告诉你。"

黑泽将马克杯放在桌上。脖子上，稍显花哨的藏青色领带已整整齐齐系好。

"怎么说呢……我最近，打算结婚了。"

"哦……那不是挺好。"

自己的声音是否足够淡定、足够清醒？奈央子在头脑中自问自答。难道说……沉默得稍微有点久？不安催促她连忙再度开口：

"好是挺好，可惜太心急了点。该不会是女方怀孕了吧？"

"哪儿啊，没有的事。"

黑泽面露古怪的不悦神情，大概对这件事相当严肃吧。

"对方是我学生时代起交往的女友，最近总是一个劲儿催婚。虽说她跟我同年，也才二十六岁，但女人到了这个年龄，好像个个都急吼吼的，焦虑得要死。"

"好一个蠢女人啊。"话到嘴边，又被奈央子咕咚咽了回去。

"尤其这阵子，连她父母都出动了，催得人实在心烦，我索性放弃抵抗随他们去了。我女朋友大概觉得，如今世道这么差，嫁给我这样的商社男怎么也不至于没口饭吃吧。"

果然是个无可救药的蠢女人。奈央子心想，商社作为底盘稳固、旱涝保收的企业，早已成为昨日的历史。如今，像奈央子所在的东西商事这样，可以称为"老字号"的公司，也正为惨淡的业绩苦苦挣扎。不赚钱的部门一个挨一个被砍。如履薄冰担心被裁员的，可不都是已届中年的老员工。像黑泽这样的小年轻，倘若哪天也被波及，首先被裁的，大约就是他这种斤两的家伙。如今这年月，光是听到"商社男"几个字就花痴不已，逼着对方跟自己结婚的女人，固然愚不可及，而愿意接受这种女人的男人，也好不到哪里去。奈央子这么想绝非出于嫉妒，而是受够了这份愚蠢。她真的没有丝毫妒意，只是越来越火大而已。

"如果打算通知我结婚的事，那就该在上床前说清楚不是？"

三十分钟前，两人还赤裸相见，缠绵呻吟。正是这一点，让奈央子气不打一处来。

这次，她终于采取了失策的做法，缄默了片刻。而黑泽似乎把这份缄默做了另一番他自己角度的解读。不知怎么回事，竟然道起歉来。

"那个……这件事，我原本打算找个日子和你好好谈一谈的，所以才烦恼至今。我吧，是真的挺喜欢奈央子的。"

"哎哟，那可谢谢您了。"

奈央子口气里满含讽刺。却不知对方领会了多少。

"可是，我总感觉，奈央子始终没把我当作认真交往的对象来看待。我呢，最近也突然觉得，自己其实也可以普普通通地结婚，普普通通地生几个孩子，有一份普普通通的人生。"

你倒真会说！奈央子恨不得冲他大喊。看来对黑泽来说，和一个年龄比自己大许多的女人交往，并不是件"普普通通"的寻常事。他考虑的大约是，年龄大的女人生不出孩子吧。

啊啊，可恶可恶！奈央子摇了摇头。我为什么要跟这种男人发生关系？如果仅仅为了享受性的乐趣，别的有多少男人找不来？动不动就被感情左右，和这种小屁孩上床，自己到底是有多缺心眼儿？现在后悔也没用了。越后悔，过后没准儿就越气恼、越难受。

"这样啊，那不是挺好嘛。"

奈央子故作淡定，成功做到了不动声色给出了一句祝福。

"我觉得吧，像黑泽君这样不懂世故的男人，结个婚吃点苦头也挺好的，也许对磨炼你的品格有点帮助呢。"

"讨厌，我有那么不通人情世故吗？"

"相当不通好吧！"

奈央子可不会劝他："你小子，好好了解一下女人的心思吧。"在那之前，多多学习些为人处世的常识更重要。但这句话堵在嗓子眼儿，又被她咽了回去。跟眼前这个小男人做爱，还颠倒其中，一度忘我的自己，才叫彻头彻尾的"羞耻 PLAY"。

而这份羞耻感，转天便化作了伤感，突如其来袭击了奈央子。

"世上再没有哪个女人会像我这样，被男人轻贱了吧。"

从以前起便是如此。谈恋爱每到后半程，也不知什么缘故，男人总会态度大变。明明一开始是在男方的诚意追求下方才答应交往，待她回过神来，多数时候已沦为弱势的一方。

这世上，好多女人论长相比她丑得多，论脑子比她笨得多，却有本事让男人们效忠于裙下，被男人们苦苦哀求，轻而易举就能步入婚姻的殿堂。

与之对比，奈央子的这份不走运，又该如何形容呢？倒也不是没有男人前来求婚，但末了总会就地蒸发，不了了之。以至今天，奈央子仍是孤身一人。就算偶尔有桃花送上门来，也净是些不可救药的渣男。

奈央子一直以为自己处理关系可谓得心应手，黑泽作为"玩一玩"的对象，关系保持在这个程度也挺好。谁承想，自己又被这个男人轻慢了。

"难道说，我身上存在什么重大缺陷？"

打从前，奈央子就不曾被谁嫌弃过。学习成绩好歹不差，体育方面也挺擅长，在学校里也颇有人气。虽说称不上"超级美女"，但姿色绝对归不到"平凡""普通"那一栏里。尤为关键的是，还一直被众口称赞"伶俐过人"。在她看来，这份夸奖也包含了对她性情品格的肯定。换句话说，作为一个女人，在各种各样的层面都足够达标了。然而，明明如此优秀，不知何故，却总遭到男人的怠慢与轻忽。其他女人能轻易获得的巨大呵护与金钱的取悦，一向与她无缘。

表面上泰然自若，实际上，奈央子当真为此烦恼。莫非自己身上有什么特质，会把男人纵容得不可一世？

正想东想西、烦心不已时，泽木的邮件到了。自从下定决心止步于吻，不让关系更进一步，奈央子曾拒绝过一次泽木的邀约。自那后长达两个月之久，再没收到对方的联络，据说是到海外出差去了。

好久未曾联系。

整天同顽固的俄罗斯人打交道，谈生意，搞得我身心俱疲。此刻终于结束公事回到日本，总之一句话：真想美美地大吃一顿。请奈央子务必陪我找家好馆子。

奈央子回复：

白金台附近听说有家味道极好的法国馆子，不知你是否了解？最近他们换了位主厨，品质与口味一下子提升了不少，据说口碑大涨。红酒种类亦很齐全，我一直有心去尝尝。假如你乐意选择这家餐馆，那我倒是挺想试试。

奈央子是听朋友介绍的。该店最便宜的套餐也要花费一万五千日元，红酒则净是价格昂贵的高档品。要是各色各样都想尝尝，人均至少三万到四万日元才能打住。出于一种残忍的意图，她特别指定了这家餐馆。

此时的奈央子正满心怀疑，认为所有的男人都在看轻自己。对她来说，愿意为自己大把花钱的男人才有价值。她决定让泽木好好放放血。他不是说过嘛，明知这样的关系不该继续，却身不由己被她吸引。

既然如此，多少花几张钞票也是诚意的证明。

奈央子留意到，自己正变得异乎寻常地刻薄。

该店处在与外苑西街相隔一条马路的地方。是如今人气颇高的打卡地。会有貌似管家的黑衣男子为客人拉门。餐桌面朝中庭，一面观赏郁郁葱葱的绿植一面用餐的方式，简直不像置身于繁华的都市中心。

"百忙之中特意赏光，实在多谢了。"

泽木轻轻额首致礼。今晚他依旧一身灰色西服。灰色穿不好便会显老，但略有光泽的领带作为点睛之笔，显得醒目而出众。有一阵子没见，泽木两鬓边的白发似乎又增添了几缕。大概在奈央子看不到的地方，颇辛苦了一番。虽然那辛苦与奈央子无关。

侍酒生来到桌前。

"请问两位选择哪款餐前酒？"

"奈央子，你觉得呢？为了庆祝我们的再会，开瓶香槟如何？"

"好啊。"

大概是憋着让泽木再多花点钱吧。片刻后，服务生送来了菜单。谁知这么高级的餐馆，给客人用的菜单竟也标示了价格。套餐的起步价并非一万五，而是一万八。在当今消费下滑的东京，可以说是十分强势的买卖。

"来干个杯吧？"

"好呀。"

"庆祝我总算从艰苦卓绝的出差任务中解脱出来了，也庆祝奈央子一如既往地优秀！"

酒杯相交。接着，奈央子看到了泽木凑近杯壁的嘴唇，不厚不薄，没什么特殊的记忆点。然而，这是与自己缠绵激吻过的唇。她迅速掉转了视线。和一个拥吻过的男人用餐，比和一个上过床的男人用餐更难为情。也许是因为不像做过爱的男女，彼此的关系已然坐实。

"你太太还好吗？"

为了掩饰尴尬，奈央子故意问了个挑衅的问题。

"哦，她很好。回了丰桥娘家以后，状态一下子松弛下来。前天我们刚通过电话。她甚至能稍微开几句玩笑了。"

"那真是太好了……"

"之前我一直担心女儿，但听说她进了丰桥的小学以后待得蛮开心的，内人的精神状态也就随之稳定了下来。"

泽木每次提到"女儿"或"内人"，奈央子的胸口便随之而抽痛。连她自己也不得不承认：这是嫉妒。明明与这个男人是仅止于吻的关系，明明已打定主意要止步于吻，为何对他有妻有子这一点，却无论如何做不到淡然处之？

"今天的约会，我真的盼了好久……"

泽木的目光出其不意地捕捉了奈央子的视线。它们如此炽热，如同代替了双唇，向奈央子索求着目光的交缠。

"我去俄罗斯的这些天，也不停地在想你。还以为你永远不会再见我了。"

"为什么你会这么想？"

"本来就是嘛。我既没有财富，也没有权力，更不年轻，还是个有家室的大叔，总之作为男人压根配不上你。"

奈央子心里，有个声音在故作逞强，冲对方大吼："没错，的确配不上！"而现实中，另一个声音却弱弱地反驳："你干吗这么讲？"

"还说呢，最近奈央子不是一直挺没好气的吗？今天打这个约会的电话，你知道我鼓了多大的勇气吗？"

奈央子望向眼前这个男人。眼角隐隐的细纹，似乎在诉说他的诚恳。尤其眼底流露的神色，又是何其忧愁。男人之所以如此忧愁，原因是有一个并不相爱的妻子吗？又或者，是真心实意渴望着自己？心里那个声音告诉她，应该是后者。

侍酒生拿着酒水单再次出现在桌前。泽木接过厚厚的、皮质装帧的酒册。

"我对红酒不太懂。波尔多好呢，还是勃艮第好？"

"香槟还没喝完呢。"

奈央子伸手碰了碰泽木的手臂，制止他继续翻页，小声道：

"一直喝香槟就好，不必再点什么红酒。他家的红酒贵得出名。"

男人的眼睛微微泛起笑意。奈央子开心得呼吸也急促起来。

一辆又一辆出租车从眼前疾驰而过，泽木却没有招停的意思，奈央子也无意扬手。她有种感觉，倘若出租车停在面前，那么一切都将终结。

按照她平时的脾气与习惯，原本该匆匆上车而去的吧？该向对方道晚安的吧？而后，这个夜晚大概也会如平常一样结束吧？

两人已漫无目的走了好久。走到目黑川大道向左拐，四下一片幽暗。车灯一盏盏擦身而过。出租车的"空车"两字红得格外触目。奈央子与泽木只一言不发地默默向前走。

不知不觉间，泽木握住了奈央子的手。两人十指交缠，脚步不停。记忆中最后一次做这样的事，大约在几时呢？是很久很久以前了吧。自从尝到性爱的快乐以后，男方总二话不说要求上床，奈央子也一贯从不拒绝。

这份关系依然会如此吗？要么去酒店，要么去男人家，再不然回奈央子自己的住处，总之去一个该去的地方？

奈央子已谈过好几场恋爱了，与好几个男人打过交道，对接下来将要发生的事心知肚明。假如今天如她所愿，发生了她期待之中的事，那么将来也会再度落入与过去相同的结果。

"我们……"

奈央子开了口。

"要走到哪里去呢？"

"走到奈央子累了为止。"

泽木答。

"就走到你觉得厌烦为止吧。我想一直这样待在你身旁。"

"你喜欢走路是吗？"

"和奈央子一起走路很开心。"

"那，就算不走路，一起做点别的事不也同样开心吗？"

"这个女人好大胆！"

泽木笑起来，更加用力攥紧奈央子的手。

"你在逗我对不对？不要那么坏心眼。"

"没有逗你啊，我真的有在考虑。"

泽木停住了脚步。过街天桥下，两人相对而立。

"那个，我想说……我觉得，自己可能是喜欢泽木先生哦。"

"把可能去掉行吗？"

猛然，奈央子被泽木扯进了怀中。像上次那样，双唇也再度被他截获。没错，那股霸气，与"截获"这个词实在匹配。泽木的嘴唇，尚残留着方才香槟的一丝甘甜。与此同时，又有些许冰凉。片刻后，他的舌头撬开了奈央子的双唇，探入她口内。一个在街头来说过于激烈的热吻。奈央子感到头脑中一点点变得空白。和这个男人做爱也没什么所谓吧？当身体深处发来悸动的讯号时，大脑总随之产生这样的念头。这是奈央子最爱的时刻，心里有几分"随他去吧"的甜蜜，也是感喟"活着真好"的瞬间。

终于，各种讯号蓦然齐齐绽放开来。

"和这个男人做爱也没问题呢。"

这，真是个无比快乐的决断。假使在往常，奈央子虽会乖乖听从对方的安排，但在心中那个讯号点亮的角落之外，却始终横亘着一团冷冷硬硬的"决定"。

"不可以和这个男人做爱。"

片刻后，泽木的脸向后退开。奈央子在昏暗光线下端详他的容颜。双唇濡湿。一张多么帅气俊朗的男人面孔！从身体深处弹出一个讯号：彻底臣服在这个男人的魅力之下吧！不行不行！这种时刻，若想和自己的心意展开对决，便只能坦诚道出最真实的想法。

"我讨厌这样子败下阵来。"

"败下阵来？"

"和你陷入这种拖泥带水、纠缠不清的关系。"

泽木默然。

"我不希望和你之间变成那种局面。我喜欢你，所以才不能那样做。"

"我明白。不，或者说我非明白不可。"

泽木重重点了点头。

"对我来说，并不具备喜欢你的资格。更何况，你我之间存在太多的阻碍，这一点我十分清楚。但清楚是清楚，我无法忍受不见你。"

二人继续走了起来。十指依旧紧扣。奈央子思忖，泽木难道要如此信步到永恒吗？走上一条名为"柏拉图之爱"的不归路？这当然绝无可能。尽管绝无可能，两人却装作要永远走下去的样子。奈央子左脚痛得要命。流行款的超细高跟鞋原本是为了取悦男人的，可不是拿来走路的。

"我累了。"

奈央子说。泽木默不作声。奈央子再问：

"走路很开心是吗？"

"怎么可能开心。"

泽木的声音里含着愠怒。

"啊啊，那太好了。"

奈央子庆幸。

"我不乐意再走了。"

泽木的手臂揽住了她的腰肢。仿佛电影或电视剧里才有的情节，两人眼前出现了 MIYAKO 酒店的入口。

泽木订了间宽敞的双人房。年轻的服务生撂下一句话便离开了。

"如有什么需要，请联络酒店前台。"

手中什么行李也没拿的一对男女，接下来要做什么，想必服务生心里有谱。

房门刚在服务生身后关闭，泽木与奈央子便紧紧拥在一起。电视来不及开，领带来不及摘下，男人立刻饥渴地向奈央子索求。

"我已经渴望好久了。"

男人声音嘶哑。

"散步之前就开始了？"

"怎么可能。"

男人粗暴地扯去奈央子的外套，以致袖子绊住了手肘。

"从你点前菜之前。"

该不该先洗个澡呢？奈央子纠结着。虽已时近晚秋，但走了这么远的路，身上微微泛出汗意。初次与泽木上床，难免想做好万全的准备。然而，泽木似乎无意给她留下这样的机会。

顷刻间，裙子已被褪去，奈央子倒卧在床上。是泽木，仿佛母亲哄睡怀中的幼儿，小心再小心地，将奈央子抱至床边。

身上只余一件白衬衫的泽木，边与奈央子亲吻，边温柔抚弄着她的头发。奈央子欣赏这样沉得住气的男人，不急于直奔主题，而是爱怜地轻抚女人的头发，待她如无上的珍宝。

心花怒放的奈央子，使出了最后的恶作剧。

"哎，我们索性停在这一步，不也挺好？"

"傻丫头。"

泽木揉乱她的头发。

"我真恼了啊。"

说到做到。话音刚落，泽木便急切地开始了激烈的抢攻。奈央子在他的撼动下摇荡，沉沦，分解，又聚合，并一次次淹没其中。

那之后，回到家中，我仍在咀嚼幸福。由衷感谢你对我的信任。我会好好珍惜你。不管发生任何事，都会守护你。此时此际，我能对你说的，只有这些。谢谢你，爱你。

泽木上。

这封邮件奈央子不知反复读了多少遍。视线每落于其上，身体都禁不住颤抖。不全是过度的喜悦所致。

"我们犯下了大错……"

后悔当然是不后悔的。与泽木共度的一夜，美妙无与伦比。虽说想想都觉得难堪，但与黑泽之间的性爱，与那一夜压根无法相提并论。泽木在每一个环节与步骤中，都奉献了无懈可击的技巧与动人的情话。那温存的呢喃，该如何形容呢？奈央子有生之年，从未听过男人如此倾心动情的絮语。之前交往的那些男人，会故意口吐粗俗的脏话，或以嘲讽的口气来挑逗或激将。奈央子将之理解为爱意的另一种表达方式，而给予了配合。然而，与暗夜中泽木的绵绵情话相比，那些伎俩简直不值一哂。

奈央子心中再度浮现以往的一幕幕情景。好多次，她撒着娇问身边的男人："哎，你喜欢我吗？爱我吗？"

几乎每个男人都这样回答："讨厌的话，也不会跟你做这事吧？"

奈央子明白这是男人羞于表达的反应，但内心仍禁不住失落。什么"讨厌的话"啊，这些男人，为何从来不肯用"喜欢"或"爱"这样的字眼呢？最关键的是，为什么在他们之前，自己先放弃了期待呢？

你睡了吗？我终于回到家中，稍稍喘了口气。此刻正喝着啤酒，打这封邮件给你。

其实，我原想打一通电话听听你的声音，但时间已晚，只好作罢。假如没有这种程度的忍耐与承受力，我想如今的这份幸福是很难维系的。

我像个不经世事的小男生，一整天满脑子想的都是你。爱你。请一定要相信我。

泽木上。

奈央子确信自己真正在恋爱了。再不是以往或不久前刚刚经历的步步为营、讨价还价，以及事关自尊脸面的跷跷板游戏。再不必恐惧如此爱下去会不会遭到对方的轻视。而是彼此呼喊着"我爱你""我爱你"，倾尽了心中所有的恋慕。本以为年过三十的自己，再不可能拥有这样的爱情。事实却正相反。奈央子无须再遮遮掩掩，只需如赤子一般，与对方坦诚相拥即可。

周五的夜晚，她与泽木见面用餐。在东麻布的一家意大利小馆。

"别去那些贵得要死的高级料理店了。"

奈央子提议。这家小馆，之前她跟女性朋友来过两三次，光顾者多为当地的常客，零星也有些家庭客人，总之气氛宽松适意。在这样随性的小店里，两人亲昵地分食一盘菜，对奈央子来说是件其乐融融的事。

至于昂贵的法国餐厅，或情调精致的意式餐馆，更适合那些刚认识没几天的情侣。真正情投意合的男女，不再需要刻意地讨好与迎合，亦不必打肿脸充胖子，做那般虚荣的事。

"别看馆子小，他家也有上好的红酒哦。"

泽木提议。

"就喝这款巴罗洛好了。两个人一瓶不成问题吧？"

"那么贵的就算了。"

奈央子举着酒册，用力按下泽木的手。

"这瓶三千五百日元的足够了。"

"你可真小气。"

泽木取笑。奈央子想回嘴，"这可不是小气，是不想看到自己喜欢的男人太破费"，话到嘴边又憋了回去。觉得自己有一股子柴米油盐穷操心的平庸琐碎之气。

"别看我是个打工的，买东西可从不马虎哦。怎么说呢，最顶尖的罗曼尼·康帝恐怕比较勉强，但平时喜欢的红酒牌子还算喝得起。"

泽木故意气鼓鼓地抗议，让人忍俊不禁。多好看的男人哪，奈央子心荡神迷地端详他。但凡睡过一次之后，男人十之有三会变得可爱起来。但在奈央子眼中，泽木帅得岂止翻倍。连鬓边夹杂的几缕白发也格外悦目。笑起来，眼角微微下垂，显得如许温柔。袖口的一抹白色，领带的花纹，都无比有格调。尤其是那知性满满的眼神，如何形容才好呢？

只有头脑中的知识、经验，以及做人的深度，方可造就这样的眼神。拥有这般知性魅力的男人，夜晚在床上却欲火熊熊，激情四溢，做出各种奈央子羞于描述的放浪行为，并在她耳边无数遍地呢喃"我爱你，我爱你"。静静倾听他的私语告白，何其美妙。什么叫幸福？这便是。

当甜品与咖啡摆上餐桌时，两人间生出片刻的寂静。接下来要做的事，彼此早有默契。但这短短的一瞬，恋爱中的人仍难免感到羞涩。

绿色桌布下面，泽木握住了奈央子的手。

"之后，去你家可好？"

"当然。"

奈央子答得不假思索。她为自己的率直略感惊愕。假如换成别的男人这么问，她心里肯定早已冒出大大小小的问号：是小气巴拉不愿花开房的钱？想尽早到我家里去办事？这男人脸皮会不会有点厚？而如今，她不必再满腹疑虑。泽木不愿意去酒店。一边担心着前台或服务生的眼光，一边从他们手中取过房间钥匙，他只是单纯讨厌这种感觉而已。奈央子认为，这是因为泽木珍视她，在保护她的感受。

"家里乱乱的，不过你来吧。"

"那我们走吧。太激动了，没工夫再喝咖啡了。"

泽木站起身，走出店外，两人旋即牵起手。迎面来了辆出租车，两人同时扬起交握的手，相视一笑。

出租车内，泽木始终握着奈央子的手不愿撒开。只要紧扣的十指稍稍松开，便唯恐它们逃走似的，马上用力把它们捉回来。

"我值得被如此深爱吗……"

醉意中，奈央子扪心自问。一个大男人，拼命握着她的手，渴求获得她的垂爱。

"我有这么优秀吗？有这么大的魅力吗？"

奈央子没来由的一阵心虚。在此之前，她从未觉得被哪个男人深爱过，同时一直认为将来也不会有被爱的可能。不知何故，她总这么想。

泽木对自己这种紧迫盯人、不留余地的感情，究竟属于什么呢？自己果真配得上这样的付出吗？抑或是，泽木自身存在什么巨大的缺陷呢？

答案似乎隐隐可见。然而奈央子畏惧着，难以将它探究清楚。但至少有一点她很明白，两人间这份全然不顾一切的感情，只为了拼命避免去正视某样东西。

"但没关系……"

奈央子回握住对方的手。

"我真心喜欢这个男人。"

一进奈央子的房间，泽木径自奔书架而去。

"哼哼……原来你平时读这些书。"

他取出一册，信手"哗哗"翻阅。

"好烦哦，自己的书架被人浏览，就仿佛脑子里的想法被人一样样扒开检阅。"

"没有的事。你和我预想中一模一样，开心都来不及。咦？还有《中学生植物图鉴》呢。"

"我从父母那边拿过来的。从这里去车站的一路上，不少人家门口的花花草草争奇斗艳，我想弄懂它们的名字。"

"也太可爱了吧。"

泽木从身后揉弄着她的脊背。一团温热的东西贴上了她的脖颈。

"好了，快点去卧室吧……"

"你先过去好了，我洗个澡就来。"

与在酒店时不同，洗澡的要求得到了恩准。奈央子将卧房门轻轻推开一道细缝往里瞧了瞧，泽木斜躺在她床上，读一本床头放置的杂志。这下可以悠闲地洗个澡，把身体好好打理一下了。酒店度过的那一晚并不坏，但终究在自己的房间里更有主场感。可以用钟爱的浴巾、浴液将全身的气味做一番统一。也有时间仔细梳理好头发，将之束起，再化个薄薄的淡妆。

泽木大概会在此过夜吧。衣橱里还挂着一套男士睡衣。是在黑泽之前的上一任男友穿过的旧物。奈央子从未想过将它丢掉。毕竟是价格不菲的品牌货。看在钱的分儿上，当时她最先考虑的是，今后没准儿还有人能用到。将洗过好几水的睡衣转手交与下一任，告诉对方"就穿这件吧"，而对方也来者不拒，说声"谢谢"便接了过去。男人们恐怕个个能做到毫无芥蒂地穿上它吧。这年头，男人对这种事已不怎么讲究了。但不知何故，对坚信这一点的自己，奈央子却倍感心酸。为何要如此自轻自贱？为何总觉得自己只配拥有那样的爱情？

奈央子打定主意，这套睡衣一定要拿去丢掉。必须另给泽木买一套新的。一套刚剪了牌子崭新的睡衣……

寻思到这里时，电话响了。不是手机，是家里的座机。看了眼钟表，十点四十分。对于独居女人来说，这个点打来电话绝不算晚。几个爱煲电话粥的女友的面孔在奈央子脑海里依次浮现。说两句也行，不过得赶紧挂……

"喂？"

"啊，奈央子吗？我是绘里子。好久没联系了。"

刚洗过热水浴的脊背立马僵硬起来，簌簌起满了鸡皮疙瘩。此刻，绘里子的老公正躺在自己床上。她是知悉了什么，才打电话过来的吗？

"现在，你在哪儿呢？"

"还能在哪儿，当然是丰桥呀。"

这下奈央子总算吁了口气。

"丰桥这地方，奈央子知道吗？"

"只有一次坐新干线从那儿经过，从来没去过。"

"这倒也是，人们没事儿很少到丰桥来。不过，这里离东京很近，还有各种各样好吃的东西。请奈央子务必要来玩一玩呢。"

绘里子慢条斯理的声音没完没了地传过来。奈央子能感到脚底不停瑟瑟打着寒噤。好想早一点挂掉电话。但自己主动挂断的话，对方会不会醒悟到什么？奈央子扭头望望身后。那扇通往卧室的门，仍旧关着。要是泽木忽然从门里走出来该怎么办？

"别一个电话打到地老天荒，快点过来嘛。"

要是他开口说话该怎么办……

"不过呢，我觉得来到丰桥真挺好的。"

"是吗……"

"前阵子当真给奈央子添了不少麻烦。那时候的我实在太反常了。请问，你愿意原谅我吗？"

"当然。那点小事，没什么原谅不原谅的……"

"当时我一直疑神疑鬼，猜想先生是不是背叛了我，被这个念头苦苦折磨。不，即使现在，有时我也会觉得，也许一切并不是我的胡思乱想。你也瞧见了，我先生那个人，嘴巴又甜又温柔，女人一见到他就立刻主动贴上来。"

绘里子难道已得知自己与泽木的私情？不，没这可能。自己和泽木发展成这种关系，也是近几日才有的事。绘里子从哪里晓得呢？

"哎，奈央子，最近你和我先生有见面吗？"

闻言，吓得话筒险些从她手中滑到地上去。不，这是绘里子的试探。沉住气。奈央子在心里提醒自己。

"没有……和绘里子见面那天，是最后一次。再说我也没理由见他不是？"

"求你了。能不能偶尔抽空见见我先生呢？"

绘里子的声音忽而急切起来。

"我不是回了娘家嘛，即使周末想回趟东京，也十分不容易。再说了，我先生又长时间一个人生活，要是外面有了女人该怎么办？我心慌得不得了。所以希望奈央子隔三岔五帮我去监视一下。这样我心头的大石就可以落地了。"

奈央子心忖，这女人目前虽对事态一无所知，但凭着直觉恐怕已开始嗅到了什么。名叫"妻子"的女人，都拥有一种特殊的预知能力。是这份第六感促使她打来了电话。总之，目前要先把这个电话小心应付过去。

"这我可办不到啊。"

奈央子一口回绝，仿佛要一笑了之。口气总算恢复了惯常的淡定。

"我平时也一样忙得很。虽说不到要命的程度，但监视人家老公的工夫我可没有。你要是担心的话，就早点回东京呗。"

"说的也是呢，我明白了。"

对方答。

"那好，我这边还有点资料不得不读，所以……"

"是吗，真抱歉。那就晚安啦。"

电话挂断的瞬间，一阵战栗又袭遍周身。此时，奈央子方才深切领会到，爱上泽木究竟意味着什么。那便是，日日遭受这恐惧的折磨。

重新梳理好头发，检查了镜中自己的神色，不见任何异样。她把心一横，何必为这等小事闻风丧胆？

推开卧室门。泽木正探手取过另一本杂志。

"你这个澡洗得可真久啊。"

泽木一边打趣，一边将身子往大床另一侧挪动。

"担心你怎么回事，正想去瞧瞧你呢。"

"我没事。就稍微打扮了一下。"

"快过来。"

奈央子被大力掳到了床上。一个漫长的吻开启了。她不打算告诉泽木方才电话的事，也不打算躲在他怀里撒娇哭泣。但凡提及那女人一个字，她的战役就输了。总之，此刻自己所能做的，便是对那女人绝口不提。

第六章　甜蜜生活

公司附近这家意式餐馆，一千五百日元的套餐便能吃得相当满足。不仅从前菜到甜点样样齐备，作为主食的意面也十分美味，甜品有五种可选。不过，作为工作日的午餐，一千五百日元的价格还是稍嫌吃紧。所以平日奈央子很少光顾。

但今日恰好刚发了奖金，奈央子跟同事三人一大早就商定午餐要在这里开荤。前菜、意面、主菜……依次享用完全套之后，三人又就着巧克力蛋糕，优哉地呷起咖啡。

话题聊到了正月假期该去哪里玩。

"我打算同大学时代的朋友去开罗。"

比奈央子晚两届的后辈小薰说。她目前仍旧从父母家通勤，挣到的每一分薪水都悉数花在自己身上，是个典型的商社女。平日里，总是一袭靓丽的洋装，发型与指甲也打理得无懈可击。模样与性格都不算差，但不知何故，三十微微出头的年纪，却依旧不被缘分眷顾。这种情况下，要做到对穿衣打扮不见丝毫懈怠，也是件相当困难的事。

公司的男同事里，人才略为出色些的，早已所剩无几。当女孩们意识到自己再无机会的一刻，好多人对衣着便开始敷衍了事。

小薰点燃了不知是第几根七星香烟。自从公司实行全面禁烟之后，她似乎彻底破罐破摔了，一到外面就抽得极凶。

"虽然说好了和大学时代的闺密一起去，但她是做空姐的，你也知道，像开罗那种地方，正月里她肯定拿不到休假。这是我俩头一回结伴旅行。幸好她考取了侍酒生的专业资格证，过阵子打算离职转行，所以我俩总算能结伴成行了。"

"嗯嗯……"

在一旁重重点头的是今日子，刚满三十岁，正处于对他人转行的话题格外敏感的年龄段。

"我呢，说好跟老爸老妈去泡温泉。肯定又是个没啥意思的正月。我爸马上就要退休了，他的梦想是能来一次合家旅行做纪念。连我结了婚的老哥都在邀请之列。我吧，虽然也觉得老两口带着个三十岁的女儿一起泡温泉挺奇葩的，但怎么说呢，毕竟给他们添了不少麻烦，也不好不去。"

奈央子忽然想到今日子屡次三番找自己诉苦的模样，她和公司里一个有妇之夫在偷偷交往。在商社这种地方，不伦恋毫不稀奇。叫人意想不到的情侣，奈央子也晓得几对。但那帮女孩，临到了几乎无一例外，也都抹嘴离席，转身和公司更年轻的单身男士若无其事地结婚了。可惜，今日子没能成功转换码头。原因是，恰好她所交往的男人和妻子相处得不好，给她开了不少空头支票，让她始终对这段关系存有幻想。据说男方还曾提出过离婚，将两人之间的关系变得越发长期化、复杂化。

当日，曾考虑为此辞职的今日子被奈央子强按了下来。

"现在这会儿，公司上下还没听见什么关于你俩的传言。把男人的问题跟工作搅和在一块儿，纠缠不清，以致失去重要的人生基盘，那可行不通哦。"

对他人的情感问题旁观者清，总能做到冷静谏言，为何轮到自己时，也会涉足如此复杂难解的恋情呢？奈央子感到不解。喜欢上有妻子的男人，在如今这年代不足为奇。可泽木的妻子，是自己公司里的前同事。况且还有潜在的精神疾病。自从接了那通电话之后，奈央子对惹上身的这份巨大麻烦，时时感到不寒而栗。

"奈央姐，正月你打算怎么过呀？"

小薰冲她搭话。

"是啊，怎么过呢？都到这会儿了，去旅游也来不及了吧。估计只能在家躺平数手指了。"

直至数年前，东西商事在雇用女性职员时仍以"自宅通勤"为原则。奈央子和女同事们，基本都住在市内或近郊，每天从父母家来上班。既然不存在"老家"，也便不需要"回乡"，只要不去旅行，假期就闲得发慌。

泽木的话掠过奈央子的脑海。

"要不要一起去哪里玩玩？"

他再三发出邀请。

"箱根的著名温泉旅馆怎么样？我有熟人，现在订房还来得及。要是觉得温泉旅行没意思，去中国香港玩个三天两夜如何？假如愿意再跑远一点，马来西亚也不失为一个不错的选项，那里有豪华的观光疗养酒店。"

泽木仿佛从口袋里不停往外掏小点心的孩子，向奈央子花式展示着一个又一个出游计划。

然而，这件事实际操作起来未免困难重重。奈央子举手放弃。正月里，恐怕分居中的绘里子会回东京来。届时泽木一家三口团聚，应该不会给外人留下插上一脚的机会。就算泽木本人再怎么渴望，也不会有携其他女人出门游玩的可能。

"你们说啊……那些陪酒的小姐们，一到正月或暑休岂不是特别难挨？平时簇拥在她们身边的男人全都回归了家庭。那份空虚寂寞冷的心情，我倒是有点理解呢。"

嘴巴比脑子先行一步，奈央子不由自主地说漏了馅儿。待她恍然大悟，却为时已晚。这对她来说，是十分少有的事。

"呃？奈央姐，你在搞不伦恋吗？！"

小薰发出惊讶的怪叫。这下完蛋了。奈央子心想，要是方才的一番话不小心泄露了自己的秘密，那可就惨了。

"讨厌啦，我不是那个意思。我只是觉得，三十来岁的单身女人跟那些陪酒的小姐也差不了多少，一进入长假就形单影只，连个消遣一下的地方都没有。"

只有今日子脸上浮现出不易察觉的诡笑。大约是看穿了什么吧。奈央子也曾考虑过，唯独对今日子，或许可以透露一点泽木的事。但随后又想，还是不冒这个险为好。

奈央子不再是守不住秘密，一遇事儿就叽叽喳喳、逢人便讲的年轻小姑娘了。那些女孩不小心把婚外情说漏了嘴，结果被传得满城风雨、面目全非的例子，她也知道得一清二楚。其中连男方的人生也多少受到影响的情形，她也有所目睹。

奈央子想再考验一下自己。虽说也有称得上是"闺密"的好友，但对她们，她也不打算透露分毫。她想试试看，自己能承受这个秘密到哪一步，是否能忍住将它视为一己私藏。这对以往听尽他人无数秘密的自己来说，是最后的一点尊严。

是夜，泽木打来了电话。通常他会隔日发一封邮件，不写邮件的日子则打电话。邮件电话都没有的时候，两人便会见面。早已并非少年的泽木竟如此殷勤，不厌其烦，叫奈央子惊诧不已。

"正月里要不要去京都玩？"

泽木一上来便提议。

"刚才我已经订好了房。原本我知道一家不错的和式旅馆，但那里已经满房了。算了，索性住酒店，享受美味的自助餐也可以。三号以后大抵上酒店都蛮空的。"

"等一下，怎么就决定去京都了？"

"说了你没准儿会生气，不过你听我讲。"

泽木的语气急切起来。

"我前前后后考虑了好多。绘里子如果从娘家回了东京，一待就是好久，接下来会有老长一段时间没法同你见面。所以我打算自己到丰桥去。这样就可以把握时间，早点结束。只要在那边待够三天就行。之后，就和你在京都会合，你觉得怎么样？"

"还问我怎么样，你不是决定好了吗？酒店不是都订了吗？"

奈央子声音里流露出自己都抑制不住的讥讽之意。

"你不喜欢吗？"

"对啊，难免会有'您去探望家人之际顺便抽空接见我'的感觉。"

"别说得那么刻薄嘛。"

泽木发出一声哀叹。

"我可是拼命想破了头，才找到的折中方案。"

"是嘛，懂了。"

对男人的撒娇、迎合，与奈央子与生俱来的率直时不时碰撞，造就了她尖锐的说话风格。

"有太太的男人，反正是各种拼命呗。每逢这种时候，既要瞻前也要顾后，左右两边要一起安抚。这种美意，我还是头一回领受。"

"你啊你，真是小坏蛋。从没想到你这么伶牙俐齿，话专捡难听的说。到底要我怎么做，你才满意嘛？"

泽木佯作气恼嗔怪了几句。随后又你来我往斗了几句嘴，两人的第一次旅行遂敲定了下来。

冬季来京都游玩，这还是头一回。话虽如此，也不意味着奈央子之前来过多少次。对她这个年龄的人来说，京都并不是个富有亲和力的城市，只有那些价格贵得离谱，打眼一看就十分高级的料亭，才能尝到美味的东西。

"京都游什么的，一听就有不伦之旅的感觉。我还从未有过这么难堪的旅行呢。"

都已经来到京都了，奈央子还是满腹牢骚。

两人约定，当新干线光号与回声号两个班次恰好一齐停靠京都站的时刻，在站内的咖啡馆里会合。之所以这么约定，是出于泽木的体恤，他怕奈央子一个人在酒店等候会太闷。

在开往酒店的出租车内，泽木频频懊恼，据说另一家酒店他之前安排外国客户下榻过好几次。

"下回我们选那家好了。到了春天，我们请假再来。"

他毫不犹豫握住了奈央子的手。尽管外面寒风凛冽，但泽木的手却散发着温暖。那是没有汗湿的干燥暖意。大大的掌心将奈央子的手包覆其中。此外，他那句"到了春天"，也叫奈央子心头一暖。可见他有信心将二人的关系一直持续。这让奈央子暗自心喜。她要自己尽量忘记，眼前这个男人刚刚去会了他的妻子。

绘里子没有对丈夫短短的逗留心生疑窦吗？又或者，对丈夫竟然主动来丰桥探望自己，是否察觉到了什么不对劲的地方？不不，别再七想八想了。这次旅行，泽木可是仔细筹划了好久呢。

两人决定去"这个季节里京都最美味的"开放式高级日料餐厅，然后再往茶屋随意用些茶点。次日，租辆车把冬日里的寺社佛阁依次逛一遍。可谓行程丰富、乐趣满满。

"我们AA制好了。我刚发了奖金呢。"

对奈央子的提议，泽木笑着斥为无稽。

"你们这一代的女孩子，有太多稀奇古怪的坚持。跟男人搞AA制，这种游戏还是在校园里玩一玩好了。对一个迷恋你的男人，就该狠狠地花他的钱。"

奈央子不认为可以用金钱来衡量男人爱情的多寡。这种思维，是泡沫经济时代那批脑子不好的女人才有的陋见。不过，奈央子会忍不住拿泽木和从前交往的男人比较。

"他们怎能轻易便做到任由我买单呢？对我掏出的钱，为何从不曾表示过一句推辞？难道说，我是个没有被爱过的可怜女人……"

心头涌起一丝甜蜜的感伤。当我们邂逅新的恋人时，原也不必因此憎恨过去的男人。但奈央子常会耿耿于怀，拿过去的感情进行比较，来细细咀摸今日的幸福。

以前，和做自由职业的沟口共度周末时，他会随口提要求。

"帮我提前把啤酒冰镇好哦。"

"偶尔也想吃顿寿喜烧啊。"

然而，买啤酒牛肉花的钱，他有没有主动承担过一次呢？在外用餐时，虽偶尔会替奈央子结个账，但在奈央子家里吃吃喝喝的一概花费，都想当然地认为该由奈央子支付。

数不清的啤酒，难以计数的牛肉与蔬菜，以及从便利店买来的各种零食。还有，还有……不知什么时候改由奈央子来买避孕套……到底花了她多少张万元大钞，再加多少张千元纸币呢？并不是奈央子斤斤计较，但时至今日，想起过去从不花男人钱的自己，就深觉悲凉与懊悔，以及此时此刻的幸福。

泽木带她去吃那家开放式日料餐厅，美味至极。热腾腾的芜菁蒸、海老芋及鸭肉治部煮，正赞叹京野菜一道接一道，三文鱼押寿司又见缝插针送到了面前，生鱼刺身则是一碟河豚。

最后，吃完一份黑芝麻甜品，两人步出店外。

"太好吃了。不愧是京都美食呢……"

东京也有若干奈央子喜爱的日料餐厅。当中虽也有主打"京料理"的店家，但终究要属今晚这间在器皿与菜色上更胜一筹。别看用餐的价格京都比东京便宜得多，但奈央子推测这家肯定是高级名店。

泽木伸手拦下了开进里巷的出租车。

"距离不远，走路也能到，但是太冷了，坐车去吧。"

他对京都出乎意料地熟悉。据他说，有时会在此地接待外国客户，日常到京都开会也多。

"本来我还考虑去茶屋观赏舞伎和艺伎表演，不过在莺莺燕燕的地方没法和你安静聊天，就算了。"

他带奈央子去的地方，是先斗町一片古街区里面的酒吧。建筑外观虽保留着过去年月民居的式样，内部装潢与家具却十分时髦。吧台后站着一位四十多岁的美妇人。

"哎呀，泽木先生，好久没见了。"

妇人身着黑色绫子面料的和服，系梅花纹样的腰带，浑身充满一种自少女期便成长在这花街的女性所独具的、无懈可击的美丽、练达与洒脱。

"这是我的朋友野田小姐。"

泽木虽只简单介绍了一句，但妇人只消一眼，无疑已洞悉了两人间的一切。

"野田小姐经常光顾京都吗？"

妇人在奈央子面前放下一杯冰水，笑吟吟地望着她。那笑颜何其风情妩媚。奈央子心中闪过一念，这样的女人，也不知会有怎样的男人做她的情人呢。

"哦不，几乎很少来。工作出差也没有过。"

"哦？野田小姐是职业女性呢。"

"这位啊，可是大贸易公司里独当一面的女强人。"

泽木从旁插话。

"独当一面不敢当。我做的也不是综合职位，只不过工作的年限久一些。"

这话不是回答美妇人，而是说给泽木听。

"不过，在东京有一份出色职业的小姐，果然不同凡响，飒得很呢。"

"飒是关西这边夸人的话，意思是指你精明干练、打扮得简洁利落有品位。"

"啊不得了，在京都拿到权威魅力认证了。"

泽木已颇有几分酒意。

随后，两人又拐至另一间有当红艺伎主持的茶屋小酌了几杯，待回到酒店时，都已醉意醺醺。互相挑逗着褪去对方的衣物，小小抱了一场。真正的长久缠绵，是在黎明时分，从酒后的浅眠中苏醒过来之际。

厚厚的帘隙间，天光由漆黑即将转为浓紫的一瞬，两道光线笔直注入房中。巨大的酒店建筑一片阒静。让人感觉，这世间若真有崇高事物的诞生，那么必然发生在此时此刻。

"奈央子……"

泽木的脸，仍埋在奈央子的鬓发中，声音听起来有些含混不清。

"你别刻薄打趣，好好听我说……"

奈央子轻叹一声，代替了点头。

"我去丰桥和那边谈了一下。绘里子的父母提出，让女儿彻底从东京搬回丰桥定居，说终归还是娘家好一些。"

耳边的声音清晰起来。大约是泽木从鬓发中抬起了脸，取而代之，将两手环绕在奈央子的腰间。

"我岳父的意思，想把绘里子和我女儿接回他身边照顾，让她们在丰桥生活。看情形，老人家对我们夫妻之间的问题大概十分了解。也劝了绘里子，说在悠闲自在的老家，开始新的人生如何？我虽说觉得绘里子挺可怜的，但岳父那番话，真让我觉得眼前哗地忽然一亮，你懂吗？这也就是说，我终于可以从头来过，开始新的人生了。"

从头来过。这个词在奈央子耳畔回响。是什么意思，不消多问她也明白。不是说词语本身意义空虚，只是它听起来仿佛某种前卫的音乐，不具备一丝现实感。

"我感觉和绘里子无论如何也过不下去了。心里明明早就有答案，却一再地自我欺骗，一直拖到今天。但是我想通了。从遇见你的那一刻起，我就由衷盼着这一天到来。今后的人生，我绝对要和自己喜欢的女人携手度过。不想再继续忍受了，我真心觉得还有机会从头来过。"

这算是求婚吗？奈央子心忖。以前从未和有家室的男人交往过，对这一点没什么概念。男人说到了这个份上，是不是意味着要离开妻子和孩子，同自己在一起呢？泽木方才那番话，既是誓言，也是约定。这种时刻，奈央子或许该为之狂喜，激动得瑟瑟发抖。但最先光顾的感觉，却是困惑。

"这种事……我做不到啊。"

"呃？什么意思？"

"我说了，这种事我办不到。"

奈央子坐起身。在她的牵扯下，泽木也随之坐了起来。如此，方才的低语呢喃消失了，正式的对话开启了。

"让你和太太女儿分开，我不可以这么做。"

"你在说什么？是不相信我对你的感情吗？"

泽木的声音明显含着怒意。

"我不是这个意思。只不过，这种事一般情况来讲是极其困难的。过去，好多朋友都找我倾诉过她们的感情遭遇。其中也有不少跟已婚男人交往的女孩。基本上到最后，她们都能干干净净地分手。但是呢，也有那种声称要抛妻弃子的男人。女孩听信了他的承诺，一直苦苦等待。可惜啊，这种事是不可能办到的。凡是正经的好男人，说到底都不会抛弃自己的家庭。绝对不会。我对这种事见得多了，自然清楚。泽木，你有这份诚意我很开心，但不可以把这种话随随便便拿出来讲哦。"

"我可没有随随便便拿出来讲。"

泽木搂住身裹床单的奈央子印下一记亲吻。嘴唇与昨夜不同，带着残留的睡意，隐隐有些微温。

"别的男人或许做不到，但我可以。"

"你怎能说得这么有把握？"

"那是肯定吧。因为我如此深爱着你。"

唉，为何在这种理当幸福的时刻，脑子里会有一堆女人鱼贯而入呢？是的，两年前，今日子曾在某个子夜来敲门，双眼布满红血丝，哭诉着说再这样独自苦撑下去，恐怕会去寻死。

"听我说，奈央姐。那人跟太太旅行去了，说要为我俩的事赔罪，和太太重修旧好。我，好恨啊……"

今日子哭诉了一大堆接下来的计划。她不愿再一个人承受所有痛苦，要在公司里群发邮件，把跟男人的婚外情抖搂出去。岂止，还要直接报告给男人的上级，把他远远地踢出公司……

记得还有个女孩，也是哭哭啼啼来找奈央子倾诉，说男人的妻子又怀上了二胎。每当这种时候，奈央子必然会如此规劝：

"我说啊，男人是绝不可能抛弃太太和孩子的。会这样做的男人，既不具备健全的社会性，也没有诚实可靠的人品。你总不可能爱上那么垃圾的渣男吧？再说了，对方也为你们的感情吃尽了苦头，这一点你应该对他有所理解。"

没错。自己在爱上泽木之前，心里对答案非常清楚，并且还将这份答案不断地传授与他人。

这时，一件最最不愿想起的事物，闪过奈央子的脑海。是绘里子寄来的贺年卡。

"新春快乐！不知这个新年，奈央子将怎么度过呢？正月我打算一家三口优哉游哉地度过。我希望重新审视家庭的羁绊、夫妻的羁绊，更加珍惜地过好新的一年。今年也请多多关照。"

是啊，奈央子喃喃自语："世上之事，既有可为的，也有不可为的。我明明对这一点非常清楚。"

泽木总喜欢频频使用"我们"这个词。

两人交往后，这成了他的一个坏习惯。奈央子忍不住拿他和以往那些男人比较。他们日常是怎么说的呢？记得似乎是"我和你"吧。也有"奈央子和我""你和我"之类的版本，但大致上都少不了一个连词"和"夹在其间。那阵子，奈央子认为这挺正常。

不过，泽木平日挂在嘴边的"我们"，却在奈央子心里掀起了怪异的涟漪。长久以来，奈央子苦苦建立并守护的某样东西，虽摸不清它具体是什么，却无比重要的一样东西，逐渐软软地溶解、析出、释放了出来。而在这释放的过程中，渐渐露出头来的，是一种几乎令人难为情的、晶光闪闪的、名曰"希望"的东西。童年时代尚且还好，自打成年以后，奈央子便不再拥有这样东西了，也不再能感知到它的存在了。就算日常生活中偶尔会涌起一些小小的所谓"心愿"，但更为闪耀炫目的"希望"，她手中从来都没有过。

"我们必须更加努力才行啊。"

"放弃希望，陷在惰性当中，是最可怕的。毕竟，我们当真要在一起的。"

但事情果真能如此急匆匆地向前推进吗？奈央子思索着。这是她一向的习惯。当巨大的幸福齐齐涌来时，她总会故意给男人泼点冷水，同时观察对方的反应。

"还是放慢脚步，踏踏实实往前走吧。"

奈央子道。

"我们认识还没多久，一下子就说要跟太太离婚，要永远在一起，我觉得事情恐怕不会一步步进展得这么顺利。就我以往所见，婚外情最多能热乎两年，接着再死缠烂打拖上三四年，最后一拍两散，不外乎都是这个模式。和已婚男人刚刚交往，马上就能嫁给他？这种好事我听都没听过。"

"你啊，为什么总爱说些泼人冷水的话呢？"

泽木夸张地叹了口气。

"你脑子太聪明，总是伶牙俐齿，直言不讳，享受将男人一枪封喉的乐趣，其实也是以此来考验男人的真心吧？"

猜对了。

"不过，我不会上你的当哟。"

泽木扳过奈央子的肩膀。身体远比言语诚实得多，奈央子立即偎进了他的臂弯。他仿佛在说给孩子听，温柔地爱抚着奈央子的头发，缓缓开了口。

"听话。今后再对我这样刻薄嘲讽，可不行哦。因为我们是队友。并肩战斗，共享胜利。为了两人相爱相伴到死，要共同去努力。"

啊啊，此时此刻，他的声音，他爱抚自己头发时的那份柔情，奈央子简直找不出话语来形容。她急迫地想向什么人炫耀一番，这世上，还有如他这般诚恳、这般精彩的男人吗？

奈央子觉得，假如不是发泄对男人的牢骚或寻求情感的支持，只是释放一下内心爱的喜悦，那么微微透露几句，应当不成问题。选个合适的朋友，以"分享幸福"的那种感觉，轻描淡写聊上几句，大约不会造成什么麻烦……

不，还是算了。奈央子心想。泽木这些"爱的美谈"，假如不把来龙去脉详细地交代清楚，对方恐怕不会理解。这绝非单身男子轻松的爱的告白。而是有妻有子，有一定社会地位的已婚男人，带着抛却身家名誉的觉悟，发出的爱的誓言，因此有它独特的价值。假如必须将这些统统解释清楚，可是个相当困难的任务。

在公司里，奈央子可谓算个"名人"。大多数后辈都在关注着她的一举一动。假如众目之下的她，竟和有妇之夫走在一起，也就是说搞起了"夺夫大战"，那么流言一旦传开，恐怕会带来极大的麻烦。

秘密这东西，委实不可思议。它往往背叛个人的意愿与信任。明明看准了朋友的为人，将秘密单单透露给他一人，对方也并没有到处散播，可秘密这东西，一旦从口中吐露出来，就仿佛驾着空气一般，四处流动。

总之，不到事成定局，奈央子打定主意，要将一切秘密藏匿在自己心底。这和以往谈过的恋爱情况有别，哪怕在女生们的聚餐会上，貌似不经意地放出一点点可疑的气味，都不可以。

此外，奈央子深刻品尝到了爱上一个已婚男人的恍惚与不安。同时她也真切领悟到，许许多多女性为何必然会深陷其中，难以自拔。心痛、苦闷之类的词语，根本不足以描述心中的感受。这是几乎无法向任何人诉说的一份煎熬。所有的情绪，最终都要回收在心里自己消化。不得不自问、自答。如此一来，各种思绪便发酵、膨胀，对男人的恋慕也因此一日比一日深浓，到了无可救药的程度，简直不可思议。

虽有些突兀，奈央子摇身一变，成了位浪漫抒情家，开始动手给泽木写一封长长的情书。

　　翔，这个时间，大约你已经熟睡了吧。
　　尽管留你在我家过夜也没什么不妥，但假如一味地沉溺于彼此，我会想要无休无止地把你霸在身边，这让我有些恐惧。
　　今晚我们过得好开心啊。你推荐的那家店，味道真是好极了。

鮟鱇鱼火锅我虽是第一次吃，但比想象中可口，没什么古怪的味道，以后恐怕要吃上瘾了……

今天又被你训斥了，说我"太毒舌了"。你不是告诉过我吗？和你在一起的时候，不必极力逞口舌之快，誓要把对方驳得无言以对，也不必净说些讨好懂事的话，这些一概不要想，只安心做个最自然的奈央子就好。此刻，想起你这番话，不知为何竟涌出了眼泪。

虽说我并不认为自己讲话有多尖刻，但在你看来或许是这样的吧。"现在，你已经有我守护了。"反复咀嚼着你这句话，不由深切地感到，啊啊，我真的好幸福啊。

工作时会怎样，我不清楚。但和你在一起时，我下定决心不再拿刻薄话接二连三去抢白你了。尽管无法成为一个顺从可爱的女人，真变成那样也就不像我了，对吧？所以，至少我承诺，会在说话上面收敛一点。

不过，像我这样粗枝大叶的女人，为什么竟能得到你那么多的爱呢？我时常觉得不可思议。有一首美国情歌是这样唱的："神啊，我做过什么好事，竟让你如此眷顾于我？"对，就是这样的感觉。

你瞧，这阵子我是不是变得格外谦逊起来了呢？晚安。

奈央子。

"奈央姐，这阵子你越来越漂亮啦。皮肤不知怎的，感觉又嫩又Q弹。"

被后辈这么一夸，奈央子有些慌神。

"是吗，好开心！也许是因为换了化妆品吧。"

想要巧妙地掩饰过去，谁知……

"哎——？换了哪家的啊？什么牌子，告诉我一下呗。"

对方反而刨根问底起来。互相分享好用的化妆品或美容沙龙的名字，是女人之间形同于日常问候的一件事。奈央子也含糊地回应："嗯……也是朋友分享给我的，牌子记不清了。大概是在哪个邮购公司买的吧。等我回头抄下来给你。"

"拜托啦。我这段时间，皮肤感觉干巴巴的老了好多。稍微睡眠不足的日子，早晨一照镜子，简直都无语了。"

才刚三十或不到三十的样子，却为一张脸紧张成这样。

进入四月后，一次只有女同事参加的聚餐会，自然而然变成了对公司新人品头论足的鉴赏会。

"咱们公司的入职典礼上，也终于出现携母出席的妈宝男啦。"

"怎么会！"

"骗人吧！"

五个女人一齐惊叫起来。

"不骗人。总务部的中村可以负责地为我做证。那男孩的老妈就坐在会场后排，笑眯眯地听着社长的致辞。"

"这也太……恐怖了吧！"

今日子道。

"咱们公司也终于走到这一步田地了吗……这么说的话，大家不觉得今年入职的那帮新员工，看起来瘦瘦弱弱的男生比往年多多了？净是随便推一把，都能倒地半天爬不起来的那种。"

女人们哧哧地笑了起来。也不过就在两三年之前，假如新进员工中有不错的男孩，大家还会互相开玩笑："啥也不挑了，这小子归我了。""像咱们这种上年纪的大姐姐，看来只剩下吃嫩草一条路了。"然而，近来一段时间，这样的插科打诨听不到了。自己的年龄一旦过了三十岁，那些新进公司的年轻男孩，个个会显得特别弱小，稚嫩得叫人受不了。不管是年长的，还是年轻的，一旦互相察觉对方不可能是自己的择偶对象，女人这边所能选择的道路，就只剩下了一条。那便是，愉快地扮演好对方的"大姐姐"。

"我们课的迎新会上，我就开玩笑说，'别忘了你也可以选择比自己年龄大的女人哦，要是你有胆子这么做，全公司上上下下，所有女性都会拼了命支持你的，考虑一下呗'。结果你猜人家怎么回？'姐，你饶了我吧。我有学生时候就开始谈的女朋友。况且再怎么经济不景气，咱商社男还是有点市场的吧。今后我打算拿出全副力气投入联谊会，你可不要碍我的好事啊'。"

几个女人哄然大笑。奈央子苦涩地想起了自己跟黑泽那一出。也许是受了热门电视剧的影响吧，自奈央子她们那个年代起，许多女性就时不时对年下男①心怀幻想，认为年下男才会更坦诚、更纯粹地去爱一个女人。她们梦想着，年下男会成为自己恋爱生涯的圆满句点。可惜事与愿违，电视剧里的美事，现实中几乎从不发生。尤其在商社这种环境里，"天选"意识强烈的自恋男，更是简便轻易地被批量制造出来。假如问他们"喜欢的女性类型"，得到的回答也十分乏味平庸，简直没有成为话题的价值。他们的眼睛，只看得见"年轻漂亮"四个字。

"一直到前些时候，咱们公司明明还是比较多元的。入社的新人里，既有体育社团类型的风趣男，也有不少从籍籍无名的地方学校里出来的男孩嘛……"

---

① 比自己年龄小的男性。——编者注

最年长的奈央子，也忍不住吐槽起来。

"咱们社长前阵子不是还在《日经新闻》上说漂亮话吗？什么'在当今这样的时代，更应该大力选拔具有个性与反叛精神的企业人才。单单凭出身院校和分数来评判一个人的时代，早就终结了'。实际上呢，打开箱子盖一看，录用的还是同样大学出身的、同样类型的新人嘛。"

一个女人插嘴道："地方大学出身的新人数量一直在减少，'庆应^①'们倒是又增加了。不过，也净是些'幼年组'的小朋友。真能变成咱们的发展对象倒也罢了，可最后不还是一个个被派遣妹们给撩走了。"

大家听了又齐声笑起来。

"一聊这些，觉得自己当真像个毒舌大姐，心里怪别扭的。可是唉……"

灌了最多红酒的今日子，闷闷不乐开了口。

"我呢，九年前接到公司的录取电话时，那叫一个高兴啊，哇哇哭啊。毕竟从我们那所女大毕业的学生，极少有能挤进贸易商社的。所以我就跟父母软磨硬泡，买了好几身套装，还用庆祝入职的红包钱配齐了包包和鞋子。在入职典礼的那一天，我发誓要做个尽心尽力的好员工，把工作干得漂漂亮亮的。可惜，如今到了三十一岁我却在想，自己这么多年来做的工作，交给那些只有一年或两年契约的派遣职员，人家其实也能干得来……从没领略过入职典礼那份激情的人，和我们的办公桌并排摆在一起。这该怎么说呢？我们这种资历久一点的老女人，单单是薪水比较高而已，纯粹就是多余的存在。不管是公司，还

———————————

① 日本久负盛名的私立大学。——编者注

是男同事，早就憋着劲把我们轰出去，全部换成派遣妹了……"

"哪有这回事啊。"

每逢这种时候，必须说点乐观积极鼓舞人心的话，不知不觉间，就成了奈央子的任务。

"正因为有我们存在，公司才能放心大胆地大量录用派遣员工，不是吗？况且呢，她们当中也有充满干劲、认真负责的人啊。也会有人觉得，如今这种用完即弃的雇用制度很讨厌啊。假如做不到和这样的人和平共事，我们也不会有未来啊，诸君。"

由于整段话实在太过说教，奈央子在末尾特意加了点调侃的语气，但大家却谁也没笑。

今日子以及席间各位，每个人内心都充满忐忑，忐忑有一天自己会不会也进入"剩女组"。东西商事里，有个四十加小组。成员们都被称为"老师傅"，是连部长课长也要高看两眼的老班底。话虽如此，她们做的全部是一般事务性工作，也并非什么至关重要的角色。不管在公司里还是公司外，至今没找到半个结婚对象，或者说至今没被别人找见。这样一群女人，由于薪水拿得高，也不可能辞职，于是三天两头组团去泡温泉或搞海外游，日子过得倒也挺逍遥。不过，羡慕她们的年轻女职员，恐怕一个也没有。

她们在穿衣上的偷懒程度，可以说令人发指。对待一年比一年邋遢的体型，并不设法加以遮掩，也视潮流为无物，穿着款式土得掉渣的裤子与裙子，有时甚至把廉价的 T 恤套在身上，搞得外来的访客以为是个打杂的老阿姨。在商社这种一见之下时髦花哨的职场环境中，唯有她们，如同大风刮来的一团树叶，卷起一股异样的气流。而另一边，奈央子们又被活泼强势的派遣群体逼得连连后退，不停缩至角落再角落。也许不知哪一天就会沦落至"剩女组"的恐惧，此刻在场的每一位无疑都有。

"要是不想沦落到那步田地，看来还是只有结婚一条路可走啊。"

在座的某位唉声叹气道。

"被老公养个两三年，优雅地学上一门手艺，同时思考未来的去路。大家不觉得我们也快到时候了吗？需要来一段这样的缓冲期。"

的确呢。大家纷纷点头。点头最积极的是奈央子。这让她自己也有些诧异。别看嘴上说一千道一万，内心盼望的，其实恐怕还是结婚。现在之所以会把泽木的事当作秘密守口如瓶，大概是出于万一进展不顺利的一种顾虑。真想哪天冷不丁来个婚讯大放送，观赏一下所有人惊掉下巴的表情。就有这么小心眼儿。

总之，对三十来岁的女人们来说，四月是个不太好受的季节，脑子里成天要想一百件东西。

周六早晨，奈央子还没起床时，枕边的电话响了。这种时间打电话过来的人，肯定不是自家老妈便是泽木。不管前者还是后者，都有这项权利——毫不客气涉入奈央子私人生活的权利。

"喂，喂，是我……"

是泽木。可以听出电话对面人声嘈杂。播音员的话语声，加上列车的鸣笛声，马上可以辨别，电话是从站台打来的。

"现在我正等车呢。新干线回声号，接下来去丰桥。"

"哦？那可辛苦您了。"

"你好好听我讲啊。今天我打算跟那边彻底摊牌谈一谈。之前说过很多次了，岳父母对我们夫妻间的问题早已十分清楚。反正不管怎么说，毕竟是一年一度的四月嘛。"

泽木对"四月"两字格外重音强调了一下。

"是新学期和各种事务开启的季节。所以我也非加把油不可。这次一定要谈出个结论来。啊，我上车了，回头聊。"

电话立刻挂掉了。

"哼……原来是这个打算啊……"

奈央子在被窝里伸了伸懒腰。套着蓝色拉夫劳伦被罩的羽绒被，淡淡沾染了泽木的体味。自那夜以来，究竟有多少次，泽木裹着这床羽绒被和自己一直缱绻到天亮呢？而春天，也以从未有过的速度，再次翩然而至。四月，对身为 OL 的奈央子来说，绝对不是个快乐的月份。在年轻职员的无意推动下，不得不对自己的年龄、立足点重新思考和审视。最近几年，她总是一遍遍重复经历如此沉重的四月。

然而今天，从泽木口中听到的"四月"，却有多么不同于往日的悦耳回响啊。我们要开启新的人生，泽木说。这样的美梦，果真可能实现吗？

总之，眼前是一个宜人的春日。透过窗帘射入室内的阳光，也宣告着今日无可挑剔的好天气。之前，奈央子一直躺在床上，来回咀嚼着泽木的话。此刻，她终于"嗨哟"喊着号子坐了起来。她意识到多数时候，自己总是躺在床上回味泽木的话语和一举一动，感触与思绪也总会轻易走心，在胸腔中积郁得过深。偶尔站起来想一想他，也很重要。走几步，泡杯咖啡，同时浮想一些爱人之间的事，又将是怎样一番体悟呢？奈央子决定起身试试看。

步行去了一家距离较远的超市。零零碎碎买了一堆今天要吃的食物，以及为泽木来时准备的芝士跟冷冻羔羊肉。在海外工作较多的泽木，羊肉是他的大爱，在外用餐时也常点这道菜。奈央子许诺说，要在家里亲手做一次试试。于是买了料理书回来，时隔好久又重新启用了烤箱。幸好家中各色香料一应俱全，出炉的那盘大菜颇有卖相。而泽木，则陪在旁边切生菜，拌了一盆时蔬沙拉。用他的话说，虽然做不了什么拿得出手的硬菜，但对料理这事本身却从不讨厌。假如两人真能结婚，休息日大概也会这样结伴下厨房吧！

毕竟是四月啊。泽木铆足了劲儿说道。此刻，奈央子的人生正处于巨变的前夕吗？像今天这样普普通通、和煦安详的一个春日，命运会显露它的惊涛骇浪吗……

缓步走在街上，不知不觉间，几名路人从身边赶超了过去。奈央子苦笑，走在路上琢磨心事，和躺在床上胡思乱想也没什么分别嘛。并不会因为脚步向前，心情就更乐观。

当日的晚餐，奈央子在煮好的意面上浇了罐头肉酱，又做了西蓝花拌白萝卜的沙拉。意粉其实量很少。一个人的时候必须调节食量，作为外食较多的人，奈央子动不动就要为体重发愁。

这时候，电话响了。估计是泽木吧。不仅在休息日的早晨，哪怕休息日的晚上，他有在任意时间打过来的权利。

拿起话筒。

"喂喂？是我。"

果然是泽木。已经从丰桥回来了吗？要是这样的话，晚饭一起吃就好了。这阵子偶尔只要一个人吃饭，奈央子就有种吃了大亏的心情。

"现在说话，你方便吗？"

"当然方便。"

奈央子有些许不悦。干吗要这样问呢？难道以为休息日的晚餐，我会请了什么朋友在家里吗？

"事情有点难办了。你别生气耐心听我说，好不？"

泽木忽然语气急促起来。

"今天我和她谈了很多。本来按照之前沟通的结果，我以为她已经接受了正式离婚，搬回丰桥生活的安排。谁知，她一脸若无其事地说，四月到了，想和孩子一起回东京来。"

闻言奈央子脊背飕飕发凉。果不其然，她早知道，事情绝不会像泽木说的那般一帆风顺。男人怎么可能轻易地抛妻弃子。他是想跟我宣告分手吗？

我被欺骗了吗？果然是被欺骗了。他不过是打算以妻子回东京为由，来跟我谈分手……

"你在认真听吗？"

"……"

"听她那样讲，我吓了一跳，气得要命。随后脾气一上来，就把目前最不该说的话，不小心说漏了嘴。我告诉她，自己另外有了喜欢的女人，要不了多久就会和这个女人在一起了。"

"你说什么？"

奈央子惊叫起来。

"不会吧？你没把我的名字透露出来吧？"

"那当然。不过你要明白，我是中了她的计了。她慢条斯理地向我宣布接下来要回东京，故意把我激怒，引诱我说出自己有了喜欢的女人，步步都是她一早设计好的。她在这种事情上，精通得简直像个天才，一再地跟我讲，说四月到了，希望一切能从头开始。起初我还猜想，她大概并没有察觉到我有别的女人。"

"四月"这个词，带着不祥的气息，在泽木的口中被复诵。啊……奈央子发出一声低低的惊叫。仿佛绘里子就在身畔，正阴森森地冲她耳语："毕竟是四月哦。"

第七章　背叛

　　有事不要找朋友倾诉，是奈央子的个人信条。

　　原因在于，奈央子听多了各种倾诉。她一边哀叹为何这种吃力不讨好的破事总会轮到自己头上，一边为此卖力忙活，给处在困惑愁苦中的人，要么出谋划策，要么提供安慰，要么给予激励，"一定会好起来的啊！"若是这样问题仍得不到解决，那就不惜再向前一步。有时甚至明知会被人记恨，也要直接跑过去，找到对方进行谈判。

　　我的人生为什么总在处理这些破事呢？

　　奈央子咂了咂舌头，焦躁地想。她并不认为自己格外善良，或是格外真诚。偶尔还会嫌烦，直来直去，用简单粗暴的语言回绝对方。但是过后，她又必然会后悔，重新打电话去问人家的情况。

　　结果就成了多管闲事。其实愿意管闲事，就意味着诚实、正直、守规矩。守规矩，就意味着为人处世小心谨慎。做不到对上门求助的人刻薄无情、毫无怜悯。在她看来，假如不能尊重和善待他人对自己付与的好意，那么这份好意便会消失，再也不会汇聚到自己身上。

从小时候起，自己倒也并未受过伙伴们的孤立或排挤。虽说没当过班级的委员长，但至少副委员长、委员是当过的。自认也得到过非同一般的深厚友情。可为什么别人的一点点好意，自己就这么在乎，这么小心翼翼怕失去呢？

一个人若果真有强烈的主见与自信，就能对各种乱七八糟的求助毫不客气地予以驳回，不是吗？就不会插手任何闲事，不是吗？

一边这样想，奈央子一边不停地接待前来找她倾诉恋爱与工作烦恼的朋友和后辈。

"你赋性如此啦，也没什么办法不是？"

说这话的，是学生时代的友人美穗。

"什么赋性啊，哪朝哪代的古老说法你还在用呢。"

"不是啊。奈央子在做的这些事，非'赋性'这个词根本不足以形容嘛。"

按照美穗的说法，所谓赋性，和通常而言的性格并不相同，它是一个人性情、人格与宿命的结合。

"性格可以改变，赋性却无从改变。就算你再厌弃它，想要甩掉它，也依然逃不脱它的支配。"

面对耐心为自己做人格分析的美穗，奈央子第一次向她袒露了泽木的事。尽量简洁地交代了前因后果，并把两人吃饭的账给结了。在她看来，这是请求别人倾听自己烦恼的一方，理应遵守的礼仪，可惜能做到这点的人却意外地少之又少。应当支付餐费的一方，假如是年龄比自己小的后辈，那也只能算了，不去计较。可基本上，所有人都在围绕自己的情感问题喋喋不休，明明一开始打算倾诉烦恼的，到最后，却都津津有味地分享起自己的恋爱故事。有一种常见的说法是，对情感问题的抱怨，并不要求聆听者给予解决问题的建议，只是希望有个人能了解自己的感受。通过向他人讲述恋爱中的烦恼，自身的想法与感受也同时获得了梳理，一些之前看不见的问题，才会逐渐清晰起来。有时，通过朋友给出的辛辣见解，才不得不承认一些之前不愿面对的事实。此刻，奈央子所希望的正是如此。

"妈耶。"

美穗小声嘀咕了一句。

"你这个事，可是相当麻烦哦。"

丸之内大厦内新开张的一家意式餐厅，座位极难预约，是如今人气最旺的打卡胜地。不过，正因为客人上座太满，邻桌的谈话声很难听清，反而成了一个谈心说事的理想场所。

"这话可能不够中听，不过，奈央的男朋友也有点太冒失了吧？偏偏要跟精神有毛病的老婆宣言，说什么自己爱上了别的女人？"

"同感。"

"不过正如他所说，这事很可能中了他老婆的圈套了。当老婆的肯定一早就已察觉，自己老公另外有了喜欢的女人。"

"同感。"

"他老婆就是一心想要刁难他，才突然提出要回东京的吧。"

"同感。"

美穗口中的每句话，都切中了奈央子的所思所想。然而，每附和一声"同感"，奈央子心中就会涌起一股胸臆顿开的爽快感。借由美穗的分析她得以确认，自己在恋爱问题上，仍旧是个具备基本常识的人。这是正义的开始。当然，奈央子犯下了爱上他人老公的罪，但在内心当中，她必须站到正义的那一边。

"奈央啊，这可是个相当难缠的对手哦。你到底怎么打算的？不惜一切也要和她的男人在一起吗？"

"是这个打算。"

带着几分羞涩，奈央子回答。最后，为了不使自己的话听起来太过自我陶醉，奈央子刻意补充道："他也会不惜一切和老婆离婚的。所以才过分沉不住气，做出那么轻率冒进的举动。"

"不过，这世上，听说有些人妻疯狂得简直可怕。哪怕不惜一切代价，也要极力维持婚姻的人妻，真是多得很呢。"

美穗讲了一个她认识的医生太太的故事。她二人是在法语兴趣班里结识的。对方是个美女，性情温柔，浑身上下一股医生太太的气质。该美女有个在区立小学读一年级的男孩。男孩的父亲对这个儿子也十分宠爱，常在人前把儿子举高高，亲昵地蹭着儿子的小脸。到了夏天，一家三口就去夏威夷做长期的度假旅行。在外人眼里，简直宛如图画中描绘的幸福家庭。

"实际上呢，却不是这样。"

"那是哪样？"

"美女和那个医生，实际上并不是夫妻。男孩跟父亲也没有法律上的父子关系。"

还没听到答案，奈央子便脊背发凉。感觉会是个令人悚然的结局。

"我说，这两人没有正式结婚吗？"

"对。"

那就不稀奇了。男方有了外遇，从家里搬出去与情人同居，这种事经常听说。不过，要是男方和情人之间有了小孩，那情况就复杂多了。

"是啊。医生的正妻没有小孩，夫妇间的局面越来越棘手。而情人那边偏偏有了小孩，如此一来，你猜医生最后是怎么弄的？"

"鬼才猜得出来。"

"他咨询了律师，让情人做了自己父母的养女。说是绝不愿让正妻独吞掉自己的遗产。"

于是，自己的儿子最终变成了外甥。然而，也许是孩子的出身成了问题，所有通往私立名门高校的大门，也全部被堵死了。

"可是呢，因为孩子的出生，正妻越发地固执，扬言说'我到死也不会离婚的'。如此一来，孩子只能永远是私生子，无法正式入户籍。"

听到这事，奈央子联想到自己。绘里子绝不会轻易离婚。奈央子和泽木恐怕也难以正式入籍，只能以同居的方式在一起。两个人自己过日子倒也还能将就，一旦有了孩子，必定会给孩子造成极大的心理阴影……一想到孩子，奈央子有些慌神。怎么搞的，难道连孩子的问题都要开始操心了吗？

"唉，你这个对象，反正在我看来并不推荐。"

美穗一副房地产公司售楼小姐的口吻，把泽木说得仿佛一处廉价房产，搞得奈央子气不打一处来。

"推荐也好，不推荐也好，总之，我的感情现状就是如此，有什么办法？"

美穗"噗噗噗"发出一阵怪笑。

"说起来，老早以前，我跟一个没出息的无业男青年谈恋爱那会儿，奈央你不是常讲一句话吗？说人心这东西，并不像其本人想象的那样难以约束和管理。只要立定心意摆脱一个不合适的男人，最终就必然可以做到……"

"我有说过这种话？"

"有啊。你甚至还说，'真不懂那些搞不伦恋的人脑子里是怎么想的。嘴上说得漂亮，什么只不过凑巧爱上了一个有妻有子的男人而已，全是鬼扯，自己心里明明就喜欢玩这种禁忌游戏'。"

奈央子不由无言以对。确实，直到前一阵子，她还曾有过类似的想法。并且她最为鄙视的，不正是毫无理性与自制，乱搞一些纠缠不清的男女关系，而后再抓住身旁的朋友、同事大吐苦水的人吗？对那些深陷不伦之恋的女人，她虽没有用恶意的眼光去看待她们，心里却认为，真没必要让自己去扮演那种悲剧的女主角。

"通过这次恋爱，是不是深切感受到了啊？心这种东西，你真的很难管得住它。"

美穗调皮地取笑道。奈央子依旧嘴硬道："你说得或许没错。但总是为自己开脱，一个劲儿用'管不住''办不到'做借口，放任自己一步步泥足深陷，我觉得也很可悲。不管结果如何，至少该努力把感情往不同的方向引导。"

"嗯……看来奈央努力过了。"

"那可不。"

奈央子浑身绷紧了力气。

"付出了好大好大的努力，努力到简直悲哀。"

"那，说明这个男人相当优秀咯？"

那当然啊。奈央子并未说出口，而是重重点了点头。

"这么优秀的男人，我还是平生第一次遇见。该怎么形容好呢？或许他让我感到，再也无法反驳自己的真心，无法用玩笑的态度去敷衍，只能认认真真面对这份感情，用尽全力去爱这个男人，否则就会遭受天谴吧。"

"厉害。那岂不是太棒了吗？"

美穗放下刀叉，仔细端详奈央子的脸。那神情中不含一丝揶揄。

"我相信奈央。既然这话不是别的无聊女人在夸张，而是奈央口中说出来的，对方必定是个极为出色的男人。虽说不是什么推荐品，却是顶级精品。既然如此，那就只能向前走下去了。即使对方那个变态的老婆跳出来，你也要努力哦。唯有努力这一条路了。看看我身边那些例子，和已婚男人的恋情，大多都以惨淡分手为下场，奈央的话，说不定会有个美好的大结局呢。"

"即使没有美好的结局，我也不在乎。"奈央子说，"即使会充满辛苦，总之，开始了就好……"

谈话到了这里，两个女人都沉默了片刻。将杯中残余的红酒，胡乱喝掉了。接下来，出于礼节，就轮到奈央子问问对方的情况了。

"美穗最近怎么样呢？"

"我还是老样子啊。嗯，就有一搭没一搭，得过且过地混着呗。离结婚反正路还远着呢。真搞不懂，世上那些男男女女，为什么就能一脸天经地义、轻轻松松地走到结婚那一步呢？好多女的，什么拿得出手的条件也没有，都能美滋滋地站到对岸去。"

从大学时代起，美穗就是众人口中的美女。那份美，至今也没有丝毫的衰减。发挥了在父母身边住这个优势，美容沙龙她也定期在跑。三十岁女人的皮肤，做或不做护理，呈现出来的状态截然不同。美穗的皮肤，一见即知属于前者。肌理细腻，肤色白皙，在餐馆灯光的映衬下，更显可人。奈央子觉得，自己若是个男人，肯定会多少对眼前的美穗动点心思。

"美穗你太挑啦。遇见的那些男人都不能让你满足是吧？"

"以前，你就一直这么讲。"

美穗小声叹了口气。

"以前呢，这一直是对我的赞美。如今，就只是安慰的话而已。这一点，我还是有自知之明的。我的自尊心一直在偷偷附和，是啊，没错啊。但其实，傻气得很。女人挑男人这种事，世间从来很少发生。"

美穗本次恋爱的对象是位年下男，是一家知名医院的住院医生。就像常会听到的那种邂逅方式，两人在朋友结婚宴之后的二次酒会上相识。听说新郎是个医生，新娘的未婚女友们出席派对时，个个都铆足劲儿，使出了浑身解数。而在场的男士们，却一副对此了然于胸的态度，仿佛说"这些女人在想什么，我们一早就知道咯"。这种场面遇得多了，真的心累。索性，美穗从中挑了一个看起来还凑合的，已经交往四个月了。

"再没有哪个男人，让我像这次一样每天绞尽脑汁了。"

美穗感叹。以往几乎很少为恋爱步步为营的她，却小心试探着对方的心思，摸着石头过河，走完一步再琢磨下步该怎么走。这对她来说，是最不拿手的一件事。

"我明白他那边的想法。觉得自己对一个三十四岁的派遣女职员来说，大概算是人生最后的机会了吧；要是成功嫁给像他这样的精英医生，对我来说，才算是逆转人生的本垒打吧。于是人家偏要拿点架子，一副'麻烦让我好好考虑一下''我可不会让你轻易如愿以偿'的态度。可是说分手吧，感觉又分不了。毕竟他也算个结婚的机会。目前这种情况，万一他属于通往结婚的最后一丝可能性，我又不愿意主动撒手……不知你懂不懂这种感觉，连我自己都觉得挺可悲的。对男人、对婚姻，心地变得越来越不纯粹。唉，所以像我这样的人给你提供的情感建议，恐怕还是不听为好呢。你手中的那份感情，太不具有现实感了。"

"我懂。"

奈央子喃喃道。

"假如放在三年前，不知道我还会不会爱上这个男人。然而现在，我却一心一意地认为，他就是我命中注定的那个人。说不定，我也是个更在乎可能性的家伙。感觉自己不再年轻了，就拼命提醒自己，和这个男人共度的一年半载，绝不能白白地浪费掉。要说心地污浊，我也一样啊……"

不知是和学生时代的好友有了一番深入的倾谈，还是奈央子心中已做好了准备的缘故，当夜，绘里子又打电话来时，奈央子的态度没有一丝动摇。

"这么晚了打电话给你，真不好意思。不过，早些时候我打了好几遍，你都不在。我手头又没有你的手机号……"

如往常一样，依旧是絮絮叨叨、借口多多的说话方式。不过，奈央子想，今晚的口气里有一些来意不善的成分。对方是在故作平常，但不经意流露出来的那分冷硬，恐怕是缘于内心的猜忌。

"奈央子，好久不见，你还好吗？"

"哎，我挺好啊。"

"我前几天差点感冒，不过很快就好了。因为看了御法川主持的《早间问答》节目，说用生姜制作的饮料对治疗感冒特别有效。"

奈央子看了看表。十一点二十八分。这可不是一个和关系压根不熟的女人唠家常的时间。

"哎，奈央子，之前我不是拜托过你一件事吗？"

"什么事？"

"我怀疑先生有外遇，想拜托你时不时查探一下他。"

"有这回事？"

奈央子立刻警觉到，这是在引她露出马脚，借此来观察她的反应。残存的几分酒意起到了良好的作用，奈央子冷静地思索着。

"可你这种要求让我很为难。毕竟泽木先生自从上次吃饭以后，我就再没见过他了。让我去查探，也不合适吧。"

"是吗？"

"是呀。这不是当然的吗？"

"可是，有人告诉我，和我先生交往的那个女人，就是奈央子哦。说撞见你们两个在一起了。"

接下来，是一阵似乎预谋已久的沉默。奈央子决心把这静止的一刻，当作自己对质疑的默认。她已受够了这个女人阴险的盘问和别有用心的算计。既然到了这个份儿上，那也没有办法，只能和她堂堂正正地决一死战了。

战争这就要打响了吗？奈央子依旧在沉默中思索着。她听好几个女人讲述过，和不伦对象的妻子间爆发的漫长战争。用其中某女的话说，过程手段都极为阴险，与未婚者之间的嫉妒和竞争，有着本质上的区别。有的甚至会演变成一场旷日持久的拉锯战，且大体上都是心理战。尤其把孩子搬出来当筹码，以此纠缠不休的，就更叫人头疼。

"哎，奈央子，最近能见个面吗？"

"见面做什么？"

"这个嘛，有好多话必须见面谈一下不是？"

从这句话开始，绘里子的语气陡然一变。是表面那层温柔伪装，被骤然撕去后的声音。

"毕竟，奈央子骗了我这么久啊。假装和我做朋友，其实却在抢我的老公，还在暗地里取笑我。你怎么能做出这么卑鄙的事呢？我倒想听听你能有什么理由。"

"慢着。"

奈央子终于意识到了事态的严重性。或许，自己采取了最易使局面恶化的交手方式也说不定。对待此种类型的女人，尽量不去刺激她，才是首先应当考虑的沟通因素。因此，必须继续跟她装糊涂。但是，"没用的"，奈央子迅即打消了这个主意。

泽木本人已然犯下了严重的失误。前几日，向绘里子摊牌谈离婚之际，坦白说自己爱上了别的女人。他们两人齐齐失守了。两人都太过大意，不消说，理所当然地成了共犯。奈央子把心一横，"我已经做好了心理准备，必须主动出击"。

"关于这一点，我也有话得澄清。首先，并不是我先接近你的。跟你口中形容的'假装和你做朋友'，实际可差老远了。我不想多分辩什么，但是骗你这种事，本人并没有做过。"

"总之见面再说咯。"

绘里子一副蛮横口吻。

"总之见面好好谈一下，让我听听你的解释咯？"

"这我办不到。"

接下来脱口而出的回答，过后却令奈央子对自己大感诧异，同时也双倍地后悔。

"事先没有征求泽木先生的意见，我是不会跟你见面的。"

"你说什么？"

电话对面发出一声近似悲鸣的叫喊。奈央子心想，完了。

"和我见面，为什么要征求我家'主人'①的同意？你要和我'主人'谈些什么？"

主人，主人，不知从何时起，丈夫果真成了女人的主导者。绘里

---

① 此处，绘里子刻意改口，使用了"主人"这个日语中对丈夫的传统敬称，话语中有一种宣示主权的意味。——编者注

子似乎十分相信，这个老旧称呼所具有的力量。

"凭什么你作为一个外人，必须征求我'主人'的同意？"

听着绘里子的尖利质问，连奈央子自己也觉得惊异。她察觉到自己心中的恶意正变得越来越深。

"毕竟，如果我擅自采取不恰当的行动，会被泽木先生责骂的。人家不都说嘛，此时此刻，是最需要小心行事的时候。所以要求我和你单独会面，我做不到。"

"你，知不知道自己在胡说什么？！"

可怜的绘里子，情不自禁激动地大喊。

"泽木可是我的老公！是你勾引了我的老公！并且还主动接近我，造成和我做朋友的假象。你这个女人太可怕了。我从没见过像你这样心肠歹毒的女人。我不会原谅你的！没错，绝对不会原谅你。喂，你明白不？我可以对你提起诉讼，甚至能拿到精神赔偿金。在这种案子当中，妻子的立场是被强力保护的。何况我有孩子。所以，哪怕你再处心积虑，想出任何卑鄙手段都白搭。喂，听明白没？你倒是说话嘛。记住，我可以通过法律途径去告你！"

开战了。奈央子想，这便是世人口中"正妻的攻击"。你会经历所有的侮辱、所有的谩骂，一位女性朋友曾这么讲。

然而，麻烦的是，此时奈央子胸中涌起的反倒是"斗志"。

"这么说，那我赢定了。"

对于绘里子的骂声，奈央子早已充耳不闻。她确认着自己心中刚刚萌生的念头。

"这女人简直比想象中还要可鄙可悲。这种水平的货色，我轻松赢定了。而且必须赢给她瞧瞧。毕竟泽木跟这种女人在一起，实在太可怜了。"

"喂！你在听吗？！"

绘里子嘶喊着。

"我绝对不会原谅你的，明白不？我会把这事捅到你的公司去，捅到你父母那里去。我会让这个社会把你吃干抹净，走着瞧好了。"

如此疯狂的女人，干出这种事大概不难吧。奈央子心中骤然一紧。

早晨来到公司，首先去资料盒里取出堆积的传真件，而后对之进行分拣归类，是奈央子的工作。

在商社里，认为电子邮件不足以应付日常业务所需，通过传真发送的文件也相当多。标注了收件人的那些，倒还好办。但多数时候，抬头处都没写名字，只能凭着内容来判断应该交到谁手上。这类工作，之前也曾委托给派遣员工来做，但投诉总是随即便蜂拥而至。

"还是交给奈央子好了。"

于是，这破事再度成了奈央子的任务。尽管过不了多久，自己即将跨入"老师傅"的行列，但这类打杂性质的工作，却一直追在奈央子屁股后面团团转。

传真件基本都是英文的，日语文书也只是零星混迹其中。不知何故，银座酒吧的开业派对通知函、电影首映会的宣传单等，也会写着个人的名字发送过来。这类文书，奈央子通常都不会忘记把它们特意藏在其他纸张的下面。

这时，她的目光落在了一页传真上。和其他文件比起来，这一页的文字显然以平假名居多，完全不见任何数字。还未拿在手上，便能看出这是一封私人信件。待页面上的内容全部映入眼帘后，一种不祥之感油然而生。那页传真摸在手里，也散发出隐隐的煞气。

东西商事机械部的诸位同人：

久疏问候。不知大家是否还记得我？

我是曾在食品二部任职的泽木绘里子，旧姓铃木。在职期间，承蒙诸位的关照与爱护，度过了愉快而有意义的一段职场生活。即使今日，我也由衷地表示感谢。我个人于八年前因结婚而离职，之后与温柔的丈夫诞下一名爱女，一直快乐生活至今。

然而，近日，却出现了一位企图毁掉我幸福的人，那便是在贵机械部任职的野田奈央子。野田以昔日职场前辈的身份接近我，并做出诱惑我丈夫的种种举动。我因这份过于沉重的打击，身体状况急转直下。

由于野田曾是职场上关照过我的前辈，也是东西商事的职员，我对她付出了全然的信任。然而，我温馨和睦的家庭，却在野田的破坏下分崩离析了。

野田的所作所为，东西商事的诸位可曾有所听闻呢？对这件事，又究竟做何感想呢？我希望能向昔日的前辈们、同事们控诉她的恶行。

泽木（旧姓铃木）绘里子敬上。

当恐惧告一段落后，奈央子胸中涌起的，是一股强烈的怒意。好一个卑鄙的女人，竟然将私人之间的怨恨，悉数发泄到对方的职场来。身上不具备丝毫的社会性。不，岂止，心理也是病态的。比奈央子所想象的，病得更深，心理更阴暗。

"奈央姐，方便说个话吗？"

身后传来客气的招呼声，是旁边部门的岩崎友香理，比奈央子晚三期的后辈。

"有件东西，想请奈央姐看一眼。我有点犹豫，不知该怎么处理，寻思着还是给你看看才好。"

此时，友香理的表情中若是含有一丝好奇或揶揄的成分，恐怕奈央子就会打退堂鼓。但身穿藏青外套的友香理，白皙的皮肤，配上淡淡的裸妆，有一张值得信赖的职业女性的面孔。

"到这边来一下好吗？"

友香理将奈央子领到自己部门的隔间里。因为是早晨上班时间，座位上还没几个人。只有刚从中东出差回来，一脸络腮胡子的部长，在那边跟谁大声地讲着电话。

"你对这个怎么看呢？"

友香理装作询问工作的事情，故意提高了嗓门，然后转了个角度，用身体将奈央子挡住，快速移动着手上的鼠标。电脑的桌面上打开了一个文档，内容与方才的传真一字不差。传真里的文字固然瘆人，但液晶屏上浮现的白色文字，看起来却散发出更大的恶意。

"发信的那位知道我的工作邮箱，毕竟当年我们是同一届入职的。"

友香理语速极快，低声分析。

"但我估计，她手上大概只有我一人的邮箱地址……"

正值此时，友香理桌上的电话响了，指示灯显示是从内线打来。

"喂……哦，博美啊。"

友香理抬起头，目光扫视四下，捕捉到正在前排打电话的加藤博美的身影。

"嗯，明白。"

她放下听筒。

"尽量别声张，咱们悄悄到茶水间去。博美说她有事要讲。"

在咖啡机与各类茶具设施一应齐全的公司里，不需要女职员斟茶倒水。但女洗手间隔壁的这个小茶水间，从过去以来，始终都是女职员们工作间隙来喘口气的聚集地。即使公司实行全面禁烟，这里也常年偷偷放着烟灰缸。

空间内只够站下六个女人。今日以前，这里的人口密度大概从未如此之高。狭窄的房间里，充斥着年轻女性的温度与体香。

"奈央姐，你已经知道了对吧？"

最先挑开话题的，是大家公认且本人也乐于承认的，奈央子的"跟班小妹"博美。

"今天一大早，咱们课的传真机上就收到了那封变态的告状信。我确认过了，收到这封传真的，只有这一个楼层。传真目前已经销毁，奈央姐放心吧。"

"多谢……"

奈央子无力地答道。被后辈们目睹自己最为羞耻的一刻，这让她比死还难过。在她看来，自己什么坏事也没做，只是不小心爱上了一位已婚男人，而他恰好有个疯狂的妻子而已。还有比这更丢脸的事吗？平日里，奈央子从不认为自己是个爱慕虚荣，或爱充脸面的人。可见她大错特错了。

此刻，奈央子陷在这无处容身的耻辱当中。唯有处于热恋之中，或被一个男人深爱之时，她才愿意置身于女性目光的包围之下，得到众人的艳羡与伙伴的赞叹："能搞到那么出色的男人，真的好厉害啊！"

许是看透了奈央子的心事，与博美同届的冢本玲子一字一句，仿佛在玩味这一刻似的，开口道："奈央姐，请不必为这件事感到愧疚或难为情。到了这个年龄，我们每个人都有过与此相似的经历。所以，这件事我们无法坐视不理。接下来不管发生什么，大家都会把它拦下来，让它烂在我们肚子里。"

"多谢……"

奈央子再次道谢，胸中再次涌起一阵苦涩。她不想因为这样的事，向后辈们感恩戴德。事情不该如此。正是由于不愿向后辈们说"谢谢"，她才在职场上一直打拼到今天，不是吗？奈央子不被大伙察觉地偷偷做了两下深呼吸。而后，她抬起脸。

"感谢大家。让你们为我担心，不好意思。今天在各位面前献丑了。这件事，我一定会设法解决的，绝不再给大家添麻烦。真的很抱歉。"

"加油哦。"

身后有个小三届的姑娘插嘴道。但"加油哦"，曾是奈央子最讨厌的一句话。

一点往事的记忆，又在奈央子心中浮起。商社这种地方，男女间的纠葛意外地多。水面之下的风流韵事，自是多得不必说，随便扫扫就有一箩筐。而有时，膨胀的情念也会如肿起的异物一般，忽而自水底探出头来，暴露在众目睽睽之中。记得那是五年前的事了吧。

"我被这家公司的部长抛弃了。"

说这话的，是一位脖子上挂着标语牌的年轻姑娘，站在东西商事的大门前。标语牌上自然写明了当事者的实名，以及两人的"情史"。姑娘相信了男方许下的结婚承诺，与其保持了多年的情人关系，甚至为其堕过胎，而最终仍被抛弃了。当时，此事甚至在周刊杂志上占据过一点小小的版面。

原来如此啊。众人刚以为告一段落，谁知男人的正妻却杀上门来，在东西商事的接待室里咆哮："快让我老公的狐狸精来见我！"奈央子虽未亲眼一见，但据说，那位出轨的部长对夫人怒吼："给我滚回去！"一身高级时装、品位优雅的夫人，也声嘶力竭地吼了回去："别以为我还会相信你的屁话！"对仅仅是绯闻程度的不伦关系，商社一向持宽大态度，但这次不愧是大下狠手，接连对两名因婚外情造成不良影响的男性员工采取了降职处理，惩罚的力度之大，任谁看了都明白公司不姑息的态度。

那么，我将面对的是什么呢？奈央子不禁陷入沉思。此事不可能一直这样捂下去，迟早会传到上司耳朵里。对待男职员，公司会采取降职处分。那么对待我这样的女职员呢？有工会撑腰，解雇是不可能的。"被发配"到某个偏远的联营公司去，倒有充分的可能性。但话说回来，过往还没听说过女性职员因此遭受处罚的事例。又或许，女性通常职位都不高，不足以接受降职这种程度的处罚。再退一步，也从没见哪个女职员沦为这种愚蠢狗血剧的当事人。

在情感关系中，为何被控诉的一方总是男性？算了，这个问题不愿去深思了。总之，在职场这种人生最为关键的领域，由于某个女人的仇恨，奈央子遭受了巨大的威胁。

绘里子企图发出通牒的，不只是奈央子的职场。

"有事跟你谈，本周末务必回家一趟。"

接到母亲的来电时，奈央子心想，果然，绘里子的黑手绝不可能漏过她的父母。毕竟当年同在一家公司共事，住址什么的，想查岂不是唾手可得。

心里明白母亲所为何来，姑且还是问了一句。

"电话里说不行吗？"

"不是电话能说清楚的事。你自己心里应该有数吧？"

母亲的声音透出从未有过的严厉。奈央子做好了心理准备。

只是，当着父亲的面谈这事，她有所抵触。倒不是父女关系有多恶劣，打从前起，她就从不在父亲面前没羞没臊、没遮没拦地聊男友方面的话题。这种羞于表达的脾气似乎来自遗传，父亲当日也借口打高尔夫球躲出门去了。

"一听说奈央要回来，忽然决定去打球。肯定是不愿意亲口数落你吧，真是一点责任也不负。"

厚子牢骚满腹。奈央子面前放着一个信封，上面写有父母的名字。字迹端正整齐，仿佛上年纪的妇人写惯的那种，不像发到公司里的传真，那么冲击奈央子的心神。反正事已至此，早就豁出去了。带着希望亲人能好好了解一下来龙去脉的期待，奈央子表现得十分平静。

"这封信，你要不要读读看？"

"算了。不读也知道写了些什么。不外乎什么拜我所赐，幸福的家庭毁于一旦之类的呗。"

厚子并不言语，动手静静地削一个苹果。奈央子不由想起幼年时，每逢自己感冒发烧卧床不起，母亲总会这样坐在床头，为自己削一个苹果。距离那时，已过去多少年？当年那个清澈无染的少女消失了踪影，被不伦对象的妻子骂上了门，而母亲仍在为女儿削苹果，半晌，方才开了口。

"我一直相信，奈央应该是个更有智慧的人，绝不至于犯这样低级的错误。"

沉默一阵之后，奈央子决心还是继续扮演一个"快活率真的女儿"，把人设贯彻到底。

"我自己也吓了一跳啊。爱上有妇之夫什么的，这种自私任性、对感情毫无自律的角色，我一直以为离自己很遥远。"

"奈央对恋爱结婚这档子事，一向态度不怎么积极，害得妈妈平时反而为你悬着心。一想到，这孩子面临选择的时候恐怕太理性，我这个当妈的就会好心疼。有时候，妈妈甚至傻乎乎地想，真希望奈央能谈一场轰轰烈烈的恋爱，哪怕荒唐一点也无妨。谁知，你竟然做出这种事，真让妈妈没想到。"

奈央子望向母亲的脸。神色惨淡而疲惫。虽说盼望女儿拥有不顾一切甚至铤而走险的热恋，但爱上有家有口的男人，却在她的意料之外。绘里子的来信想必絮絮叨叨写满了关于孩子的事，写奈央子如何企图从孩子的身边将父亲夺走，而孩子的心灵又如何遭受了伤害等。此类叙述，对厚子这个年纪的女人来说，最易引起共鸣。

"我说，你到底图什么？"

母亲冷不丁抛出质问。

"对方不是还有个小女孩吗？人家太太说了，都怪奈央的插足，搞得她也彻底精神崩溃。奈央这么聪明的孩子，为什么就不明白这个道理？企图把自己的幸福建立在别人的痛苦之上，是绝对无法得逞的。企图用他人的痛苦，换来独自一人的幸福，是绝对不可能的。"

"我不认为有这回事。"

奈央子垂下双眼，放在果盘里的一柄小刀映入眼帘。再继续说下去，母亲会不会抄起小刀捅向自己？嘴里恨道："你这样不知羞耻的不肖之女，不如死了好！"而后"唰"的一下纵身扑来……满脑子恐怖的联想，吓得奈央子瑟瑟发抖。

"毕竟，大家要的东西只有一件。我想要这个男人，另一个女人也想要。那么其中一方在抢夺之中输掉，变得不幸，也是无可避免的事。最重要的是，这个男人自己也说了，假如没有我，他就绝不会幸福。"

"奈央啊！"

厚子叫道。

"听听你在说什么蠢话。那个男人几年前和太太结婚的时候，肯定也是这样说的啊，什么'假如没有你，我的人生就不会幸福'。现在他对这个太太感到腻烦了，才会对奈央说出同样的话，懂吗？"

"正是由于他以前也说过这番话，才一直如此不幸的。看了他太太写来的信，我想你应该明白吧？凡是能写出这种信的人，本身就是个缺乏社会常识的病人。她甚至往我的公司也发了邮件和传真，知道吗？"

"啊……"

厚子因错愕与恐惧瞪圆了双眼。

"给你的公司也发了？事情这么严重了，你怎么都不跟妈妈讲？怎么偏偏选了这么麻烦的男人哪？！"

"喂，听我说，妈……"

奈央子做个深呼吸。接下来这段话，其实是说给自己听的。

"无论在学校或公司，我一直靠着好人品通行至今。不管任何时候，都是大家倾诉烦恼、寻求帮助的对象。哪怕明知有些事吃力又吃亏，我也各种出手相助。我一直以为，自己就该是这样的人设。可是，这一次，我忽然觉得，不愿再扮演这样的老好人了。为什么呢？因为我生平头一回，找到了真正发自内心想要的东西。哪怕被周围的人丢石头也在所不惜。哪怕被痛骂是贱货也无所谓。别人的好意啊尊敬啊，这些玩意儿，我早就不稀罕了，都统统见鬼去好了。就算使他人不幸，我也要幸福。我打定主意了。"

"唉，我说奈央啊……"

泪珠从厚子的眼眶簌簌滚下。她并未抄起小刀，而是抬手捂住了脸。

"妈妈我，已经搞不懂奈央了……"

啊，奈央子心想，我还是头一回让母亲这么难过。在此之前，自己一直都还算是乖女儿。而如今，却为了一个男人使母亲伤心落泪。以往总觉得演歌世界里那种男默女泪、爱恨纠葛的情节遥不可及，不知不觉间，自己的双脚竟也踩了进去。

电话里，奈央子向泽木报告了近日发生的两桩大事。他提出今晚要不要见面一聊，但奈央子判断，还是隔着电话，事务性地谈一谈更好。因为，两颗心若是在绘里子卷起的这场龌龊交锋中更加同病相怜、难舍难分，反倒是当下最该避免的。

泽木一时语塞。

"对不住你……"

近乎于呻吟的声音，体现出他内心的苦涩。奈央子心想，果然还是不见为好。

"没想到，她竟然给你造成这么大的困扰。不，哪里是困扰。她简直已经疯了，所作所为真的脱离了常识。"

"同感。一个具备社会常识的人所不应有的行为，她一件接一件地干。如果任由她这么搞下去，会出大乱子的。"

早不是说漂亮话的时候了。奈央子与泽木完全沦为了"受害者"。世上再没有比"受害者共情"更为强韧的纽带了。奈央子虽不愿承认，却是无法忽略的事实。不知从何时起，她与泽木的爱情之上，又叠加了一层受害者之间的同病相怜。

"其实，之前我就在考虑离开这个家。一想到不知什么时候她会从丰桥回来，我就坐立不安。反正，我的劝说早就不起作用了。我打算求助于她的父母，但在那之前，我得先离开这个家。"

"离开家之后呢？怎么办？"

"我打算暂且去你那里待一阵子。"

"那怎么行？"

奈央子声音大得离谱。

"现在绝不可以做这种事啊。在对方不依不饶的时候，你离开家搬到我这里来，有没有想过后果会怎样？不只会变成狗血剧的老三套，连她也会越来越丧失理智。"

刚在老母亲面前严词厉色地表过决心，此刻，却在这种事上扮乖巧？奈央子觉得自己挺摇摆不定的。

"总之，还是见面谈一下吧。马上抽时间。明天如果晚些时间也可以，我就到你家去好了。"

"明白了。"

"奈央子……"

泽木重新唤了她一声。

"我爱你。不想因为这样的事失去你。明白吗？"

"当然了。我也一样哦。"

"让我们一起努力吧。一起获得幸福。"

这种令人难为情的告白，不知何时，却渐渐成为两人间互相鼓舞的口号。事态急剧变化，且当中伴随种种危险。奈央子思索着，在这般惊险万状的感情中浮沉的人，究竟会有多少呢？这年头，想谈那种遭到父母强烈反对的恋爱，几乎已不太可能。对方必须单身，只是条件之一。大家都懂得找一个各方面比较合适的对象，享受一份不含风险的爱情。而自己，为何偏要选择一条困难重重的路呢？奈央子叹了口气，心里却并不尽然是苦恼。

刷牙睡觉之前，惯例要查一查邮件。奈央子手中的鼠标啪嗒停住了。邮箱里躺着一封绘里子的来信。私人邮箱她只告诉过几个亲近的人，绘里子却不知如何搞到了手。比在公司里收传真时还要恐怖，一股阴湿的寒意包裹了她。

　　奈央子，近况如何？

　　此前，我大约做了非常失礼的事。不只往你的公司发了传真和邮件，还给你的父母写了一封信。为此，我谨表歉意。也许在你的心目中，我早就是个脑子有毛病的疯女人了吧？

　　我一直认为，事情发展成这样，都是你的责任。然而，我错了。有件事，我觉得还是告诉你比较好。

　　你现在对我先生似乎迷恋至极。对我的话，或许并不愿相信。但不管怎样，还是听一听为好。

　　以前，我曾跟你讲过先生出轨的事，对吧？当年，他虽和那位加拿大女人有过一段外遇，但更严重的婚外情，却是在我们一家回到日本之后。我当时遭受了极大的伤害，也是在那期间，开始接受心理治疗。你能想到，当时发生了什么吗？和此刻你同他的恋爱如出一辙。我绝不撒谎。每当爱上新的女人，先生就必然与我提分手，继而离家出走，和外遇的女人同居在一起。在夫妻还未认真深入地谈一谈之前，他便做出这样的事，你可知我是什么样的心情？在巨大的精神折磨下，心理失去平衡岂非十分正常？

　　不过，我猜你对我这番话并不会相信，索性，就把那个女人的名字告诉你好了。她叫河田沙知子，在一家名叫"皇冠研究所"的智囊机构里任职，同奈央子一样，是个散发知性美的职业女性，也是我先生最中意的类型。四年前究竟发生过什么，你问过她之后，再决定是否相信也不迟。我由于这个女人，遭受了第一次心理重创。而此刻，即将承受第二次。两次重创如出一辙，两个女人，也一模一样。

假如觉得我在撒谎，你尽可去调查。我这个人，虽做了愚蠢疯狂的事，但从不撒谎。余后再谈。

泽木绘里子上。

这是圈套。尽管认为信中所说，必定属于对方一贯的骚扰套路，但奈央子仍旧紧盯屏幕上的文字。有一点她十分确信，这位名叫河田沙知子的女性，确有其人，而且就在东京工作。

第八章　人妻的诅咒

皇冠研究所，但凡是商务人士，大概都会对其有所耳闻。

作为智囊机构，它规模并不算大，但所长时常在电视的经济专题节目里充当嘉宾，由于曾在美国的大学里执教，因此发言思路清晰、逻辑缜密，确实给人以专业精英的感觉。或许应该如此推断，能够在这位上司的赏识下加入该机构做事，那个女人想必也是聪明出众吧。

"河田沙知子……"

奈央子低声默念这个名字。单从发音，也可以清楚猜出是哪几个汉字。名字本身就透出一种高智商感。可以毫不费力地想象，对方是一位衣着考究、能够自由驾驭语言与数字的女性。

"同奈央子一样，是个散发知性美的职业女性，也是我先生最中意的类型。"

"两个女人，也一模一样。"

绘里子邮件中的语句，一遍遍地在她脑海中浮现。心里虽觉得，谁会傻到去相信那种疯女人的话，但日复一日，这些句子却在奈央子心中不断发酵、膨胀。

"那女人为了拆散我和她的老公，简直不遗余力也不择手段，什么谎话都编得出来。极力向我灌输其他女人的谣言，就仿佛对我施加了诅咒，所以绝不能败在她的圈套之下。"

好容易说服了自己。然而，记忆却背叛了奈央子。

"河田沙知子……"

这几个音节稍一闪现，之前的说服工作便前功尽弃。接着……

"两个女人，也一模一样。"

这句话更紧随其后。

真的和我如此相似吗？到底相似在哪里呢？容貌？还是整体的气质？泽木总说我是他"命中注定的女人"，莫非纯粹是出于本能，爱他一贯中意的类型而已？退一步想，自己仅仅是他的趣味类型，不可以吗？人这种东西，在陷入爱情之前，都会凭着"对方是否为自己的趣味类型"来进行筛选。不过，一想到自己被别人拿这种标准来挑挑拣拣，便心有不甘。与"命运"相比，"趣味"这个词未免轻浮。

想归想，但奈央子认为，自己绝不可能去见对方。这样显得对泽木缺乏信任，更何况，她也不愿中了绘里子的诡计。显然，绘里子这么做的意图只是为了打乱她内心的节奏。既然对方已发来道歉的邮件，那么暂时是不会到处散发荒唐的控诉信了。而是开始搞情报战，考虑如何打乱她的心理防线。

"可惜，我怎么可能如你的愿？"

尽管几经下定决心，但最终，奈央子还是设法联系了河田沙知子。原因非常偶然。不，也许在奈央子潜意识中，当真在寻找某种接触对方的契机。对于拥有这样动机的人，时机总会假借"偶然"之名到访。

学生时代的密友美穗打来电话。

"哎，要不要去听丸山哲弥的演讲？"

闻言奈央子一颗心险些停跳。丸山哲弥就是皇冠研究所的所长，那位正当红的经济评论家。此人想必时常举办各种公开的演讲活动，但问题是，他为何偏偏会和自己的好友扯上关系？

"听我说，他这场演讲，是我如今做派遣的公司主办的。不是面向内部员工，而是为了招待业内的精英，到时候参加的人肯定少得出奇。万一空座太多，面子肯定不好看，所以上面至少要求总务部的人要去充充场面。这家公司的员工个个都蠢兮兮的，对丸山哲弥什么的压根不感兴趣。反正机会难得，我索性买了两张票。喂，一起去呗？我一直想听这个专家讲讲如今这种景气低迷究竟会持续多久。演讲会毕竟和电视节目不同，能无所顾忌地畅所欲言，感觉挺好玩儿的。要是上电视，又会说一大堆口水话。"

"也是呢……"

奈央子沉吟片刻，答道："那就去听听看好了。偶尔听点这种硬干货，也许挺有意思的。"

谁知，丸山哲弥的演讲，内容比"有意思"更不着边际，主要以杂谈为主。各种知名政治家与企业家的八卦秘密，逗得全场哈哈大笑。丸山这个人，样貌本就生得颇具个性，看起来欠缺点知识分子的气质，眯眯眼加一对兔牙，再戴副眼镜，活脱儿就是外国滑稽漫画里典型的日本人形象，个子看起来比电视里还矮。

美穗甚至悄悄嘀咕："这种怪大叔，亏得真在美国的大学里教过书呢。"

不过，丸山在话术上确实高明，能一面逗人发笑，一面从国际社会的宏观视角，带领大家看清日本的全貌，演讲技巧十足。

"说到底，日本已经不被美国视为战略伙伴了呗。所谓的日本实力啊，比我们国人所自以为是的，低得何止八千里。可悲虽可悲，但这就是不折不扣的现实。"

美穗一边听讲座，一边做笔记。奈央子见状瞪圆了双眼。

"反正我就是个派遣职员，今后也不想努力了，就这么混混日子吧。"

以前在大学研究小组里成绩优异的美穗，竟然说出这等丧气话，奈央子听了多少替她着急。但美穗毕竟是美穗，看来还是留有后手的。大概是觉得不能一味丧下去，不只来听演讲会，还认真记起了笔记。奈央子看到朋友重新振作的模样，也不禁开心。原打算等一下演讲会结束，要跟美穗聊聊泽木的事，但美穗心里兴许早就腻烦了吧。泽木有个绘里子那样疯狂的妻子，到了美穗嘴里，恐怕三言两语就给打发了。

"老婆水平那么次，说到底，这男人八成也不咋地。"

终于，在众人的热烈掌声中，演讲会宣布结束。奈央子本打算立刻起身离席，却被美穗拦住了。

"接下来隔壁会场有鸡尾酒会，参加者都是老头子，八十人左右，所以供应的餐点一定吃不完，据说预算还挺充足的。咱们吃饱喝足再去哪里逛好了。"

与会的宾客开始三三两两移步至隔壁会场。从参加人数来看，预先设置的餐台显然颇有富余，桌上琳琅满目，摆满各种冷盘小食。主菜以烤牛排为首，纷纷罗列在餐桌内侧。美穗所在的是一家新兴的药品公司，单从眼前来看，前景似乎还颇为乐观。

令人惊讶的是，结束了演讲的丸山哲弥也加入了酒会。不知是为人爽快，比较好打交道，还是出于商业上的习惯，他勾着腰与在场的男宾客逐一交换着名片，只要有人开口，就答应拍合影的请求。等到他把围在身边的人一一送走，正欲往出口走去时……

"丸山先生！"

美穗大步向他身边走去。

"您今天的演讲太精彩了。连我这样的门外人士都能听懂，真是获益匪浅呢。"

"哦哦，连你这样的年轻小姐也愿意来听我演讲，我很荣幸啊。"

被美穗这样的美女拦住搭话，丸山笑逐颜开。奈央子原以为他是个著名的公共知识分子，可瞧这副模样，才知不过是身边随处可见的中年老男人。

"我手里有好几本您写的书，包括前阵子刚出版的《所以说，日本经济不行》，我翻来覆去读了不知多少遍。啊啊，瞧我，怎么忘记带来了。原以为说不定能请先生签个名呢。"

美穗夸张地叹了口气，在乌泱泱的一群老男人当中，发出这样的娇嗔声，果然成了最耀眼的存在。平时美穗并不这样卖弄风情，但在需要发力的关键时刻，便会施展她的性感攻势。

"这样的话，那就……"

丸山自怀中掏出名片。

"寄到我的研究所来吧。我签好名之后再寄回给你。要不然，我拿本新的签给你也行。你更喜欢自己手中那一本，对吧？"

"没错。哇，好开心。能够拿到先生的签名，简直像做梦似的。"

美穗的这股劲头刺激了奈央子，连她自己也觉得错愕，竟脱口道："请问……我的一位朋友河田沙知子小姐也在您的研究所上班，不知您认识她吗？"

"哦？河田嘛，有这个人哟。"

丸山在私底下讲话时，有股奇怪的软糯黏腻之感，给人一种上了年纪的感觉。

"我们研究所总共还不到五十人，我当然认识她咯。这位小姐，你是河田的朋友啊？"

"哎，只是比较相熟而已。"

"是嘛，要是乐意的话，来找她玩的时候，顺便到我研究室来坐坐好了。我工作太忙，多数日子都不在单位，不过偶尔也有待在研究室里的时候，你问问河田就行。"

"哎，我一定前去拜访。"

口中发出"河田沙知子"几个音节，确认了这是一个真实存在的人物，似乎瞬间，对方便活生生有了呼吸。她长什么样子，虽说无从知晓，但这个人一定切实地存在，就住在东京的某个近处。

"那好，也给你一张名片吧。"

丸山递过名片，脸上那神气，仿佛不消说也十分清楚这张纸片具有多少价值。奈央子也连忙反射性地回了一张自己的名片。

"嗯嗯……这位小姐是东西商事的呢……"

丸山说话的那副口吻，早已不是絮叨、碎嘴子可以形容，而是有一股奇怪的女人气。

"贵司的武山先生，还好吗？"

所谓的武山先生，是东西商事的社长。一有什么重大事项要宣布，他便会在公司内网上发布视频，长篇大论地对大家展开训话。

"像我这样的基层职员，没机会见到武山社长。"

"是嘛。我呢，经常跟贵司的武山先生去打高尔夫。他那个人啊，球技超级好。最近还打出了一杆进洞呢，你知道不？"

"这个，没听说过。"

"哼哼，自己公司的员工也不知道啊。"

丸山鼻子嗯嗯了两声，仿佛在哼什么小曲。不过，他的注意力显然早已被旁边一群挥手的老男人勾走。

"行吧。改天要是来找河田玩，顺便去我那儿坐坐哦。"

望着他转身离开的背影，美穗飞快地嘟哝了两句："这位大叔，可比想象中俗气多了。不过越是如此，也许反而越有趣呢。"

可奈央子的心思早已飞走，压根没听见美穗嘀咕什么。河田沙知子的存在变得如此真实，感觉当下便打个电话过去试试，似乎也没什么要紧。

"原来确有其人。"

绘里子说，"我从不撒谎"。不过，在一些关键性的细节上，也许存在夸张渲染的成分。沙知子与泽木没准儿只是熟人。又或许，沙知子只是一厢情愿对泽木抱有好感而已。说不定，绘里子明知她二人绝不会见面，以此为前提，设计了各种圈套。今日能够在这里见到丸山，冥冥中或许有更为巨大的力量在运作。是上天驱策自己与丸山见面，好好将事实确认清楚。于是，次日，奈央子拨通了皇冠研究所的电话。

两人的公司距离很近。于是，见面的地点，选在了青山新开业的一间露天咖啡座。说是咖啡座，这里提供的餐饮种类相当丰富，客人可以在喝咖啡的同时享用一顿简餐。奈央子考虑，选择傍晚这个时间段，假如聊得太久，正好可以顺便在此解决吃饭问题。

"我穿一件橘色外套，是那种比较醒目的颜色，所以你应该一下就能认出我。"

奈央子在电话里交代。外套是大促时节买的海外名牌货，面料的质地与用色都无可挑剔，被大家称赞好看，奈央子自己也挺中意。这份光彩照人的色泽，在黄昏的咖啡座里显得格外夺人眼球。会不会太显眼了……打刚才起，奈央子心里一直忐忑得要命。

一面呷着啤酒，一面四下张望。对面走来一位女子。奈央子直觉感到，这，正是河田沙知子。无论衣着或步态，都给人优雅脱俗的感觉；灰色套装，一眼即知质地考究；修身的筒裙勾勒出优美的曲线，大概是高档的名牌货吧？这女人好美，普通身高，发型精心打理过。不过，与自己并不相似。

"是野田小姐吗？"

来人果然是河田沙知子。立在奈央子面前，表情生硬。这倒也理所当然。毕竟奈央子贸然打电话过去，直言关于泽木有事要谈。

"抱歉，冒昧把你喊出来。"

"哪里……"

沙知子手势优雅地拖过一把椅子，十根手指都仔细做了美甲。

"不好意思，我一个人先喝了起来，叫了杯啤酒……"

"那么，我也要啤酒好了。"

虽未展露笑容，但她表情已舒缓下来。在奈央子的想象中，沙知子应当是那种五官清晰、轮廓锐利的长相，实际上却是饱满的小圆脸。黑眼珠圆圆亮亮，两只大眼睛颇有几分少女感，形象上似乎与"智囊机构里任职的高知女性"稍微有点距离。

从眼睛周围的皮肤状态，奈央子推断她大约三十五岁。也不知是哪里，散发出一丝天真的稚气。只看脸的话，会猜她是个家境优越的主妇。

"哎……最近我见到了你们研究所的丸山所长。"

"是呢。第二天所长就告诉我了，说'见了一位你的朋友，在东西商事上班'。他这个人啊，凡是跟女人有关的事，都眼尖心细嘴又快。

你们见面的事，他都详细跟我转述了。"

沙知子第一次露出了浅浅的笑意。

"我倒是有个学生时代的朋友曾在东西商事上班，不过她早就结婚辞职了。所以我好纳闷，心想这也太奇怪了吧……"

"哦，你那位朋友是绘里子吗？"

"不，不是。"

沙知子断然否定，表情再度变得僵硬。

"我跟那个女人一点关系也没有。我和泽木的相识，也是在完全不同的场合。今天来赴约，我真挺犹豫的，也不知事已至今，干吗还得为了泽木，来见一个素昧平生的人。"

"说来也是呢。真对不起你。"

奈央子垂头致歉。没多大工夫，啤酒送了上来。沙知子一口气灌下半杯，豪爽的作风与外表毫不相称。

"目前，野田小姐在和泽木交往吗？"

"嗯，是的。"

"那么，你想从我这里了解些什么呢？和情人过去的女友见面，感觉不是什么好习惯呢。"

"当然，如你所言。我有一些无论如何都想弄清楚的事。"

奈央子抬起头，明知自己的行为有悖常理，仍希望不计代价地追问到底。

"泽木当年宁愿抛妻弃子也要和你结婚，是真的吗？他和你曾经同居过，是真的吗？"

"哎呀，你打听这些，是打算做什么呢？……"

沙知子将剩下的啤酒一饮而尽，饶有兴味地直视着奈央子，恢复了职业女性聪明机敏的神色。

"打听这些，难道你对泽木的感情会因此改变不成？你对他的爱会因此减分不成？我觉得，这种行为十分荒唐。"

"荒唐就荒唐吧。"

奈央子答。没错，这一刻她终于明白了自己的动机，明白了自己到底想了解什么。

"我无法忍受在此之前，还有别的女人也拥有与我一模一样的经历。此刻在我身上发生的一切，都如此非同寻常，值得我为它承受种种代价。不只父母在为我伤心流泪，公司里也发生了一堆烦心的事。可是，假如在我之前，还有另外一个女人也曾经历过这些，我会觉得所有的一切都变得难以忍受。这跟爱情不爱情没有关系，而是事关自尊的问题。"

"自尊啊……"

沙知子脸上隐约浮现出一抹笑意。奈央子心忖，大概正是这略带嘲讽的笑法，与自己的风格如出一辙吧。

"自尊什么的，好缺乏新意的说法啊。这种东西，比起你对他的爱情，孰轻孰重呢？这种女人太多了，为着一点自尊，眼睁睁失去了人生最宝贵的东西。到了我这个年龄，有时真的会想，所谓自尊，它究竟能有多少分量？比起这玩意儿，拼尽全力去拥有自己深爱的男人，同他一起幸福地生活下去，才更重要得多。野田小姐，你可不像是这么拎不清的女人哦。"

"可是，河田小姐，世上也有假如不能保持自尊，就绝对幸福不了的人啊。我就是如此，做不到抛却一切去捕捉幸福。假如内心坚信的东西与事实有出入，我绝对无法假装看不见，以求得到幸福。"

"这样的话，万一，我是说万一哦，我和泽木交往过，并且他也曾舍弃家庭，与我同居过一段日子，野田小姐会怎么做呢？跟他分手吗？还是说，对他的爱意保持不变呢？"

"大概会清醒过来吧。肯定会有一阵子不想再见到他那张脸。如果假以时日，发现自己依旧爱他，那时候，我猜我会很开心吧。也许会从心底承认，他才是命运为我安排的人。"

"命运啊……"

沙知子再次喃喃道。但方才提到"自尊"两字时，那种冷漠的嘲弄之意不见了。

"野田小姐想必也一样吧。像我们这样不再年轻的女性，为什么会对命运两字如此欠缺抵抗力呢？简直如同一种信仰。我们明明通人情，懂事故，有世人称赞的聪明脑子，连我们自己也暗暗自命不凡。可惜，一遇到命运两字就瘫软下去，轻易失去了招架之力。只要哪个男人打着命运的旗号向我们表白，我们就完蛋了，立刻倾尽所有，把身家性命交托在这个男人手里，甚至觉得为他抛弃全世界也在所不惜。"

"泽木对你也这么说过吗？"

"哎……"

沙知子点点头。

"我想你恐怕也一样吧。他太太那个人，恶心人的功夫简直一流。往我老家和公司一个接一个地打骚扰电话。幸好丸山所长是那种大而化之的性格，开玩笑说'只要这位太太别上门来砍人就行，会闹到周刊杂志上去的'，然后就对此事一笑了之了。那时，大概我也当真听信了命运这种说辞。泽木每天都会用这句话来激励我，说'让我们一起努力吧，一起获得幸福'。"

"啊……"

奈央子不禁发出一声绝望的叹息。

"你怎么不给我打电话呢？"

话筒里传来泽木的声音，听起来比平日轻快得多。

"这两天，你到底是怎么了？既不给我打电话，我打过去也是留言录音，手机又一直关机。我心想，是不是出差去了呢？不对，也没听你提过啊。总之就是各种担心。"

"家母身体不太舒服，我回娘家住了两天。"

"那打个电话总行吧？到底出了什么事，连手机都要关机？"

"不好意思了。由于家母的原因，我把电话这事忘干净了。"

"家母的原因？莫非是绘里子造成的？"

"……"

"是她没错吧？毕竟她那种女人，能往你的公司发骚扰信，想必也不会漏过你父母。我真心觉得对不住你。哪怕低头道歉多少遍也于事无补。"

"算了。反正也不是她一人的错。我总算明白了。"

奈央子情不自禁脱口而出的话，泽木却做出了完全错误的理解。

"没那回事。绝对不是你的错。请不要责备自己，这样让我很难过。奈央子一旦意气消沉，我真的不知怎么办才好。"

唉，泽木的话，为何听来令人如此受用呢？温柔得令人想哭。可惜这般温存的话语，三四年前另一个女人也曾听到过，且那个女人并非他的妻子。倘若真是他的妻子，倒还可以原谅吧。那是一个与自己身份相同的女人，一个相信所谓命运的女人。

"不过我有一个好消息。你听我说，朋友答应帮我介绍一位离婚律师。据说，仔细盘点绘里子的过往，发现她在处理婚姻生活方面，存在一些致命性的缺陷，这一点会对离婚诉讼非常有利。律师希望把那些发到你公司去的传真，也作为证据收集起来。"

"可是，做这种事，到底有什么意义呢？"

"说什么呢？对方现在已经到了无所不用其极的地步。所以我这边也非用尽一切手段不可。你怎么了？奈央子，太累了吗？要振作起来啊！马上就要望见终点线了。"

最后一句话的激昂口吻，听来如此滑稽。

"让我们一起努力，一起获得幸福，懂吗？"

此刻，奈央子躺在泽木的臂弯里。

不，"躺在臂弯"这个形容，或许并不确切。他正稍稍曲着身子，用舌头爱抚奈央子的腰肢。再过片刻，那舌头必会一点一点向下蠕去。

显然这场技巧娴熟的性事，很符合他已婚男人的做派。奈央子先后经历过几个男人，其中泽木在这方面尤为出色。不仅前戏从不偷工减料，进入奈央子之后的持久力也足够充分。能够得到他如此温存体贴的爱，恐怕还是由于奈央子并非他的妻子。

不过，这种事随它去好了。在床上这个小小国度里，奈央子毫无疑问是一位女王，他给予她至高无上的崇敬与温柔。

奈央子自己也觉得再放荡、再激情一点才好。

世上时时会有将性爱视为一切的女人。不管情感中有任何苦恼，也不管男人是否可信，只要在床上得到男人的拥抱与爱抚，便可以忘却世间所有，可以原谅男人犯下的任何过错。

若是自己也能做到她们那样，该有多好？再等片刻，一场完美的高潮即将涌来。也许自己会发出动情的欢声，也许会高声呻吟："啊！喜欢！"然而，当身体裹在被单中，迷醉与欢愉一点点缓缓远去时，心中的那样东西或许便会重新苏醒吧？

她想了解泽木的心。

在她所知晓的那颗心的最深处，似乎有一处不可解的暗黑角落。她想向内窥探一眼……

三十分钟后。奈央子的身体被泽木密密实实拥在了怀中。大腿根部还残留着一丝酥麻之感，那是方才他给予她的巨大狂喜的证明。

"我们一日比一日亲密了呢。"

泽木呢喃。

"聊天也好，吃饭也好，总之在一起就很快乐。尤其在这方面，我们也是默契一流。"

他出其不意伸出手来，朝奈央子的双腿间探去。这个男人，时而会冒出一些从他外表绝难想象的放荡言语或举止，似乎坚信这是一种取悦女人的窍门儿，尤其可以令世上那些聪明女人体会到无法言喻的欢喜。而奈央子，确实可以说是对此照单全收。

两人刚发生关系那一阵子，某次，并非在卧室，而是在餐馆里，泽木曾出人意料地说道："你最棒的地方不是颜值不是头脑也不是性格，而是肉体。你知道吗？堪称极品。"

"这种台词，从前的电视广告里早就有了。"

奈央子记得当时不屑地哼了一声，但实际上，一颗心却快乐得几乎融化。

泽木绝不属于处处留情的花心男，也并不造作或肉麻，但却懂得在每一个细节取悦女人。这一点意味着什么呢？

奈央子有自信，可以轻易识破男人的轻薄品性，也懂得辨认谎话连篇的渣男，而泽木这样的男人，该如何评价才好呢？是否该理解为，他在过去虽谈不上阅女无数，却也积累了相当深厚的经验呢？

性事完毕便对男人开始揣度、猜疑，奈央子讨厌这样的自己。然而没办法。此刻，是一场事关人生的豪赌。是一是二，是胜是负，须得见个分晓。

"我说，要不要搬到一起住？"

泽木缓缓蠕动着左手的手指，同时凑在奈央子耳边呢喃细语，好舒服。但不足以扰乱奈央子的思考。

"哎，你也明白吧？我早就烦透了，真不想再回到那个家里去。说不准什么时候，她就会从丰桥打道回府。家里堆满了她的东西，再回到那种地方去，简直让我郁闷得要死。再说了，我也不愿意与你分开。就算离婚诉讼开始了也无所谓，我想和你生活在一起……"

这时，奈央子不知自己哪里涌来一股力量，有个说法是"舌头打滑"，但并不确切。而是胸中时常沸腾、翻滚的一股热力，是她拼命压抑的东西，一气宣泄了出来。她脱口而出道："对河田沙知子，你也是这么说的。"

"呃？"

"那个在皇冠研究所上班的女人，她说跟你同居过一段日子。"

打住！打住！远处传来不知是谁发出的警告声。问他这个做什么呢？你啊，总干这种事，所以才总是抓不住幸福。世间有许多事，都睁一只眼闭一只眼才好。只消把眼睛闭上那么一小会儿，时间必定会将你带往一个舒服的处所。大家都是靠这样获取幸福的，凭什么就你办不到呢？

"喂，你为什么不告诉我这个女人的事呢？"

泽木扭开头，从奈央子耳边别过脸去，望着天花板缄口不语。习惯了昏暗光线的眼睛，可从侧面辨别出泽木的鼻梁。曲线英挺，透出男性特有的帅气。只需稍稍再忍耐一二，这张俊美的侧脸便会马上属于奈央子。

"这些，都是绘里子告诉你的吧？"

"是谁说的不重要。我只希望了解事实。"

"好久以前的事了。我也会有各种各样的经历。但它们都是过去式了。"

泽木声音沉沉的、闷闷的，又继续道："老早老早以前的事了。每个人都有过去。身为一个男人，有点恋爱经历也不足为奇。你连这也不能接受吗？"

末尾那句"连这也不能接受吗"，在奈央子听来，有种令人难以忍受的狡狯。从一开始，泽木便是这种讲话风格吗？不，她不认为。现在，必须把事实追究清楚。打住！打住！警告的声音已近在耳边。

"来，听我说。"

奈央子坐起身，同时迅速用被单裹住坦露的胸部。起伏的胸前，到处沾满了男人的唾液。她调整呼吸，待气息平静下来。

"对于你结婚之前的情感经历，我一概无意过问。你哪怕跟一千个女人谈过睡过，都随你便。但是，结婚之后发生的事我会介意。曾经与我共同拥有的经历，假如和别的女人也同样有过，这是我不能接受的。请问，结婚之后却爱上了妻子之外的女人，这本身是件具有特殊意义的事吧？至少对我来说，认为你对我做了一些非同寻常的事。谁知，我错了。对你来说，这已是第二次发生了……"

"绘里子啊……"

泽木依旧仰望天花板，低声嘟哝。

"她对你说什么了吧？我知道，她又使出了相同的伎俩。"

奈央子叫了出来，声音近乎悲鸣，连自己也深觉错愕。

"'又''相同'，瞧瞧，你自己也在用这种字眼，不是吗？我最受不了的，就是这种话。在我之前，你还有另一次……"

"不伦"两个字原本她不想提，但在这种场合，没奈何，奈央子咬紧牙关将之逼出了口。

"在我之前，你还有另一次不伦。喂，懂了吗？对于一个身陷不伦恋的女人，内心唯一的安慰就是，自己是男人婚后初次爱上的女人。男人虽已结了婚，但却出于真心，爱上了妻子之外的女人。而这个女人，正是我自己……我们必须这么想，否则根本无法将这段不伦恋坚持下去。"

"喂，奈央子，冷静一下。"

泽木也坐起身来，裸露的腋下，散发出淡淡的男性荷尔蒙气息，类似于奈央子喜欢的一种烤焦的杏仁味道。

"你中了绘里子的圈套了。"

"圈套……"

"对啊。你气成这样，不是正中她的下怀吗？听我说，你还不明白吗？她使出了最后的撒手锏。因为她认定这样做就可以拆散你我。"

"什么圈套啊撒手锏的，这种鬼话麻烦不要再讲了。我只想知道一点，请问，你跟河田小姐是不是真有这回事？也就是说，我属于你的二号或者三号不伦对象？"

不出所料，泽木沉默了片刻。

"跟河田交往，是真的。"

"果然呢。"

"不过，她和你完全没有可比性。你是我平生头一次发自内心爱上的女人。想和你结婚的念头也是真的。"

"但是你跟她同居了，对吧？"

"……"

"要说一个有妻有子的男人，离家出走，和别的女人同居，我觉得也够轰轰烈烈了。"

"那时候我正和绘里子分居。"

"都一样好吧？在我看来，这意味着一个已婚男人突破了世俗的规则，为之消耗了巨大的能量。你为河田辛苦付出过。接下来，又对我做同样的事。这让我既悲哀，又替自己不值。"

奈央子裹了裹身上的被单，丢下一句："不好意思，你请回吧。"

"奈央子！"

泽木伸手想要揽住她的双肩，却被奈央子一下子躲开了。

"奈央子，你不会当真在生气吧？这么做，又能改变什么呢？"

"鬼知道。但我希望你离开。"

泽木大概觉得费再多口舌也是白搭，一言不发穿好衣服。

"反正，我会给你打电话的。"

"电话就算了。发邮件比较好。"

"求你了。别再这样折磨我。"

奈央子不欲多说。泽木拉开卧室门走了出去。不一会儿，传来玄关大门关闭的声响。奈央子赤裸着身体，直接套上睡衣走出房间，伸手给家门挂上门链的瞬间，第一次涌出了眼泪。

绘里子并未设下什么圈套，也没有使出什么撒手锏。奈央子想，她只是……施下了一个诅咒。

　　我不能继续沉默下去。河田小姐对我而言，只是一段极为遥远的过去。我原以为不必特意交代什么，没想到，却对你造成这么大的伤害。我此刻的困惑，恐怕你很难明白。爱你。仅此一点，能否请你务必相信？

记得前天我也说过，不伦恋这种事，归根结底，是非同寻常的。轻微程度的花心出轨，尚可被原谅。但，你与那个女人曾经同居过，对吧？

既然如此，又怎会"只是一段极为遥远的过去"，怎会"不必特意交代什么"？大概有一天，我也会沦为你口中的"遥远过去"，或"不必提起"吧。

奈央子，你挖苦人的本领真是一流。当然，这也属于你的魅力之一。只是求你不要再折磨人了。我不懂，为何你偏要拣这个时候刁难我？

奈央子，为何连邮件也不给我发一封呢？手机关机，邮件也不回，你到底希望我怎么做呢？

你该不会，我是说该不会……打算要分手吧？

抱歉。请给我点时间静一静。再怎么说我也是成熟女性，只要我对泽木先生的感情是出自真心，那么不管发生任何事，都会忍不住想见你的。实际上我在等候。等候被一种巨大的情绪所撼动，让我不得不承认"好想见你""依然爱着你"。那该是怎样一种心情呢？是否该称其为"命运使然"呢？总之此刻，它尚未到来。

尽管世间景气低迷，盂兰盆节前后却依然忙碌。电话响个不停，工作邮件一封接一封杀到。不过，同样是这个季节，也会有若干风景明信片，从海外的度假胜地寄来。奈央子按照收件人逐一进行着分拣，同时瞧见里面混着几个熟悉的名字。

从欧洲、美国、亚洲各地寄来的卡片背后，那些写卡片的太太们故作姿态，纷纷用起了未嫁前的旧姓。当年这群同在一个职场共事的女子，如今身为商社男的夫人，散居在世界各处。就算再怎么好景没落，商社的薪水毕竟不坏。想必她们个个过着当地水准之上的奢侈生活。无论巴黎或纽约，海外的日子一定不错吧。她们的夫君也拿到了盂兰盆节的休假，合家前往相邻的国家度假、旅行。

在异国的机场，奈央子时常碰见类似的日本人家庭，一望即知是海外赴任中的商社男全家。男的风度翩翩，一副见惯世面的派头。女的也一身光鲜，手上拎着名牌包包。孩子看起来聪明又可爱。

许多女性憧憬的幸福，便以这种浅显的形态展示在眼前——女性杂志彩页里时常登场的、令人自惭形秽的、简单易懂的幸福。

但奈央子从未憧憬过这样的家庭。原因在于，身为一名商社女，她曾以为这些东西无不唾手可得。嫁给商社男，在某个海外都市居住、生活，这些无不是结婚的"最底线"。一直如此坚信的自己，如今想来，何其傲慢。虽说和同公司的男同事也曾谈过恋爱，但最终并未修成正果。如今，那人在马来西亚的分公司任职。当然，是和太太孩子生活在一起。

这厢，奈央子却一直单身到了三十五岁。说什么"出于对公司的大爱"未免过于夸张，但也确实舒舒服服、勤勤恳恳干到了今天。她相信，周围的人认可自己存在的价值，都仰仗她、依靠她、离不开她。

然而，最近数年，奈央子发觉周遭的空气已改天换地。公司不再聘用正式的女性职员，而是以年轻的派遣员工取而代之。希望高薪高龄的女职员尽早辞职的氛围，可谓一年比一年露骨。别看平日里，奈央子她们也会和男同事有说有笑，时不时和课长级的男性职员相约喝酒，但后辈博美的一句话，才代表了她们真实的心声。

"这个公司，也不知会不会一直有我们的容身之处呢……"

难道说，奈央子思忖，在我心目中，与泽木的这段关系，既是最后的希望，也是唯一所剩的稻草？倘若如此，那我无法原谅这样的自己。总之，自己如今身处四面八方的逃生通路皆被堵死的茧房，还一直天真地相信，只需发出一声呼喊，四周的高墙便会坍毁，立刻就能望见头顶的晴空。现实是，没这回事。还有一段时期，自己曾相信只要愿意降低一点标准，结婚的对象马上就会出现；只要转换一下思维，马上就可以成功跳槽。"只要想，就可以。"这满满的自信，到底是从何而来呢？

奈央子明白，所谓年龄增长，便意味着出路被逐一堵死。所谓出路，换言之便是可能性。而结局是，三十来岁的女人只能蜷身在迷局的深处，哪里也去不了。

假若此刻同泽木分手，那么最后一扇门，或许便会被彻底封死……一想到这个，奈央子便打个寒战。最终，只能苦笑着自我安慰："真是的，和男人的关系一旦处理不好，怎么连想法都会随之消沉，简直无法乐观地思考。"

值此当口，博美打来了电话。

"奈央姐，想不想去中国香港玩？中国香港哦。我有个好事跟你讲。"

博美的一位朋友在旅行社做事。据她透露，手里有两个中国香港游的退订名额。中国香港的旅行团，既有奢侈的，也有廉价的。而此团属于前者，不仅来回机票是商务舱，住宿也订了半岛酒店，超级豪华游，却突然有两位客人取消了预订。本来她也考虑把名额转让给别人，但这么实惠的好事不去未免可惜，便联系了博美。

"四天三夜只花五万两千日元哦。商务舱加半岛酒店哦。这么便宜的好事，哪有不去的道理嘛。"

"哎，的确便宜呢。"

"好像说是不包餐。但比起按人头分配的难吃包餐，我们自己随意去吃岂不更好？况且，跟我同期的筱原奈奈子也在中国香港哦。"

"哦……说起来筱原，好像的确有……"

"就是跟石油事业部的高桥结婚的那个嘛。直到去年都派驻在雅加达，今年起调任到了中国香港，不要太走运。我立刻发邮件联系了她，她也好高兴呢。"

凡是在商社工作的人，个个都持有一份独特的世界地图。能够比电脑更为神速地在大脑中调出，派驻各地分社的同事与他们妻子的面部图像。

"哎，奈央姐，一起去吧。奈奈子要是见到奈央姐，定会特别开心。"

"可是……"

自己现在有这份心情吗？

"啊，也对。你不想和男朋友分开？我知道你们正恩恩爱爱、如胶似漆，可不过是四天三夜而已，分开这么一小会儿也不会怎样啦。"

大概是为了安慰骚扰信给奈央子造成的不悦，博美故作轻快地劝道。

结果是，博美一手包办了所有手续流程，二人的中国香港之行终于拍板敲定下来。出发日为盂兰盆节。

"放暑假的几天工夫，待在家里不好吗？"

母亲厚子面露不悦。奈央子二十来岁的时候，基本上年年暑假都在外旅行，母亲一句牢骚也没有，而最近，只要她放假不在家，母亲就会闹脾气。似乎女儿过了三十岁，如果日子过得太逍遥，母亲就心有惴惴。尤其是，如今又有泽木那场事。

"奈央啊，你净干些自私任性的事。妈妈成天担心这担心那的，为你想东想西，伤透了脑筋。你倒好，把父母扔在一边，想干吗就干吗。"

母亲在电话里数落不停，末了逼得奈央子只得以牙还牙。

"我也老大不小的人了，别再拿我当高中生劈头盖脸训个不停。我用自己挣的钱出去放松放松，没道理听你唠叨个没完。"

既然跟母亲吵崩了，奈央子决定一不做二不休，这回要痛痛快快血拼一场，心中打了一堆算盘，还特意把一张到期的定额存款给破开，做好了购物的准备。谁料到，也许是放假前的聚餐上酒喝多了又着了凉，旅行前两日的早晨，一量体温，竟然烧到了三十九摄氏度。跑到医院打了一针，回到家，体温反而升到了四十摄氏度。实在没有自信明天在家睡一天，后天便动身去旅行，奈央子只好打电话给博美。

"不好意思，我病成这样子，只好让你一个人去玩了。反正奈奈子在中国香港，应该不要紧吧？"

博美接了电话立即说也要取消行程，但她本人似乎并没有太当真，再加上付过钱了太可惜，最后还是决定去了。

直至旅行前一天，奈央子的热度依旧未退。几乎是爬去医院，又打了一针。

医生漫不经心提了一句。

"夏天的感冒通常时间比较久。"

回家的路上，奈央子拐进便利店买了些零食和泡面。可惜，发烧时的舌头吃不来过于粗糙的食物。奈央子考虑，索性打个车回娘家算了。但想起同母亲的那场争吵，还是算了。肚子倒并不饿，但体内的力气似乎正被一点点抽空。

结果是，丢掉吃到一半的泡面，热了杯牛奶喝掉了事。发烧的脑子，渐渐丧失了正确的时间感。也不知此时究竟是黄昏呢，还是早晨？糊里糊涂地看了眼钟表，五点。这个时间，是早上五点？抑或傍晚五点？

遥远的地方依稀传来"叮咚"一声。宅急便吧？奈央子选择了无视。然而门铃一声接一声响起，吵得要命。她抓起可视对讲机的听筒。

"你好——"

荧幕上，一个男人有些害羞地挥着手。这不是黑泽君吗？

"怎么是你？"

"刚才博美从成田机场打来电话，说担心你的病情，让我过来瞧一眼。"

"可是，她干吗找你……"

"反正，你先让我进屋再说呗。"

黑泽在沙发坐下，从超市购物袋里取出水果和罐装的粥类。

"奈央子，今早你和博美通电话的时候，是不是头晕晕的说到一半就挂断了？博美担心得不行，转着圈给同事们打电话。我是她第七个逮到的人。用她的话说，'黑泽君属于人畜无害的类型，就算奈央姐在睡觉，你上门去也不要紧……'"

听到这里，奈央子不好意思地笑笑。以前自己跟黑泽君三天两头上床的事，博美当然不会知晓。

"之前我一个人生活得蛮久，料理什么的出人意料地还挺拿手。啊，你好好躺着吧。"

黑泽虽这样说，身披开襟羊毛衫的奈央子，却不能钻回被窝去。心情很矛盾，自己的潦倒模样，既不想给对方看到，又希望对方好好瞧一瞧。对一个曾经睡过的男人，这种卖弄可怜，或者说撒娇的感觉，既安心，又有一丝居高临下的意味；既怪异，又确实令她身心放松了不少。

针织衣搭配牛仔裤的黑泽，仗着年轻，总一副这样的休闲打扮。但神情与讲话时的措辞，都比从前沉稳了不少。

"感觉黑泽君，好像成熟了一点点嘛。"

"自从去了新事业部，我也被磨平了棱角。唉，婚后的生活也吃了不少苦头……"

趁着酒意，将这个男人领回家来过夜，已是两年前的旧事。自那以后，时光缓缓逝去，每个人都有所变化。而心境随之变化，也便不足为奇了。这样理所当然的事情，自己为何竟没有察觉呢？奈央子不知不觉被一股力量拽入了深眠。

第九章　破局

收到一封博美发来的内部邮件。

> 好久没搞联谊会了。奈央姐要不要来参加一下啊？这次邀请了博通一群三十岁以上的职员。组织者打了包票，说一定给大家安排高水准的男士。我想，这一趟准不会落空的。

奈央子立刻抬手回复。

> 听起来是挺不错。不过，我马上就要超出年龄限制了吧？

随后，马上收到了博美的电话而非邮件。

"别这样嘛。现在有好多男人啊，对那些两眼放光，一心只想捉住个经济适用男的二十来岁女人早就疲于应付了。他们更想和从容又知性的三十岁职业女性愉快地喝喝酒，聊聊天。"

然而，听说对方是一帮大广告公司的男职员，奈央子内心颇有些迟疑。贸易商社的男同事也一样，他们身上无不流露出一种"天之骄子"的傲慢与自得。他们个个出身一流名校，过五关，斩六将，在高难度的入社选拔中脱颖而出；他们家境优越，形象出众，那份无忧无虑的开朗与自信有时简直扑面而来。

在他们看来，只要自己乐意，什么样的女人都能搞到手。

而三十五岁的自己，在他们眼中无疑是"不合规格的淘汰品"。愈是一帆风顺、未经挫折的男人，就愈是看重女人"年轻的价值"，这点奈央子心里有数。如今的自己，能够经受得住他们目光的检阅吗？

"说什么呢？最近大家都夸奈央姐，皮肤柔柔嫩嫩，颜值都高了不少。当然，我知道你已经有了真命天子，但偶尔出山跟别派的高手比比武，也不错啊。还能重新确认一下自己的价值。对我们女人来说，这种时刻也是不可或缺的。"

和别派的高手比比武……对博美的这句话，奈央子情不自禁笑了出来。的确，自从和泽木开始交往，脑子里就再也没考虑过联谊会的事。她一直认为，再没有比这更大的不忠了。

"明白了。那好，我就去逛一圈好了。"

"必须的！奈央姐，我觉得吧，毕竟我们谁也无法预知，会在哪里遇到真正的缘分，不是吗？别看我到了这个年龄，但也依然相信命运。"

"啊，是嘛。"

"当然是啊。我认识一个女孩，专门瞄准广告公司的男人，跟遇上的每一位都挨个交往，甚至还放出话来，'我做不到在整个行业里只谈一个男朋友，但至少每家公司只谈一个，还是可以保证的吧'。话说得很狂，现实是一次又一次被甩，目前又跟一个博通男走到了一起。博通男就是她的心头好。每谈一次恋爱，她都会说'这是命运的安排'。我这阵子，也慢慢开始觉得，说不定真有命运这回事……"

"原来如此……"

"相信缘分与命运，不惜为之赌一场，拥有这样坚定的一颗心，岂不是很酷吗？我最近总会这么想，甚至觉得自己欠缺的正是一颗愿意如此坚信的心。"

奈央子不禁回想，自己前段时间其实也有同样的心态。明明和别人的老公谈着被斥为"不伦"的恋爱，心中却毫无罪疚之感，甚至认为"这是命运的安排"。这当中，自己给自己鼓劲儿的意愿实际更为强烈。觉得自己谈着轰轰烈烈、普通人所无法企及的恋爱，而这恋爱是上天一早为自己安排好的。此刻，奈央子不无怀念地，忆起当时那份热烈昂扬的心情。

和泽木不再见面，已经一个月有余。虽不时会收到他的邮件，但奈央子大多是胡乱扫一眼就完。无法百分百断言"爱情已经苏醒"，固然令她痛苦，但与此同时，她也确确实实存着一点"或许可以从头开始"的念想。

这完全取决于自己的心如何取舍。奈央子宛如一只实验中的烧杯，摆弄着、淬炼着自己的一颗心。说不定再过一个月，这颗心就会发生剧烈的化学反应。届时，也许自己就会明白，没有那个男人，自己终究无法活下去。又或者，就像烧杯底积存的沉淀物一样，两人间所有的一切都沉淀下来，变成了毫无价值的废弃物。

本次联谊会，奈央子有个想法，想试试看自己的心会如何变化。极有可能不管看到哪个男人，自己都不为所动。面对年轻男人的举止和言谈，会不会情不自禁拿来同泽木做比较，将他的那些优点，一样一样地全都回想起来？

当日，奈央子与博美前往的地点，是六本木一家刚开业的中华料理店。店内的装饰颇为新颖，全部隔成了一间间独立的包厢，是如今流行的那种隐居式乡村小屋的风格。

"不愧是博通选的地方呢，好有品。前阵子，我的朋友和一家制造企业的人搞联谊，对方挑了间家庭餐厅不说，还古老得快要长毛了，害得我朋友一肚子气……"

今夜的成员设置是五男五女。除了奈央子和博美，其他女性都来自另外一家商社。她们全部是博美大学时代的同窗，奈央子也和她们见过几面。

"记得最后一次这样喝酒，还是两年前吧……"

"行了，奈央姐，这么悲催的事快别提了。"

在刚开席的喧闹声中，邻座的女人一副戏精上身的模样，吸了吸鼻子，假装抽泣道："那时候我刚刚三十，本以为这样子参加联谊会肯定是人生最后一回了。丢脸的是，今天又在这里搞起了联谊。"

"其实我也一样。"

"净骗人。奈央子今天到底刮的什么风，怎么会跑到这里来呀？听传言说，你不是早就有主了吗？"

奈央子有些不安。自己和泽木的事，也不知被哪阵风刮到她们公司去了。

众人举杯干过一轮之后，是惯例的自我介绍环节。不愧是一帮出来玩惯了的广告男，自我介绍寥寥几语，却风趣而富于机智。女生们都咪咪地笑了起来。

今日的女性成员，集体三十来岁的年纪，既会喝，又爱聊。见女人们反应不错，男人们也越发贫嘴起来。

"知道吧？我们公司有个家伙，不是和女优吉村夏实结婚了吗？"

"啊，对对，我也在综艺秀里见过他，长得挺帅一男的。"

"唉，长得还行吧，就是人太花心爱玩了。"

坐在正中间位子的男人，大概是负责炒气氛的角色，两片嘴唇吧嗒个不停。他身材修长，五官俊秀，气色大好，身为上班族，却梳着精致讲究的发型，额前垂着一绺头发，典型的广告男形象。

"那家伙家里也超有钱，在公司是个大红人。在吉村夏实之前，他还跟歌手伊藤 K 交往过呢。"

"真的假的！"

"咦？那女的？如今不是正和那个叫什么的男星热恋吗？"

"所以啊，她是被我们公司这小子甩了之后才开始谈的。这小子烦她烦得不要不要的，最后闹得那叫一个惨啊。这个伊藤 K，我也担任过她的广告制作，是个又闷又阴郁的乡下女生，别看打扮得前卫到飞起，骨子里却属于特别保守的那种。"

"咦？真没想到。"

奈央子望了一眼对面座位的男人。只有他没有开腔参与八卦的议论，脸上也未见一丝责怪同伴的不屑之色，只是自得其乐地啜着啤酒。

"我来帮你续杯吧。"

奈央子不由自主地拿起了酒瓶。

"啊，多谢。"

这个名叫森山的男人和其他男成员比起来个子矮得多。微微土气的短发，衬得个头越发矮小。

"这家伙，大家认识吗？从前可是日本橄榄球代表队的成员哟。"

坐在远处的男人插了句嘴。女人们纷纷"哎——？""哦——？"

发出了一片惊诧声，显然谁都对他不了解。

"没法子啊，森山，毕竟和足球不同，近年来橄榄球差点人气啊。"

"唉，反正习惯了。不过，请大家务必来观赏一次橄榄球赛吧。比足球有意思多了，是高水平的体育竞技哟。"

"说到这个嘛，年轻人就先不提了，橄榄球在中老年人群里可是超级受欢迎的哦。每次他上门拜会客户，总会有中年大叔激动地问：'哎？你是早稻田大学的森山吗？'"

"公司里还传出闲话说，森山就是靠这个拿下客户的。"

"那可不，要是没点儿老本可吃，我这种没家世没人脉的家伙，怎么可能挤进博通呢？"

闻言大家哄堂大笑。奈央子觉得，比起方才女优的绯闻八卦，此时的笑声要欢快得多。

聚餐不久便结束了，一行人前往 KTV 搞第二次局。该店位于饭仓的俄罗斯大使馆附近，装潢考究有档次，价格也相当不菲。一位男士说："别担心，我这里有接待客户用的会员资格。"

来者个个唱功不俗，还不忘利用乐器之类的小道具来搞气氛。

"就因为这么会玩，广告公司的联谊会才大受欢迎啊。"

博美服气地嘀咕道。

而森山呢，仍像方才聚餐时一样，安静愉快地听着大家 K 歌。有人邀请的话，他便接过麦克风唱上一首，对调子和音准把握之精确，着实出人意料。他不像时下的年轻男生，只是配合氛围随性演唱，而是咬字到位，将每一音节拿捏得恰到好处，切实再现出整首歌的曲调。

"别看森山是个橄榄球手，钢琴弹得也不错哦。"

伙伴中的某位向大家宣告："上次我们去一家有钢琴的酒吧喝酒，森山当场叮叮咚咚弹了一段，迷得女生们全都哇哇叫，说弹得太棒了。"

"哪里，主要我老妈是教钢琴的，我从小也被逼着学过一阵子。老姐后来考上了音乐大学，但我很快就自认没天分，甩手不干了。"

这人笑起来的样子蛮可爱的。奈央子心想，到底他有多大呢？今晚的联谊会，说是参加者全员为三十岁以上人士，但森山看起来比大伙都年轻一点。

"哎，这男的，到底多少岁？"

森山正在演唱的时候，奈央子向邻座的女人打听道。谁知这一下捅了娄子，醉醺醺的她，大声朝森山喊了过去："喂——！野田小姐有话问你！森山君，你到底多大啊？"

"哦，我三十六啦！"

"哼哼……看来有点戏。"

醉酒的女人咕哝着，随后再度举起手，说道："提问二：你都这把年纪了，为什么不结婚？"

"啊，这个我来回答！"

旁边的伙伴里有人站了起来。

"森山君自从生了一场大病，身板就没法结婚啦！"

"是啊。"

森山假装擦起眼泪。

"不过，那场大病很快就彻底治好了。所以还请大家多多关照。"

森山逐一向在场的女士低头致意。奈央子感觉，轮到她的时候似乎鞠躬最深，也不知是不是自己的错觉。

时间过了凌晨一点，众人方才散席。奈央子回家的路有点绕，决定和博美一道走。与二十来岁时不同，当年散席后男男女女总会不知不觉凑成一对对离开，而如今，奈央子认为和女成员搭伴回家才是三十岁人士参加联谊会的礼仪。

"今晚玩得蛮开心嘛。"

"虽说没有一眼锁定的可发展对象，不过和博通的男士一起玩，感觉挺开心的，还可以扩大今后的人际圈呢。"

正说话时，包里的手机响了。不是电话，而是短信提示音。奈央子马上掏出来看了一眼，屏幕上显示"森山幸雄"几个字。

"今晚玩得特别开心。希望能以此为契机，今后继续与野田小姐见面。"

"……这怎么回事？"

奈央子诧异地"哎"出了声。

"这人怎么会有我的电话？"

"刚才你起身去洗手间的时候，他跟我打听的。要是换成别人，我恐怕就拒绝了。不过感觉这人挺老实的，就告诉他了。"

博美解释道。

"不就是条短信嘛，没什么问题吧？要是不乐意的话，无视他就好了呗。"

"这个嘛，说得也是……"

奈央子将目光投向窗外，试图在眼前的夜景中浮现出森山的样貌，却很难成功，只能忆起他唱K时的歌声与滑稽的动作，面容的部分却始终朦胧不清，仅余一点虚幻的残像，似乎意味着在奈央子今后的人生中，他无法产生任何深刻的影响。

黑暗当中，反而是另一个男人的面容清晰地浮现出来，是泽木，奈央子最爱的热烈笑容。

今夜回到家，试着给他发封邮件吧。奈央子下定决心。稍微向他走近几步，或许没什么问题吧？至少在今夜，这是自己的一份"实验成果"。

发现公寓信箱里，有一封绘里子寄来的手写信时，奈央子咂了咂舌，内心涌起一阵厌恶。

"啊啊，又来……"

自从和那名叫河田的女子见面以后，自己已经好一阵子同泽木断绝了联系，这事绘里子不可能不知道。莫非，五天前给泽木发邮件的事，也被她知道了？

> 你好吗？时隔许久，今天我又去参加了联谊会。好累啊，接下来马上要去睡觉。晚安。

泽木回复：

> 我每天如此痛苦又郁闷，而这位小姐，您倒是过得相当快活呢。唉，真拿你没辙……

莫非，连这条回复也被绘里子看到了？本想把手中的来信撕一撕扔掉，但想了想，还是放不下。奈央子故意粗暴地扯破了信封。由于手势过于激烈，以致信笺上缘都碎成了丝丝缕缕。

> 秋风初起的时节，你可安好？
> 我每日都处在痛苦当中，完全不知该如何是好。希望奈央子务必听听我的烦恼。我知道，提这种要求太过厚颜。事到如今，奈央子肯定不愿再见到我了吧？

这一点，我心知肚明。不过，我却无论如何想见你一面。我保证，这是最后一次。请务必和我见上一面，好吗？

这女人到底在搞什么鬼？奈央子自言自语。世上哪有正妻哭着求着找小三倾诉烦恼的？再说了，绘里子是个患有心理疾病的人，给自己的公司和父母都写了变态的告状信，和这样的疯女人见面，岂不是极其危险？

然而，奈央子却做不到对这封来信熟视无睹。换个角度想想，自己和泽木其实已将迎来感情的破局。自从入夏以来，两人就再未见面，只是彼此发过几条简短的消息。

对绘里子来说，这应该是她不胜欣喜的局面。那，究竟是什么在折磨她呢？莫非，泽木对妻子说了些什么？现在假如能听听绘里子的说法，她的话是否值得相信姑且另算，至少，肯定可以了解一下泽木的近况。

仿佛是看穿了奈央子的这番心思，绘里子直接打来了电话。

"我挂了。"

奈央子断然回绝。

"你我之间最好不要再见面了。否则事态越发恶化，会往奇怪的方向一路发展。"

"这点我也清楚。"

绘里子态度执拗。奈央子不答应，她便决不放下话筒。

"只要稍微见一面就可以。我是真有为难的事情，不知道怎么办才好。"

"喂，我说绘里子，你就没有别的人可以商量吗？你的父母呢？朋友呢？"

"没有可以商量这种事的朋友。我父母也站在泽木一边，总在数落我的不是。所以这件事，我跟父母一句也没提。"

末尾这句话戳中了奈央子。结果是，两人约定要见面。至于地点该选在哪里，几日来，成了奈央子的一件头疼事。

当然，她不愿让绘里子到家里来。定在餐厅或咖啡馆之类的地方，又担心和绘里子之间的谈话会被周围的人听去。毕竟这个女人，很可能在众目睽睽下，满不在乎地把"你跟我老公还是一刀两断吧"，或者"如今我老公压根都不跟我上床了"之类的话挂在嘴边。话说回来，倒是可以考虑订个包间。但一想到这个，奈央子也不免心情沉重。和绘里子两个人，面对面待在包间里，一谈就是老半天，这么危险的事最好避免。

末了，奈央子选择了赤坂一家酒店的咖啡座。这里的咖啡或红茶价格贵得离谱，味道却不怎么可口。不过桌与桌距离宽敞，不必害怕谈话内容被别人听到。

约定的时间到了，奈央子到酒店一看，绘里子早已坐在沙发上等候。季节刚入十月，个别日子还残留着一丝暑热，她却穿了一件芥末色的厚外套。好一阵子没见，整个人瘦了不少，变得大大的一对眼睛，哀伤地望着奈央子。

"奈央子，好久不见。"

"确实。本来嘛，像我们这种关系，根本不该再见第二面的。"

咖啡端上来之后，奈央子率先挑起了话头。

"说来，你和泽木还时常见面吗？也是，他是你老公，见面也很正常。"

"上次我告诉你的那件事，的确是真的吧？"

奈央子死死地盯着她，重重点了点头。

"后来，我被先生骂得很惨。说事情变成这样都怪我，说不知道我到底是何居心。"

那是当然吧。奈央子话说一半才意识到，绘里子的所作所为虽确实卑劣，但从妻子的立场来讲，岂非十分正常？往奈央子的公司和父母家里寄奇怪的告状信，虽说卑鄙至极，但把泽木旧情人的事情告诉奈央子，却无可厚非。

诚然，奈央子因此遭受了狠狠的打击。但丈夫为此而向妻子发难，却怎么想都够没道理的。

"我猜，奈央子你恐怕早就发觉了，泽木这个人有点暴力倾向。倒也没有动手打人什么的，而是一种语言暴力，无休无止地痛骂我，折磨我，属于口头上的暴力。"

结婚当初就有这样的倾向。但状态恶化，却是在泽木最初辞去公司的职位时。他原打算作为经营顾问独立出来，创办自己的事务所。但绘里子的父母拒绝提供资金方面的支持，使他计划落空了。

"从那以后，他几乎天天折磨我。说我父母是骗子，既然把这种女儿丢给他，就理当承担相应的金钱补偿。"

"这话叫人很难一下子相信。"

"我就知道你大概会这样讲。不过，我说的都是实话。那个旧情人的事情也一样。他们两人刚分手那阵子，他也天天追着我骂，搞得我夜夜不能入眠。"

"那是因为你对待那个女人，也像对我一样，做了许多不合情理的事吧？"

"也许吧。不过我身为妻子，给自己丈夫的外遇情人打电话抗议，不是也很正常吗？我确实对你做了许多过分的事，但对之前那个旧情人，也只是打了几通电话而已。我完全不认为自己哪里做错了。"

泽木对绘里子实施口头攻势的同时，对她的父母却采取了另一种不同的态度。那就是，把自己形容成一个彻头彻尾的受害者。

"他那个人，嘴上功夫是真厉害。当着我父母，没完没了地诉说着自己吃了多少苦头，忍受了多少煎熬。为了我的事，我父母在他面前也感觉抬不起头来。我这个病……希望你能明白，我之所以开始去医院寻求治疗，就因为在他的语言暴力下受尽了折磨。与其遭受这样的虐待，还不如被痛打一顿来得轻松。"

说完，绘里子仿佛想起了什么，喃喃道："他那张嘴，当真是巧舌如簧。对人心看得太透。非常知道说什么话，怎么说，最能伤我的心，把我伤到体无完肤。"

奈央子想起泽木在自己耳边诉说的绵绵情话，确实让自己深深尝到了恋爱的喜悦。假如把这些情话都称之为"巧舌如簧"，便等于彻底否定了泽木给予她的一切爱的赞美。

"既然如此，那你离婚不就行了？"

奈央子怒从中来。

"真搞不懂你是怎么想的。一个令你痛不欲生的男人，为何你却死活不愿意离开他呢？"

"那还用说？"

绘里子狠狠瞪向奈央子。

"就算被他如此折磨，我也依然深爱着他，根本离不开他啊。"

接着，绘里子露出了畏怯的神情。

"因为……"

欲言又止的她，不停翕动着苍白干燥的双唇。

"我现在……又怀孕了。"

又怀孕了？！听到绘里子吐出这几个字时，首先向奈央子袭来的，是恐怖感。

曾经与自己爱得天昏地暗的男人，竟然让妻子"又怀孕了"？伴随恐怖感向她涌来的，明明该是强烈的怒意，但奈央子却一阵失语。她已做好准备，打算迎接此生从未经历过的强烈愤慨与憎恨。然而，到访的虽有些许愠怒，更多的却是一股莫名其妙的情绪，似乎可以称其为"怨怼"，是一份对象不明，不知该指向谁的厌恶。

"我真……服了。"

终于能出声了。

"一直以来，我都被你们夫妇二人耍得团团转。这究竟是怎么一回事？"

"真是对不起。"

绘里子垂头致歉。事态越来越诡异了。

"发生这种事，我也吓了一大跳。"

"什么吓一跳不吓一跳的，你跟泽木上了床才会发生这种事吧？"

口中吐出这样的质问，却并未伴随什么痛苦，这反倒让奈央子颇为自己感到惊愕。

"既然上了床，发生了肉体关系，那怀孕也不值当大惊小怪吧？"

"嗯……那个……"

绘里子一脸怯懦之色，像是个被奈央子呵斥之后，正拼命思考如何补救的职场后辈。

"为什么会发生这种事，我是真的没搞明白……"

"谁先提出来的？是他还是你？"

这副口气，仿佛是在声讨新进员工犯下的错误。奈央子自己也不禁愕然。然而，绘里子却以她一贯的口吻，淡然开始了讲述。

"哦，是我先生。我也吃了一惊。毕竟，我们已经三年没有夫妻生活了。记得上一次我提出这方面的要求时，还被先生直截了当拒绝了，说跟我提不起这种兴致。谁知，最近我们的状态明明比从前恶劣多了，他却冷不丁做起了那种事。不是情之所至的那种感觉，而是粗暴地强迫我……"

最后这句话，狠狠戳在了奈央子心口上。

一瞬间奈央子想到，会不会泽木已经自暴自弃？是自己了解了泽木过去的情感经历后单方面决定不再见面的。难道说此事给他造成了严重的伤害？在强烈的寂寞和对肉体的渴望下，才身不由己对绘里子出手的？但奈央子转念便羞耻地想，自己这样擅自替对方开脱，未免也太卑贱了。

"泽木知道你怀孕的事吗？"

"不，还不知道。但他肯定会说'堕掉去吧'。在离婚诉讼的过程中却意外怀孕，说来实在丢人，但世间这种例子似乎还挺多的。"

绘里子这个人，原本在诉说自己的心理或状况时，就有点面无表情。此刻她依然是这副淡然的模样。对这样会给别人造成多大伤害，她似乎全然不曾在意。

"我为了取走自己的物品，而回到东京时发生的，不止一次。我在家大约待了三天，每天都会做。先生和我好像完全不曾考虑过怀孕的可能。这挺蠢的，但没有办法。毕竟好久没做过了，脑子不太会往怀孕的方面去联想，大约也存在这个因素。我有一种感觉，我们似乎都认为关系如此恶劣的夫妇，即使上了床，也不会怀上孩子。"

"但实际上，你怀上了不是吗？"

"是的……"

绘里子疲惫地叹了口气。

"怎么办好呢？我真的没了主意……父母那边，我也羞于和他们启齿。一直以来，我们夫妇的事没少让他们跟着烦心。"

"这倒也是啊。"

只能堕掉了吧。这个念头在奈央子胸中翻滚着。虽说此事当真可恨，但面对这种局面，奈央子的心中又渐渐浮现了"建议"两个字的轮廓。

"作为一个没有孩子的人，我说这话可能略嫌失礼，但肚子里的孩子，看样子你只能放弃了吧。"

我说，绘里子，其实你也醒悟了吧？你先生在外面和别的女人纠缠不清的同时，也能随随便便和你发生关系，并且连避孕措施都没有。在这种时期怀孕，简直跟事故差不了多少。瞧这情形，只能悄悄去把孩子解决掉吧？而且啊，绘里子，赶紧和你先生分手，开始新的人生吧……

奈央子明白，她这番话，其实一半是说给自己听。

许多杂志和电视节目不是都在讲吗？不伦恋之中的女人，最不甘最气恼的时刻，就是得知男人的妻子怀孕的瞬间。再也没有比这更为严重的背叛了。杂志特刊里有位女作者就是这样写的。

然而，这样想充其量不过是女人的自作多情吧？事实上在泽木的头脑中，毫无疑问，根本不存在什么"背叛"之类的意识，他只是时不时为某个女人激情燃烧，将对方当作是那一刻的"最爱"罢了，与此同时，也会伴随一些冲动无脑的举动，全然不顾过后是否会产生有悖情理的结果。

啊，奈央子感叹，自己终于理解了泽木这个男人的行为逻辑。同时，她也明白，这份理解也关联着另外一个结论。

"但是，我想生下来。"

绘里子蓦然抬起脸。眼白的部分如此警醒，扬起的眼梢透露出坚定的怒意。奈央子还是头一回看到她如此锐利的眼神。

"无论如何，我都想生下来。我决不要偷偷摸摸地把孩子堕掉，就这样心甘情愿地离婚。"

她仿佛看穿了奈央子心中的"建议"。

"那好，你打算怎么办？"

"我打算把第二个孩子生下来，再想办法跟我先生重修旧好。不管别人劝我会有多麻烦，反正没有他，我就是活不下去。他已经不爱我，也不再需要我了。但我仍需要他。这次怀孕，更让我认识到了这一点。"

"既然你主意拿得这么稳，那我也无话可说了。"

"不过，先生肯定不会同意我生下这个孩子。毕竟他现在正为你神魂颠倒，一时半会儿不可能放弃。我到底该怎么办好呢？"

"无可奉告。"

奈央子的声音从未如此冷漠。

这阵子手机总是频繁地响个不停。对方是谁，奈央子很清楚。是前些天在联谊会上认识的森山。

此刻，我正在新干线的列车里。这趟是去大阪出差。邻座的老大爷呼噜打得震天响，看来想读几页书也办不到。

我正坐出租在回家的途中。刚在银座喝了酒。别看是银座，这家店可真够寒酸的。

刚在丸之内大厦吃了一顿法国菜，味道蛮不错。那里环境越来越清静优雅，情调很不错。

仿佛在被动收看这个男人的日记。收信记录越攒越多。奈央子总是每隔四五条才回复一条，内容也大多是不冷不热的客气话。

　　说是经济不景气，加班依旧很多，每天累得要命。这阵子有个朋友介绍了一家赤坂的快捷按摩店，此刻我正在这里排号。

本以为自己的回复没给对方留下任何可乘之机，谁知人家打蛇随棍上，见缝插针地回道：

　　若是为了舒缓疲劳，还是美食更有治愈力。赤坂有家超级好吃的泰国料理，野田小姐务必一起去尝尝哦！

奈央子心想，吃泰国菜的话，还不如约博美同去呢。谁知跟博美一说，她拼命摆手，一副"休要再提"的模样。

"我的人生，好歹也拥有老长一段联谊会的经历了，还没见过如今这么不像话的呢。大概也怪我自己上年纪了吧，遇到的犯规男越来越多。搁在从前，凡是有女朋友的男人根本就不会跑来现眼。这属于联谊会的基本常识，不是吗？可最近这阵子，连有妻有娃的男人都偷偷摸摸来打牙祭了，真是世风日下、人心不古啊……"

博美夸张叹气的样子太好玩了，奈央子忍不住笑了出来。

"这段日子，已经鲜少听说谁能跟联谊会上认识的男人成功发展了。而上次的联谊会，奈央姐却遇到了一个积极主动上赶着追求的男人。对待这样的男人，撒手让他跑掉是不行的哦。手里必须多握几个备选项。就算和眼前的男朋友再恩爱，也不能毫无后手。再说了，你那个已婚男也太难搞定了不是？"

对泽木，博美直言不讳地点评道。

"所以说，答应跟这个森山吃顿饭，还是挺有必要的。据我的调查显示，他目前好像还没有正牌女友。之前有段时间，似乎跟同一届入职的女孩传过交往的小道消息，但听说那女孩最近已经嫁人了。"

被博美怂恿的这天，又收到了几封森山发来的消息。

我发现了一家和食屋，味道好得不得了。趁着它还没被媒体大肆追捧，我们两个去大吃一顿如何？我下周比较有空，可以配合野田小姐的时间。

话是这么说，但广告公司的大忙人和一个商社的职业女性，日程总也凑不到一起。

索性定在周六怎么样？

森山提议。

"周六啊……"奈央子有些迟疑。能够排在周六的约会，都是"恋人专属"。和一个只见过一次面的男人约在周六，奈央子觉得有违自己的原则。在身心皆放松的假日，还要拼命给自己鼓劲儿，化妆，选衣服……这种累死人的操作，除了为自己心爱的男人，还真是不乐意干。

然而，森山咬住不松口。

错过了本周，下周我又得去出差。现在这个时候，正是松茸最鲜美的季节。务必，务必要抽空去吃一顿。

最后，两人约在了周六傍晚，在六本木的星巴克碰面。为了一个几乎忘记长什么样子的男人，要挑来选去，考虑穿什么衣服，真叫人心有不甘。但冷淡地敷衍一个对自己抱有好感的男人，让他灰心失望，奈央子也不乐意。结果是，她放弃了正式的西服外套，选了件色彩明亮的针织衫。干净的配色加上菱形的几何图案，是最近流行的英国进口款式。下身再搭配一条深灰色Ａ字百褶裙，简直如同女学生。几何纹样搭配Ａ字裙，这样让人有点不好意思穿出街的打扮却意外地适合奈央子，让她心里美滋滋的。

前几日绘里子的那番话，比奈央子想象的更加腐蚀她的心境。一旦被什么触动，联想到绘里子那句"我又怀孕了"，她就难受得不行，感觉之前刻意培养的信念与定力全部轰然倒塌，发出崩坍的巨响。人心当中，到底是否还存在一丝真诚？男人与女人，究竟还能否由衷地相爱？追问人性最根源的问题，会让活着这件事本身也疲惫到不堪承受。

有人在失恋之后会紧接着辞职，大概也是出于这个原因。

在这个当口儿，"绝不能输"，奈央子铆足了全身劲头。她一直都有"辞职给这帮人瞧瞧"的念头，此时也想法依旧，不过要选择身心状态都比较健康的时候去做。像目前这样心境低落的时期，没必要去捡起一张差牌。她感觉此时有股负面的力量正在暗中运作。为了将她抛下深渊，为了让她远离一直以来平稳行进的轨道，这股邪恶的力量正在背后作祟。怎么能乖乖跳进它的陷阱呢？奈央子扎稳马步，做好了全副对抗的准备。

这绝不是什么"自律心"。这阵子，奈央子在一贯的时间起床，睡得却比平时还早，三天去一次健身房，在网上阅读海外的新闻头条，饮酒非但没有增加，反而减少了外食的次数。

愈是有难过的事情发生，愈要借助日常惯性的巨大力量去抵御它、战胜它。这是奈央子一贯的做法。虽说谈不上雷厉风行，但至少，沉溺在自己的感情中颓废度日，是她所不愿意的。

年轻的时候她没少干这等傻事。每次同男人闹分手，就躲在被窝里哭哭啼啼，一直赖到日上三竿才会起来；一旦跟男朋友吵架赌气，就和朋友借酒浇愁，一直滥饮到天明。

而三十五岁的奈央子，不能再以伤心事和痛苦为由任性胡为了，必须借助金钱、时间或其他更多手段，暂时调节自己的心情，使自己的状态稍微得以振作。

今晚和森山的约会，或许也是其中的手段之一。

坐在星巴克里，奈央子点了一杯摩卡。此刻喝这个，虽说时候不太对，但放了超浓牛奶的摩卡是奈央子平素最爱的饮料。不过话说回来，饭前喝太多咖啡，舌头的味觉会变得迟钝，所以奈央子小口小口地嘬着杯子，要是换作平时，她宁可叫一小瓶啤酒先喝起来。

正在这时，她瞧见玻璃幕墙外面有个男人冲这边挥了挥手，是森山。原以为自己早已忘记他的样子了，实际不然。他穿一件白色粗花渔夫毛衣，由于个子较矮，看起来还像个大学生。一想到两人仿佛一对男女学生在约会，奈央子就觉得怪怪的。

两人朝饭仓方向走去。一旦肩并肩，奈央子发觉森山比想象中矮得多。再加上体育锻炼造就的一副宽肩膀，越发显得身材矮小。

万一我爱上了这个男人，对他的身高会不再介意吗？奈央子心中不禁暗忖。不，这种事不可能发生在自己身上。它大概会造访别的女人吧。

假如自己具备一种才能，或者说性情该有多好？拥有一颗单纯善良的心，哪个男人爱上自己，自己就立刻爱上哪个男人。具备这样可爱性情的女人，都能迅速斩获幸福。可惜，自己没有这个能耐。虽说可悲，却是事实。

森山向右转了个弯，走下一条小小的坡道。某座大厦的一楼，亮着白色的灯光。

"就是这家店。"

看起来似乎新落成不久，推开洁净的木门，店内小小的，仅有一列吧台与两张餐桌，几乎坐满了客人。两人被领至桌边。

"其实坐吧台吃饭更有意思，但我考虑在这里能好好聊天。"

森山不经意地说。片刻后，店员送来了开胃的白芝麻豆腐拌凉菜。蟹味菇与栗子充满秋日独有的鲜香。刚吃得开怀，一小碟白肉鱼生又端了上来。

"野田小姐，来瓶日本酒怎么样？"

"好啊。"

"这里的日本酒种类还挺齐全的。我直到前阵子，吃日料的时候还会装模作样点瓶干白来喝，但最近这段时间，开始觉得还是日本酒跟美食最配啊。"

"我也是。看到有人坐在日餐的吧台边，装腔作势地喝着干白，就觉得哪里不对劲。"

"没错没错，前些天有人请我吃日料，点了高级的勃艮第白酒，配着乌鱼子一起喝，那味道，简直让人想吐。本来酒和菜都是奢侈的高档品，配在一起却真是白瞎了好东西……"

这家店的菜品道道好吃，佐餐的吟酿酒也十分醇美。但比起眼前的美食，与森山的聊天更意外地叫人开怀。两人边夹菜，边聊得兴起。好酒，好菜，说说笑笑，三件美事犹如齿轮般欢快地滚动。这份舒畅，令奈央子的酒兴一点点高涨，连她自己也有所察觉。久违的快活时光，不知不觉间，使她换上了一副老友的熟昵口吻。

"喂，我们索性做酒友吧？"

"那我可不要。"

"呃？"

"那是肯定吧。对方明明是自己心仪的类型，却提出要和自己做酒友，哪个男人听了这话会兴高采烈地答应啊。"

"哦？原来我是你心仪的类型呢。好开心啊，已经好久没有被谁这么表白过了。"

内心还未做好准备。嘴里正大嚼土豆炖牛舌，男人却突如其来展开告白，令她始料未及。奈央子故意俏皮地噘了噘嘴。

完全得不到男人的青睐，固然悲哀，但对男人的心意感到难以回应的当下，却有人凑在耳边热烈地吐露衷肠，也是件累心的事。奈央子发觉，欢快的齿轮"啪嗒"停了下来。

"毕竟不是二十来岁了，双方先做上好几年朋友，然后才开始交往，不觉得太浪费时间吗？"

"是吗……"

其实奈央子心里也常这么想，但仍装出微微惊讶的样子。

"那可不。像奈央子这样的，一见就是我钟情的类型，轻易遇不上一回。所以必须向前，向前，全力出击！"

橄榄球手式的告白风格，让奈央子忍俊不禁。她决心要对森山开诚布公。

"不过，就算你全力前进，目前的我，恐怕也只能连连后退了。我暂时还没有展开一段恋爱的心情。"

"我知道啊。你在和一个有太太的男人交往，对吧？"

虽在预料之中，但奈央子胸中还是涌起一团苦涩。由于绘里子闹出的乱子，奈央子的恋情似乎成了一份相当有名的谈资。

"哦，请不要误会啊。我个人对奈央子小姐比较感兴趣，所以自己做了一些调查，并不是你的隐私已闹得尽人皆知。"

拼命补救的森山，看来是个好人。奈央子心想。

"了解到你的事以后，我虽说有一点失落，但反过来想，这恰好说明我也有机会。如果你正在跟一位单身男士热恋，我连插一脚的空子恐怕也没有。正因为对方是那种身份，我大概还有点戏吧。"

"为什么，你会觉得自己还有戏？"

奈央子望着森山的眼睛，这个长久以来自己也在烦恼的答案，她希望问问这个第二次见面的男人有什么看法。

"那肯定啊。有妻有子的男人，是绝对不会抛弃家庭的。瞧瞧我身边那些例子，无不如此。"

奈央子决定当即忘掉这个回答。毫无新意的答案。同样的话，不止一人曾对她讲过，母亲讲过，朋友讲过。奈央子自身也早就得出过同样的结论。

所以，她觉得再过一段时日，就会将泽木忘却。事实上，他们已两个月未见，也未通过电话。偶尔发出的手机短信，是将两人联系起来的唯一纽带。因此，她坚信一定能将泽木遗忘。在自己之前，他还拥有妻子以外的其他情人，实在是个毫无诚意的男人，所以一定能把他忘掉……

"你哭了？"

森山笨拙地递过来一坨湿毛巾，仿佛伸过来一只拳头。

"抱歉，好像说了让你不开心的话。我这个人吧，只会对真正喜欢的女人直球猛攻，不懂运用各种追求的技巧，所以总被说不够理解女孩的心思。真对不起。"

"没有，没有。"

奈央子连忙摆手。

"我不是因为你的话才哭的。老实说，大概最近感情不太顺利，心境感觉有些灰暗吧。"

"这个嘛，是肯定的。"

森山点点头。

"和有老婆的男人交往，基本上发展得都不会顺利啊。"

"喂，你究竟是安慰我呢，还是在揭我的伤疤啊？"

"啊，抱歉抱歉。"

说到这里，两人都莞尔一笑。

接下来，又喝光了三瓶二合装的清酒，两人才走出店外。奈央子提出各付各的账。

"少来了！"

森山用呵斥的口吻回道。

"是我邀请你的，就该我来付。约会的花费还要 AA 制？女孩子不需要考虑这么多。"

奈央子飞快地瞥了一眼，发现他并未索要发票。这让她心里暖暖的。

"喂，我们再去喝一家吧。这次是专卖烧酒的店。他们会用有机栽培的超级美味的水果，来兑烧酒给客人喝。"

"好棒啊。"

打了辆车，行驶到宽敞的大道时，奈央子的手机响了。方才吃饭时她暂且关了机，从店里出来后，为了查消息才打开了电源。

"啊，奈央子，你在哪儿呢？现在做什么呢？"

是绘里子。从未听过她如此急切的声音。由于语速太快，听起来犹如机器发出的电子音。

"拜托了！请你现在过来一下！帮帮我！"

"你先冷静。出什么事了？有话慢慢说。"

"我说出了怀孕的事，结果却是先生把我揍了。我拼命逃开了，现在躲在洗手间里。求求你，帮帮我吧！"

"帮不帮的，你试试报警看啊？"

"报警的话，事情会闹大没法收拾的。求你了，奈央子，来吧！"

电话猛然挂断了。奈央子望着身边森山的脸。怎么办好呢？她又想征求森山的意见。

"我也一起去。好了，走吧。"

虽对情况一无所知，他仍坚定地发话道。

出租车飞驰在夜晚的街道上。

在擦身而过的车头灯的光亮中，只有中年司机肩膀的轮廓清晰地浮现在黑暗里。

奈央子身旁，紧贴而坐的是森山，距离近到彼此的体温融在了一起。她吃惊于自己对此竟全不吃惊。

今晚明明是两人的首次约会，偏偏不巧，收到了绘里子的电话，说什么丈夫对自己实施家暴。电话的内容并未向森山转述，而他却当机立断提出："我也一起去。好了，走吧。"

对整个事态，他究竟理解到什么程度了呢？

往好的方面解释，大概他凭直觉判断，发生了重大紧急事故，不愿让奈央子一个人独去。又或者是在广告公司工作的男人，身上所常见的爱凑热闹的天性与八卦之心使然？不管属于哪一种情况，奈央子都立即同意了森山的陪伴，与他一起朝泽木家的公寓赶去。

倘若换作平时的奈央子，这会儿肯定冒出一堆乱七八糟的想法：冷不丁带个男人上门去，泽木若是误会了，恐怕会更加怒不可遏。作为一个自尊心特别强的人，泽木恐怕会对森山破口大骂，叫他滚回去。再往深了想，这样贸然跑到泽木家去，绝不能说是明智的做法。就算自己还未有那方面的意思，可森山毕竟算是"恋人候补"的角色，正对自己展开热烈的追求。自己或许会和他展开一段全新的恋情。明知如此，还让森山目睹泽木与妻子争端的现场，这等于是把自己的过去，悉数暴露在森山眼前。自己同有妇之夫交往的事，据森山说，他已经知道了。但是，将过往的修罗场在他面前袒露无遗？或许，终究称不上是良策……

不过，对此时的奈央子来说，这些都已无所谓了。望着对面的车头灯飞快驶过，一盏、两盏……奈央子发现脑子里竟一片空空。

"顺其自然好了。"

倒也并非已自暴自弃。只是一颗心在悲哀里愈来愈清醒、澄明。

"这样一来，就跟泽木彻底了断了吧。"

一切已水落石出。从在夏威夷初次邂逅直至今日，当中太过纷纭曲折。在此之前，奈央子虽说也谈过几场恋爱，但不伦之恋还是平生头一回涉足，过程中尽是痛苦伴随。因为对方妻子的嫉妒，让她在公司后辈面前铭记了屈辱的滋味，也让父母陪着心碎落泪。即使如此，她与泽木也要坚持到底的这份执拗的爱，究竟算是什么呢？所谓真爱，只是奈央子一厢情愿炮制的幻影吗？

尽管状态混混沌沌，奈央子脑中也始终有一个角落，藏着对现实能够清醒反应的另一个自我。

"司机先生，麻烦在下一个信号灯右拐……对的，哎，再过五十米左右，能看见右手边有栋白色公寓楼。"

森山瞥了奈央子一眼。他肯定在想，她究竟来过这里多少回吧？

下车的时候，森山麻利地翻开皮夹。奈央子叫了出来："不要啊，你只是陪我来处理我的事情。"

奈央子不再去看森山的表情，推开公寓玄关的大门，来到对讲机前，果然不出所料，老半天才有人应门。

"喂？……"

里面传来泽木的声音，低沉而压抑的嗓音，显示出内心的警觉。

"喂喂？是我啊，野田奈央子。"

并非"奈央子"，她刻意自报了全名。

"呃，你怎么来了？"

"先别问了，开门好吗？"

"这，此刻不太方便。抱歉，你回头再来好吗？不，附近有一间家庭餐厅，你去那里等我一下。"

泽木的语速一下子急促起来。奈央子断然拒绝。双方隔着对讲机，她认为口气必须足够强硬。

"请立即开门！拜托了。你不开的话，我去叫管理员了！我说话算话。"

对方一声不吭挂断了对讲机。接着传来楼门弹开的声音。奈央子与森山默默走进大厦，刚上电梯，森山终于开了口。

"还挺惊险的啊。"

"这可是事关人命的紧急状况。"

"呃……"

"没错。"

绘里子的状况固然叫人担忧，但奈央子更不放心的是她腹中的孩子。妊娠初期极其容易流产，这点常识连单身的奈央子都知道。万一今晚出点什么娄子，恐怕自己要永远背负着负疚感生活下去吧？

到五楼下了电梯，这是一座每层四户的旧式高级公寓。向左手边拐，最后一扇门便是泽木家。毫不意外，大门锁得死死的。奈央子不厌其烦一遍遍按着门铃。稍微过了一会儿，铁质的大门才从里面打开了。

许久不见的泽木，样子非比寻常，一如眼前的状况。衬衫外虽套了件黑色针织衫，但最上面的一颗纽扣已狼狈地崩开。他横眉怒视，穷形尽相，见状奈央子心想，抬手对女人动粗的男人，大概都是这么一副德行吧。

"绘里子在哪儿？"

"卧室里……"

话说一半，泽木注意到了旁边的森山。

"这男的，是谁？"

"我挺想说自己是奈央子的男朋友，不过目前还没登上候选人名单。感觉今晚的状况有些不太寻常，就作为保镖陪她过来了。"

森山似乎在努力掩饰眼下的尴尬，用俏皮的口吻答道。可惜效果却截然相反。

"抱歉，你请回吧。"

泽木正想关上屋门。

"不行，这我办不到。丢下奈央子自己回去，我会担心得受不了。"

谁知，森山动作麻利地将一只脚伸进正要关上的门内，强行挤进了屋来。

"喂！你等一下！你怎么随便往别人家里闯？"

"不是都说了吗？我担心奈央子的安全。"

"有什么可担心的？你到底有哪门子权力，这样闯到我家里来？出去！出去！"

两个男人争持不下的当口，奈央子直奔卧室。心里恨自己为什么对卧室在哪儿都这么清楚。

即将推开房门的刹那，一阵惧意袭来。她在脑子里想象着，莫非绘里子此时正浑身血污？

门开了，屋里没开灯。可以瞧见双人床的里侧，横躺着一个人影。

"绘里子……"

刚才害怕的"浑身血污"，一滴血也没有看见，奈央子稍稍放下心来。绘里子缓缓坐起上身，用毛巾捂着脸颊。奈央子摁亮床头灯。这一串动作或许过于熟练，但有什么法子，谁让她是奈央子。

"绘里子，你没事吧……"

奈央子趋近床前，但一瞬间她犹豫了。大大的疑问占据了她的心头。

"这里发生的一切，罪魁祸首是不是我？"

原本相亲相爱的夫妻，是否由于她的出现，情感生出了裂痕？导致此刻这出闹剧的人，会不会正是自己？不，不可能。奈央子果断挺了挺胸，这对夫妇老早以前就不对劲了，不管心思也好生活也好，关系中的一切都不合拍，到现在还不能清楚了断，一定有它的匪夷所思之处。

"难道说……"

怯于承认真相，一直不敢得出结论的她，此时终于心下了然。

"一直以来，这对夫妇才是主角。而我，或许只是恰好误入其间的一名闯入者。"

眼睛逐渐适应了昏暗。最近处，是绘里子的脸，眼底闪着灼灼的光，是憎恨还是感谢，奈央子也看不懂。她是真的捉摸不透这个女人。

"奈央子……"

没想到，绘里子的声音清晰而平静。

"先生打了我。以往他总是把家里的东西又扔又砸，动手打我还是头一回。我震惊得要命，不知怎么办才好，就抓起手机冲进了洗手间，从里面把门锁上，一动不动在那儿躲着。真的好吓人……"

"是吗……"

"后来我想起了奈央子，心想假如是你，一定会来救我。"

绘里子仍用毛巾摁着脸颊。把她的毛巾拿掉会怎样呢？奈央子不由浮出一念，那张脸没准儿既不红也不肿吧？今夜发生的一切，莫非都是场狂言①大戏？不只有绘里子，而是由他们夫妇二人共同策划……

此时，卧室门被猛地推开了。仿佛所有情节皆按照剧本上演，主角之一正力图营造一个戏剧高潮。

"你再说什么都没用了。"

泽木的目光不是投向妻子，而是望着奈央子。

"我又一次被绘里子算计了。自从生了女儿以来……"

说到这里他语塞了，吞吞吐吐。

"她一直都有服避孕药的，声称绝不愿再怀孕了。说得好听，事实上却在暗中算计。我是认真计划要离婚的，她就打算拿孩子来绑架我。太卑鄙了。真没想到她会使出这种招数。"

泽木这回又转身面朝绘里子，背影笼罩在客厅透过来的光线中，

_____

　① 日本古典戏剧之一。——译者注

288

使他看起来身形庞大。在蛮横又不近情理的怒火中，扭动的躯体投下巨大的黑影，将妻子彻底吞没在其中。

"你在说什么啊？！"

奈央子叫道。

"你们目前还是夫妇吧？夫妇的话，难免会做爱吧？做爱就极有可能怀上孩子吧？明知如此，还说什么被算计了，你到底怎么想的？你自己的孩子啊，你竟然不觉得疼爱吗？"

"你，难道不明白我是什么心情？"

泽木转而瞪视奈央子。一旦彻底豁出去之后，奈央子终于得以用一种清醒的目光打量眼前这个男人。然而，泽木似乎误解了她的眼神，以为她在与自己"深情对视"。

"你应该很清楚吧？我盼望和你从头展开新的人生，盼望可以重活一遍。可是……可是……"

令奈央子震惊的是，大颗大颗的泪水，自泽木的双眼汹涌滚落。

"可是这个女人，总会将一切搅得乱七八糟！"

动作快到让人措手不及，泽木飞身朝绘里子扑去。

"住手！"

比奈央子更先一步，一个黑影冲了过来，是森山。看来以前不愧是玩橄榄球的。体格矮小的他弓着背，势头飞快地箭步一跃，骑在了泽木的身上。泽木身躯摇晃着，轰然倒在床上。森山继续将他压在胯下。

"喂，我警告你，别太过分了！"

森山身下，泽木用力挣扎着，却无法从重压之下逃脱。

"又打算朝太太动手，你到底是什么意思？我报警咯？警察……最近家暴事件太多，警察都会认真介入的，我告诉你。"

"警察"两个字，让泽木迅即安静下来。片刻后，他低声说："放开我。"

"泽木……先生对吧？说好咯，不许再乱来咯？人家都喊我早稻田的森山，我可是蛮有名气的橄榄球手，真干仗的话，你就危险了。"

隔了半晌，泽木缓缓坐起身。奈央子趁这个当口，快速摁亮了屋里的荧光灯。白色灯光下，四个男女各自的姿势一一浮现出来：靠墙而立的奈央子，坐在床上的泽木，半躺的绘里子，而森山规规矩矩地守在泽木身旁。良久，大家都呆愣着，保持着这样的姿势。静寂中，奈央子最先按捺不住开了口。

"各位，要不要喝杯茶？"

闻言，绘里子动作迟缓地站起身。

"我来帮把手吧。最好喝杯热咖啡，稍微调整一下情绪，你们夫妇俩。"

对泽木来说，尤其末尾的"你们夫妇俩"，听起来冰冷而疏远。然而，奈央子继续叮咛："你们两个都冷静一下吧。"

"我说……"

森山的声音过于明快，听起来有些没心没肺。

"我的任务已经完成，你们三个喝咖啡吧。我去楼下大堂里等着，有什么事你就打手机喊我。"

"谢谢你。"

按道理，此时应该请森山回家才对吧。但奈央子不愿放他回去。主动提出在楼下等候的他让奈央子有一种安心感。

把森山送至玄关，返回屋内，见桌上摆好了三只杯子，里面装着咖啡。奈央子心想，这么快就做好了，大概是速溶的吧。尝了一口，果然。再加上是在冰冷的杯子里直接注入了暖瓶里的热水，咖啡温吞吞的，喝起来满口渣渣。不过奈央子嗓子正干渴，一口气便干掉了半杯。

"话说回头……绘里子，我觉得你今晚最好先到别处住一宿。我负责送你过去，订个酒店房间好了。我们公司有 VIP 资格，很便宜就能入住，位置就在品川。"

绘里子点点头，依旧用毛巾捂着脸。

"我……"

她目光凄然，投向泽木的侧脸。

"真没想到，你竟这么恨我。"

"那是当然吧。"

泽木怫然回道。

"我们两个再也走不下去了，这一点想必你老早就心中有数吧？换成别的夫妻，早就干干净净一拍两散了。那样对我们双方都好。可你，为什么就是不肯痛痛快快分手呢？"

"我不愿意。"

绘里子像个孩子，用力摇着头。眼妆彻底糊掉了，下眼皮露出一道黑黑的粗线。

"我不想和你分手。所以才愿承受一切折磨。就算你骂我，在外面找别的女人，我也忍过来了。"

奈央子小口啜着剩下的咖啡，感觉脊背汗毛直立，一条黏黏的东西缓缓爬了上来。在对待男人的态度上，她从未见过像绘里子这样抵死偏执的女人。

"哎，绘里子。"

"什么？"

"听我说一句好吗？为什么你和泽木死活分不了手呢？为何要执

拗到这种地步呢？"

"因为，我觉得他是命中注定的人啊。"

绘里子脸上挂着微笑，松开手中的毛巾。奈央子倒吸一口凉气。只见眼角处因内出血而一片淤紫。

"不管发生什么，我都要生下这个孩子。然后同我先生和好，挽回我们的婚姻。"

泽木已说不出任何话来。

不必向我道谢啦。深夜护送一名女性，是理所当然的礼节。不过，那位太太还真是不可思议呢。去酒店的路上，你不觉得她看起来很开心吗？

总之，尽管发生了许多波折，让我们先去美餐一顿吧！当时，你拼命保护那位太太的样子实在太酷了，令我终生难忘。

紧随这封邮件，森山又打来了电话。

"奈央子，河豚你爱吃吗？"

"当然啊。"

"那下周怎么样？我在根岸那边发现一家河豚屋，特便宜，特好吃。是一对大叔大婶经营的小店，里面有点脏兮兮的，大概正因如此才格外便宜吧。他家的炸鸡那才叫棒呢。我觉得是全东京最美味的馆子了。"

森山变得有些贫嘴。肯定是怕被奈央子拒绝。遗憾的是，奈央子果然拒绝了他。

"下周我不太方便。恐怕有一大堆工作需要加班。"

"那，再下周呢？虽然有个连休，错开它总行吧？"

"不好意思，我不太有那个兴致。"

"没有吃河豚的兴致？"

"哪儿啊，不是吃河豚，是和男人一起吃饭的兴致。"

"我应该还不算什么'男人'吧？虽说有点遗憾，但我们只是一起吃饭的朋友嘛。"

"算是吧。不过，我目前想好好思考一些问题。"

"明白了。好吧，反正河豚不会逃跑，我就耐心等待吧。"

放下电话，奈央子撂倒在床上。恐怕再怎么解释，森山也不会明白吧。现下对她来说，事无大小，件件都让她筋疲力尽。

以前她也失恋过。被男人甩过，也甩过男人。但在那样的时候，胸中必定还存有一线希望。那便是："我会找个好男人给你瞧瞧！""将来某天，我一定会谈场轰轰烈烈的恋爱，幸福地结婚给你看！"她总能在内心当中，重新燃起强烈的斗志。

而此刻，什么也没有。只剩下一再重蹈覆辙后，徒然的叹息，以及饱腻到呕的一种情绪。

假如与森山去吃河豚。当晚，两人有可能会在根岸接吻。接下来如果去吃意大利菜，他恐怕又会提出上酒店开房。说不定，还会要求到奈央子家过夜。

尽管提不起兴致，奈央子也难免碍于情面，顺着对方的意思而上床。做爱之后，行吧，还算快乐，于是渐渐喜欢上对方。接着，男人便以此为由，态度越来越积极。每周一次约会，吃吃饭，上上床，形成了一套固定不变的程式。

过程中，男方会说"我爱你"。奈央子大约也会回应"我也是"。而内心真实的想法，却可能是"恐怕还不到这个份儿上"，只不过出于礼貌而把爱说出了口。这么一来，"言灵"这种东西便开始作祟。由于天天把"我爱你"挂在嘴边，自己对男人的爱意也一日比一日深浓。

过不了多久，男人或许会提出求婚。又或许不会，让奈央子醋意大发。一来二去，蹉跎着，延宕着，两三年便搭了进去，奈央子又老了一截，跑美容院的次数更勤了一点，如此而已。

"所以，要怎么解释呢？"

并不是巴望此刻立即结婚，而只是厌恶了将这一套程序再重复一遍而已。

森山这个男人绝不算差。除了个头有点矮，人品又好，又姑且算是半个精英，更没什么值得单拎出来的缺点。只不过，森山这一类型的男人，奈央子觉得似乎以前已经遇到过，且以后会再遇到。这样的男人，会让你清楚地预见，将有如此这般的一场恋爱。

某一时期，曾让自己坚信为"命中注定之人"，不管发生任何事，都必将结合在一起的泽木，也和自己那样惨淡而狼狈地收了场。奈央子仰面躺在床上，试着数了数过去恋人的数目。从十七岁至现在，合计七人。这样的数字，在如今这个年代，恐怕也谈不上太多吧。其中有沟口那样一直交往了五年的男人，也实属无奈。再说男人这东西，也不是越多越好吧。

奈央子不禁想起一首歌。歌名《旋转木马》从她脑海一掠而过。所谓"旋转木马"，不知唱这首歌的人是如何理解它的含义的呢？

现在，奈央子在头脑里描绘出八匹旋转的木马。圆形转盘上，她轮流跳上每一只马背，不停地在原地兜着圈子。即使座下的木马换了，旋转的场地还是原先那一个。就这样转啊转，周而复始。眼看别的女人刚才就已跳下了木马，朝着游乐场的出口奔去。那里有一座名叫"婚姻"的主题乐园，看上去有趣得紧。

倒也并非不惜一切代价也要前往那座乐园，但奈央子已经厌倦了待在旋转木马上。每一次换乘，都要怜爱地抚摸着座下的木马，轻声细语地哄劝："我最喜欢你哦。"

她早已发自内心地腻烦了。

电话又响了。

"喂，是我。"

还是森山。

"过十分钟后，你去瞅瞅公寓楼下的信箱。"

"呃？"

"就算没有吃河豚的心情，我想吃金锷饼的心情总该会有吧，就放你信箱里了。"

"为什么是金锷饼呢？"

"只是反射性地认为，不吃河豚的话，那就是金锷饼吧。"

"傻里傻气。"

"不好意思。"

当真是傻里傻气。奈央子又嗔怪了一遍，挂断了电话。不必把这件事太过放在心上。对待一个还没能进入木马行列的家伙，她生出了一点想要捉弄他的淘气心思。

第十章　求婚

　　圣诞节就快到了。今年的圣诞夜是工作日，如今市场这么低迷，到时想必气氛会比较凄凉吧。不敢狗胆包天约你的圣诞夜，二十三或二十四号，你若能答应同我一起过，我会非常高兴……

　　就算没有男朋友，单身女性的圣诞夜，以及前后两三天也会忙得要命。不好意思……

　　要不然，提前约你的正月假期怎么样？大年初一的神社参拜结束以后，一起动手做顿火锅吃，简直美滋滋。身为日本人，这才是年节的正确打开方式。

　　不愧是干广告的，组织活动的能力真不是一般的赞。不过很抱歉，我实在没有时间。

再不然，立春头一天跟我约会行不行？就算一次次被劝退，这点小小的挫折，是不会让本人这种恶鬼气馁的。

最后一条短信，逗得奈央子扑哧笑出声来。森山没有丝毫的退缩，一遍不行，再来一遍，出尽百宝展示着他的好意。但奈央子无论如何难以断定，这样的行为是出于真正的诚意。

"终究是一种提案技巧罢了。"

她甚至想到了这句话。广告公司的男性，擅长玩各种感情游戏，这是众所周知的事实。不知是一帮天性如此的人恰好聚了在一处，还是由于工作性质的关系，渐渐锻炼出一身轻佻的气质和圆滑的本事。他们能说会道，做事的手段也相当聪明，对一些流行的人气消费场所可谓了如指掌。

要是搁在年轻的时候，奈央子或许会觉得这些都属于优点。然而，如今的心情，该怎样去形容呢？在她看来，去配合男人兴致勃勃的行动力，是件想想都累的事。更何况，恋爱活动本身起起伏伏的过山车体验，自己还能够胜任吗？

恋爱是个体力活儿。年始年终，要彼此保持联系，不断寻觅好吃好玩的地点以便约会。面对美味的东西，一边操心嘴上的口红有没有脱落，一边大口吃吃喝喝；并且理所当然地要去某一方的家里卖力地做爱。到了周末，要留下过夜不说，早晨醒来有时还得加班再干一场。照镜子发现顶着两坨淡淡的黑眼圈，如今，自己还有勇气再去经历一遍吗？

过不了多久，在一成不变的日子中，两人难免会同时生出诸多疑惑，来几场争吵，应付一堆烦恼，再在双方的努力下达成和解……

啊啊，奈央子简直能在脑子里走完一场恋爱的全程，如同面对一座翻了好几遍的大山。况且，光是望见这座山本身，就足够奈央子心灰意懒了。

这份心灰意懒，大概缘于自己并不爱森山吧，奈央子得出结论。脑子里总算计着需要付出的体力，或者可能发生的争吵，就证明自己处在离爱情最遥远的地方。

"圣诞夜、正月、立春什么的，我决定放弃这么奢侈的提议了。十二月的某个周日，约在哪里见见，你觉得怎么样？"

"我真的有事，对不起。"

离圣诞夜最近的周日，奈央子赶早出了家门，在代官山的咖啡店里，点了咖啡与三明治，权作一顿简单的午餐。直至秋季一直保持露天经营的这家店，抵不过入冬的寒气，在门面外撑开了塑胶的防寒帘，透过透明帘子望得见的冬日景色，微妙地扭曲着，显得更加寒意逼人。

"啊——啊——，偏偏这种时候，又沦落成孤单一人……"

奈央子慢慢啜着咖啡，心里自言自语。活了三十五年，这样形单影只的冬天，她遇上过好几次。恰好恋人青黄不接"断了档"，必须独自度过圣诞节与正月。但当年的凄凉与焦虑，此刻她已不复感觉。

人啊人，凡事只能顺其自然。她甚至慢慢觉得，圣诞夜怎么了，有什么特殊价值吗？

"或许，我真的已从现役队伍中退下来了吧。有点不妙啊……"

店内等座的客人越来越多，奈央子起身让出位子，走到红绿灯前面的大厦，老早前她就知道，此处的一楼有家售卖进口童装的商店。

不过，进来溜达还是头一回。这家店目测相当高级。陈列着婴儿服、小鞋子，还有稍大点的女孩子穿的纯白蕾丝连衣裙。作为一个没有孩子的女人，走进这样的店里，真有点不好意思。

"欢迎光临。"

一位美丽的中年女士，貌似是店主人，冲她打招呼。

"我在找适合八岁女孩子的圣诞礼物。"

奈央子觉得，事先告知对方是拿来做礼物的，似乎才够公平。对方询问了她的预算，拿来几样商品供她挑选。奈央子选中了一件藏青色织花毛衣。

"需要我们送货上门吗？还是您自己带走呢？"

女店主的问题，正中她的下怀。她考虑了半天，由于时间过久，女店主满面疑惑地瞅了她一眼。

"还是自己带走好了。"

这不是面向女店主，而是她给自己的回答。

每次去泽木家的时候，奈央子基本上都是打车。有时是她自己一个人过去，有时是和泽木一起，手被泽木攥着，醉酒的他不停地索吻，而她撒娇躲闪着，度过一段短促的车内时间。

从私营铁道的车站徒步过去，今日还是头一回。奈央子边走边想，夜色到底掩藏了多少东西啊。在她以往的认知当中，仅凭地名就觉得泽木家所在的地方一定是一片高级住宅区，谁知白天再看，这一带中等档次的公寓密集林立，当中醒目地点缀着若干便利店。泽木家的公寓，在奈央子的印象中原本更高级一点，可白天见到的这座建筑，却相当老旧。玄关处的门垫已经泛毛起球，管理员室的窗口挂着一块纸板，上面用记号笔写了几个大字：请稍等。

奈央子按下对讲机的键钮。

"你好。"

里面传出一个女人的声音，是绘里子。

"是我，野田。给真琴送圣诞礼物来了。"

"啊，好开心。"

楼门弹开了。奈央子走进早已熟悉的入口。等候她的不是泽木，而是他的妻子。

走投无路的绘里子给她打来电话，是大约一个半月以前。在那场夫妇闹剧刚刚结束之后。

"奈央子，这次我是真不知道怎么办了……"

丰桥那边的父母，得知绘里子怀孕的消息，据说大发雷霆，"没出息！""不知脑子怎么想的！"将她痛骂一顿。而接下来，绘里子的做法简直匪夷所思。她居然拎着行李，跑回了丈夫的住处。回到了对她拳脚相加，且心坚意决，誓要同她分手的丈夫身边。这一举动，也惊呆了泽木。他立即也收拾了行李，头也不回地搬了出去。

"我往他的公司打电话，他叫我别再联系了。总而言之还是一句话，今后会通过律师与我交涉。"

"竟会闹到这么不可收拾的地步呢……"

事到如今，这看似置身于外的回答，让奈央子替自己感到悲哀。

推开公寓门，一个个子高高的女孩早已立在玄关等候。

大概是因为在复杂的家庭环境里长大，女孩有着超出实际年龄的成熟。奈央子也是最近才刚见到这个孩子，因为她跟随绘里子一起回到了这套公寓。初见面时，奈央子觉得她长得很像妈妈。今日，相隔许久再次见到那张小脸，才不由得感慨，简直酷似泽木。尤其抬头望向奈央子时眼珠转动的样子，让奈央子倒吸一口凉气，原来小孩子会与父母相似到如此程度。假如是朋友的小孩，奈央子恐怕不会端详得这么仔细。做情妇的女人们，之所以对男方的小孩恨之入骨，或许正缘于这种"相似性"的存在吧。说来，最近不是有条社会新闻吗？某OL朝交往中的男友家放了一把火，烧死了男方两个正在睡觉的小孩。但是话说回来，奈央子对眼前这位少女却不抱任何厌恶情绪。倒不如说，反而先涌起了一股怜惜之情。

"这个小女孩，今后恐怕会活得十分不幸吧。"

而这份不幸里，估计也有自己的因素。不过，自己的因素应该不大。这一点，从前阵子那场惨烈的夫妇之战即可明白。即使自己不曾出现，这对夫妇也会以一种诡异的形式彼此纠缠，互相憎恨，陷入难解难分的命运。

"奈央姐姐，欢迎你。"

大概是受到了母亲的叮嘱，少女用这种方式称呼奈央子。她及肩的头发没有谁帮她梳起，散乱地披垂着。从这一点可以看出，母亲的心思并不在孩子身上。奈央子有些难过。

"快看，真琴，虽然有点早，这是送给你的圣诞礼物哦。"

"谢谢姐姐。"

真琴极为礼貌地向奈央子道谢。这时，绘里子从屋内走了出来。

"不好意思，让你这么破费。"

腹中胎儿有五个月了，尚不怎么显怀。但绘里子浑身上下皆散发出一种"我是孕妇"的姿态。宽松的针织衫，搭配肥大的运动裤，而非日常的女裤。幸好，还没穿奈央子平素最讨厌的水桶状孕妇裙。或许是单身女性的一种偏见吧，孕妇原本就带有一丝邋遢污脏的气质。而绘里子身上，这种感觉可以说更甚。恐怕，是那份"无论如何也要生下来"的意志，让她周身都充斥着这种气味吧。

"怎么样？身体的感觉。"

"孕吐挺厉害的，吐得特别凶……"

绘里子的五官皱成一团，几乎不见一丝化妆痕迹的皮肤，苍白而干枯。奈央子有点尴尬，仿佛不小心窥探到女人退下舞台时，幕后的那份狼狈。仔细回想，平时走在大街上也从未见过漂漂亮亮的孕妇。在女人的一生中，怀孕这段日子，大概是唯一可以大手一挥，放弃所有修饰打扮的时期吧。

"怀真琴那会儿，孕吐可没这么强烈。一定是受我精神状态的影响太过巨大吧。心里遭受的痛苦，都反应在身体上了。"

"嘘……这种话，我想最好不要当着孩子的面说吧。"

"没事。反正这孩子，迟早也要知道所有的真相。"

"可是，那也要有个早晚啊……"

奈央子话说一半，心想，反正既没有怀孕，更没有结婚的自己，说出来的话对方肯定也听不进去。既然如此，自己此刻为什么还要待在这里呢？自己一向如此，来都来了，又开始焦虑后悔。像自己这样，跟男人分手了，还来替他照顾老婆孩子的女人，世上还能找出第二个吗？可惜，没法子。此刻在她眼中，只剩下一名浮肿着脸的孕妇和一个正背对自己看电视动画片的少女，以及少女那稚嫩幼小的双肩。

"生孩子需要花不少钱吧？"

"在普通的医院生产，也花不了太多。有一些真琴小时候的东西，我还收着没扔……"

"上次我也说过，如果有什么需要的东西，就记个清单。当然我会要钱的，所以不必客气，尽管告诉我。"

"谢谢你。父母已经对我撒手不管，如今只能依靠你了。这，真的……"

绘里子抬手捂住了脸。原以为她又要做戏，谁知竟真的抽泣起来。

"当着孩子的面，快别这样啊。"

"可我真的好怕，怕得要命。一想到今后，就喘不过气……"

"怕得要命，但还是坚持要生，对吧？"

"对。"

绘里子的眼底闪着光。

"要是换成奈央子，就不会生，是吗？"

"是吧。"

骑虎难下，看来也没必要再打马虎眼了。况且，绘里子恐怕也希望能有谁，老老实实跟她说点真话吧。

"要是我的话，应该会多想想后果。"

吐出这句话，奈央子转而陷入愧疚自责当中。为了补偿，答应绘里子下周再来探望。

"奈央姐知道吗？男人运不好，据说根本原因在于脑子不好哦。"

说这话的是博美。四个没有任何约会的女人，聚在一起过圣诞夜。通常这种情况，都会放弃餐馆，选择在某个人家里度过。商量后得出的结论是，在奈央子家举办一个每人自带料理或酒水的派对。说是如此，博美这种连烧个开水都嫌麻烦的女人，只买了红酒和芝士过来。而且喝掉红酒最多的，就是博美自己。

"圣诞夜的派对竟然全员都是女人。假如是年轻小姑娘，应该会搞得挺时髦吧。现在就咱们几个老女人，未免太凄凉了……"

博美嘴里嘟嘟囔囔，说着自虐的话。但这也纯属玩笑式的自嘲，给点酒精，大家就灿烂，几杯下肚，派对的气氛很快活跃起来。博美忽然开口道："根本不是什么运气不好。所谓的男人运差，其实是脑子和性格有问题。"

"你说这话，是在挤对我吗？"

其余三个女人咯咯笑了起来。大家年龄相仿，恋爱经历相仿。并非在男人那里不受欢迎，过去都谈过几场恋爱，有过几任男友，只是最终都没修成正果。中间又陷入不伦恋，两年多徘徊原地毫无进展……就像在下双陆棋，迟迟不走子，不就变成了如今这种棋面？

"我们啊，不是总觉得自己的脑子，不上不下但还算聪明吗？其实简直是大错特错。"

"话虽难听了点，不过……"

奈央子苦笑。

"懂得妥协，说不定也可以算是一种脑子好的表现。"

"啥？不愿意和水平太次的男人交往，也属于脑子不好吗？"

"那可不。没有鉴别男人的眼光，不就等于脑子太笨嘛。"

"忘不了已经分手的男人也是？"

"哦，这一条是脑子不好的最大证据。"

"各位！"

博美继续道："别一开口总念叨，世上没有好男人，世上没有好男人……好男人绝对有，不过啊，早就被别的女人先下手为强了。"

"没错。"

大家齐声附和。

"没有鉴别男人的眼光，心意摇摆，取舍不定，和渣男纠缠不休断不干净……我们啊，就是男人运太衰了，才会在圣诞夜这样的日子聚在一起。这背后是实实在在有原因的。"

"行了。脑子笨就笨吧。现如今，我再也不想跟这些无聊的男人有什么乱七八糟的交往了。"

"看吧看吧，这种万念俱灰的心态最不可取了。"

"不好意思，还真万念俱灰了。就算不提回报率，好歹我也是有自尊的啊。"

"哎哟喂，自尊什么的，扔一边好了。"

"不成不成，有尊严，志气高远，追求宽广的格局，不正是我们的信条吗？"

听着博美与后辈七嘴八舌的议论，奈央子开了口："不管怎么说，有头脑的女性最终会收获幸福。这阵子，我渐渐对此深有同感。"

"嗯嗯，看来得奈央姐开口才有说服力啊。"

博美拼命点头。

圣诞节过得怎么样？我去某位朋友家参加了一场家庭派对。他是那种如今极其罕见的、四个孩子的父亲。四位小朋友组成了一支合唱班，为大家演唱了圣诞歌，真心蛮有趣的。话说，近来天气可真冷啊。我在麻布十番发现一家专门做奶油炖菜的馆子，好想和你一起去尝尝看。

奶油炖菜什么的我最爱了。请一定带我去尝尝。

奈央子的这条短信是不是真的啊？我来来回回读了好几遍。这家馆子的奶油炖菜真心美味，我以百分百的自信向你力荐。

炖菜馆的位置很好找。不过，麻布十番的茶座或咖啡店比较少，森山提议，索性先在银座的什么地方碰头，然后再一起打车过去。

"那就在和光百货的门前碰头吧，你看怎么样？"

"那可是个人气超高的'约会胜地'呢。"

"那地方的咖啡家家都贵，客人也挤得很。只在那里等一小会儿，应该没问题的。"

"什么一小会儿啊，我怎么敢让奈央子等我呢。"

说归说，约定时间的十分钟前，奈央子到地点一看，森山还没有来。当日天气晴好，寒意稍褪，和光门前一如平日，站着三三两两等候恋人的男女。奈央子无意识地打量着身旁的年轻女孩。当她的小男友姗姗来迟时，女孩的脸色瞬间一亮，仿佛绽出了光。

"讨厌，来得好晚哦。"

女孩嘴上嗔怪着，气呼呼地鼓起了腮帮，那种娇嗲的表情也好可爱。

"不过，这份甜蜜，大约也只是一个短暂的时期而已。"

奈央子心想。

等候红绿灯的人流涌进斑马线，淹没了路边等候恋人的男女，又如退潮一般撤去，将几个男女撇在原地。奈央子置身其间，十分钟已过。身旁的女人高高扬起了手臂，对面路口有个年轻男人小跑着向这边奔来。

所谓幸福，形态是多么浅显易懂啊，奈央子心想，是自己总把它复杂化。博美之前说的"有头脑"，或许就是指一种将事物化繁为简的强大能力。而自己，恐怕不具备那样的才能。

"好冷啊。"

忽然有人跟自己搭腔，奈央子扭头看了看，一个身穿质地普通的藏青色大衣，长相也普普通通的男人立在身边。

"说好的今天气温会变暖呢？还是好冷啊。"

"是啊。"

奈央子应道。若是在涩谷或新宿那种地方被人搭讪，她肯定会予以无视。但这里是银座，她感觉应该没那种奇奇怪怪的家伙。这份心思估计被男人察觉了，他忽然贫嘴起来。

"正打算过红绿灯呢，无意瞧见你站在路边，有点惊讶，脚步就停了下来。我倒是好奇，能让一个这么漂亮的美女在此等候的男人，到底是何方神圣？你确实是在等男人，对吧？从刚才起，我就在替你打抱不平呢。"

奈央子连忙撇开了视线。不过，心里面却并不反感。很久不曾这样，被人在街头赤裸裸地搭讪了。一个看起来还算正常的男人跟自己搭话，感觉像冷不丁收到了成绩单，打满了对钩的一张纸，忽然递到了自己面前。

"这么冷飕飕的地方，让你站着等啊等，我觉得这个男人很过分呢。要不要跟我聊一会儿？你不觉得，在这期间让他反过来等等你，也挺好的？"

恰在此时，路口的汽车喇叭忽而齐声大作。斑马线上，绿灯还没有亮起，一个男人便朝这边冲了过来，是森山。看来当年不愧是橄榄球手，跑起来的姿态好似在打一场正式的比赛，双臂在肘弯处曲成直角，每次迈步都将腿抬得老高，没有男人穿西装时常见的那种忸忸怩怩的跑姿。

"让你久等啦！"

森山喘着气，停在奈央子面前。

"下了电车就想打你手机，想了想，还不如抓紧跑起来更快呢。"

而后问奈央子："这个人，你认识吗？"

"不认识。"

"那就好，在斑马线对面远远看见时，心里慌极了。心想万一奈央子被人拐走了该怎么是好。"

"哪可能啊。"

奈央子笑出来。方才搭讪的男人一言不发走掉了。

"让你久等了，对不起。客户那边出了点娄子，要不然早到了。请原谅。"

"没关系啦，这点小事。工作上出点状况，也很正常。"

方才目睹的、森山如马拉松少年般的跑姿，让奈央子想到一个词：神清气爽。她想，如果这能成为一个契机，倒也不坏。所谓契机，是指能让自己从此爱上森山的一个理由。此时此刻，假如能够把心思转移到森山身上，一切就简单了。森山条件不错：出身于早稻田，在一流广告公司任职，性格开朗诚实，最关键的是，一门心思地喜欢自己。若是搁在电视剧里，这样的男人一出场，就注定要和为爱而身心俱疲的女主角结合在一起，数年后……

"她嫁给一个平凡的男人，最终是如此的幸福。"

在这样的一幕中，女主角身旁总会站着个推婴儿车的男人。假如此刻选择了森山，接下来的一切或许都将一帆风顺吧。

"可惜，人心呢，却不会如此运作。"

出租车中，奈央子朦朦胧胧地想。

"没错，我可能的确太过愚钝。明知只需做出一个选择，就能获得幸福，心却偏偏不肯那样运转。世上能成功办到这件事的女人数不胜数，发现眼前的男人有指望顺利发展，瞬间便能爱上对方，或以为自己爱上了对方。我大概并不具备这样的才能。"

既然如此，奈央子心灰意懒地想，那就跟他睡一次试试？或许能变成一个爱上他的契机。总比什么都不做要更有利。可单单为了"有利"而上床，也太凄惨了吧？

在森山不注意的时候，奈央子轻轻叹了口气。

和森山这个人，至少在吃东西方面还挺趣味相投。

在他的带领下，两人来到麻布十番的炖菜馆，馆子位于一栋小小建筑的一楼，情调精致，打眼一看客人会不太敢贸然走进去。几样改良的和式前菜，摆盘时髦，继而是迷你尺寸的可乐饼，最后才等来了主菜的红烩牛肉。

"我恐怕已经塞不下了……"

"不行不行，红烩牛肉必须得吃，否则来这里就没意义了。"

切成大块的土豆与胡萝卜，看起来个个色香味俱佳。就像套餐里的前菜与可乐饼，亦是如此。这家店将传统的西餐成功进行了改良，盘边的装饰精美而具时代感，调味方面却严谨地遵循着西餐正统，每道菜都分外可口。奈央子一边喊饱了饱了，一边风卷残云地将盘底收拾得精光。在这个求爱的男人面前，既无须装模作样地显摆什么，也不必忸怩作态假扮淑女。两人中间放的一瓶价格适中的红酒，也被一扫而空。

"啊啊，太好吃了。我吃得好撑！"

"啊，那就好啊！"

森山眯起眼睛。

"和奈央子一起吃饭，会是怎样一种感觉呢？我心里猜，肯定津津有味，吃得特别开心吧。上次约会时一看，果不其然。"

面对男人赞赏有加的视线，或许本应感到羞涩吧。但醉意微醺的奈央子，毫不客气接受了这份赞美。

"假如能这样顺利地发展下去，倒也不是不可以……"

打从刚才起，奈央子一直暗中窥探着自己的心思。

和森山一起用餐，绝不至于讨厌。反而相当快乐。若能就此爱上这个男人该有多好。就算爱不上也没关系。

　　"他爱上我也可以。"

　　但凡能走到这一步，接下来便简单了。仗着酒盖住脸，以及饱食之力，先同他睡一觉试试效果。奈央子很清楚，上床之后，只要不发生过于荒唐的事，对方就可以加上二十分。接下来，自己就可以把心放在恋爱的传送带上，安然任其发展了……

　　啊，若能办得到这一点，事情该是多么简单呢。又或者，在泽木那里领略了情感果实过于浓烈的滋味后，森山散发出来的气息，只会让人觉得太过平淡而模糊？

　　两人走出店外。麻布十番的店，打烊意外地早。只不过离大路仅一街之遥，基本上店家都已落下了卷帘门。几辆出租车从二人身边驶过，却不见森山有抬手招停的意思。奈央子默许了，心忖不管胜败如何，至少给这个男人一点争取的时间。跟他待到待不下去为止，觉得烦了再挥手打车不迟。

　　"今晚真的非常开心。"

　　"我也是。炖菜太美味了，多谢款待。"

　　"下次我们再见面吧。"

　　森山转过脸来，恳求地望向奈央子。这个男人个子矮小，可以清楚地读到他的表情。奈央子许久没有看到男人如此期盼的神情了。而自己还有魅力激活男人的这张脸，也令她有些沾沾自喜。但她的快乐是基于自己对"男人"的吸引力，而非对"森山"。对自己来说，森山究竟欠缺了什么呢？

　　"奈央子，我们下回再一起去吃好东西吧。哦，开车兜兜风也不错呢。"

"兜风？像那些情侣们一样？"

"当然。"

"那样的话，恐怕我得想想……"

尽管告诫自己不可失言，奈央子还是忍不住说了一堆不客气的话。原以为醉意会让身心变得懒散，任由它把局面领向一个圆满的所在。谁知不然。醉意只会催促她说出了令局面无法修补的大实话。

"其实，我对和男人交往或者如何如何，早已厌倦得要命。假如接下来我们开始交往，同样的程序又要从头重复一遍，一想到这个我就烦得要死。倒也不是觉得森山先生烦，你知道的嘛，我也这个年纪了，该对恋爱这回事心灰意懒了。"

"既然如此，那我们结婚不就行了？"

森山爽朗的声音，在夜晚的街道里回响。

"疲于交往的话，我们就干脆一点，把婚结了吧。"

"呃？"

"假如不点平常的套餐，来个闪婚的话，奈央子会乐意吗？"

奈央子察看着男人的面色，森山微笑着。这明亮的态度，令奈央子不快。一时喝醉了酒，便把这等胡话挂在嘴边的男人倒也常有。"喂，我们结婚吧。""要不要和我一起生活啊？"他们非常清楚，哪怕只是零点一秒的瞬间，女人也必定会对"结婚"二字有所反应。每当这种时候，奈央子总会用夸张的口吻回敬："哇哦！好棒的提议呢。那就让我们真的结婚吧。"

装模作样的腔调，充满戏谑，会让旁边的人听得咯咯发笑。此刻，奈央子也对森山故技重施。

"别这样，我是说真格的。"

森山带着警告的意味正色道。

"虽说是一见钟情，但我对自己这份直觉有十足的信心。确实，我们都是老大不小的成年人了，不必拖拖拉拉走交往的程序了，索性直接结婚吧。怎么样？我觉得这样闪电结婚也挺好的。"

"你等等。"

奈央子着实有点狼狈，完全没料到局面会往这个方向发展。

"你这就提结婚了？可我们才刚第二次见面啊。"

"可奈央子不是对约会之类的整套恋爱流程早就厌烦了吗？既然如此，我只有跟你求婚了不是？"

"结婚就不会厌烦吗……"

"结婚大约会比较辛苦，但我想不至于厌烦。毕竟，结婚必须努力拼搏，就是拼上身家性命。怎样？要不要与我一起，来场人生最初回的拼命？"

这男人的口才，当真了得。不愧是干广告这一行的。不过，他的能说会道并不令人讨厌。不知不觉，奈央子停下了脚步。

"奈央子。"

森山十分自然地握住了她的手。

"嫁给我吧。我自认不算是个太差的男人。请相信这一点。"

或许没错。奈央子心中暗暗附和。

尽管如此，两人的关系并没有突飞猛进。也许是自尊心使然。森山当晚并未提出超出一个吻之外的其他要求。奈央子被他送回家，如往常一般卸了妆，洗脸刷牙，由于酒喝得太多，便没有泡澡，决定第二天早间淋浴即可。

躺到床上，熄掉台灯，方才森山的一番话再度被唤醒，并初次有了现实感，在奈央子的心中形成了清晰的轮廓。

"我这是被求婚了吗？"

从前，也曾有过与此接近的经历。那些美其名曰"恋人"的男人，会用的几句话不外乎："估计时机快到了吧。""我有在好好考虑。""总有一天会结吧。""当然我是认真在考虑的啊。"

然而，有过像森山这样开门见山、直奔主题的男人吗？

"嫁给我吧。"

这几个音节听来如此新鲜。嫁给我，嫁给我。在她看来，自己可不是一门心思恨嫁的蠢女人。但是，该怎么描述听到这句话时的心动感受呢？是自己的人生即将巨变的惊讶与喜悦。只要自己答应，就会切切实实到手的东西。

究竟爱不爱森山，她不知道。她想，目前还不至于走到那一步。不过……

"嫁给我吧。"

说这话的男人，给了奈央子极大的感动。没错，是感动。她欣赏他的率直。并感到，在这份率直的延长线上，也许会有爱发生。

"真有点搞不明白啊……"

奈央子自言自语。

"或许发生点什么，也是件好事。"

两天后的早上，奈央子被森山的电话叫醒。

"Good Morning，你已经起来啦？"

"错。我正想起床，不过还没起呢。现在几点？嗯……九点四十……"

"眼看也该起来了吧？哎，要不要出去兜风？"

"哎？兜风？"

"对啊，前几天吃饭的时候，我不是说过嘛。说下回一起去兜风吧。你说好啊。"

"是吗？我有说过？"

完全没印象了。大概在"结婚"两字的冲击下，其他所有的记忆都被刮散了。

"我们去镰仓吃个晚一点的早餐好啦。一小时后我去接你。"

"那我可办不到。接下来还得起床化妆换衣服呢。"

"那好，一个半小时以后。"

森山霸气地排除了奈央子的借口。但这份霸气并不令人反感，甚至让她有几分欣赏。人生啊，无须自己劳心劳力去推动什么，只是轻轻松松，随波逐流，这种感觉多舒服啊。而他人，确切说是男人，还从未如此深度地介入过奈央子的人生。

"这一回，大概真的会把结婚敲定下来吧。"

在一种谈不上是决心的温暾念头下，奈央子打算就这样寄身于激烈的水流，任意向前漂去。很简单，只需稍稍愚钝一点就行，不再像从前，将幸福这东西翻来覆去地观察、吟味。别再做这种多余的事，只需将男人提供的东西，痛痛快快地品尝即可。

说是如此，奈央子在挑选衣服的时候还是费尽心思，不敢懈怠。今夜，恐怕会和森山有进一步的交流。既不能被对方看穿自己的意图，又必须满足男人的眼球，这样款式普通但风格清新的内衣，奈央子收藏了好几套。要么是在国外买的品牌货，要么是大促时入手的高级品。她不想用"斩男款"这么格调低俗的说法，不过，专门做此用途的内衣，被她仔细装入干花熏香的小袋子，全部保存在抽屉里。其中有几套，为她创造了与泽木的几段回忆，今天要避开它们。

奈央子选的是缀有白色蔷薇刺绣的半罩杯文胸，以及配套的内裤。

心里想着凡事听其自然，却在这种决胜关头处心积虑，对自己的这种行为，奈央子既不觉得稀奇，也不感到滑稽。女人这个物种，就有下意识里完成此事的才能。

果然，事情的发展如奈央子所料。在北镰仓的一家法国料理的老店里，两人吃了顿早午餐，然后去台场的游戏中心消遣了一会儿。为了给奈央子搞到一只毛绒玩具，森山在吊娃娃机前奋力拼搏的样子着实好笑。不过，连投了两千大洋进去，机器却并不遂人愿。

"还是别抓了。我也不是抱着 Kitty 猫睡觉的小女孩了。"

"那好，下次再帮你抓公仔。"

最后，在一台类似于老虎机的赌博器上，森山瞄准了一个珠子穿缀的女戒。

"瞧那个，我要用它做我们的订婚戒指。"

"傻兮兮的。"

奈央子装出嗤笑的样子，实际却幸福得几乎难以呼吸。

"我一定会把那枚戒指弄到手，你要真的嫁给我哦？"

森山凝视着奈央子。这男人相貌平凡，但机灵的双眼皮大眼睛，却透着几分可爱。此刻，奈央子虽没有爱上这张脸，但将来似乎不难爱上。

"你请便吧。"

奈央子发话。好耶！森山将一张千元纸钞兑成硬币，统共花了四次，才成功将戒指搞到手。

"你来。"

森山牵过奈央子的左手。

"别这样，人家都看着呢。"

"无所谓，无所谓，大家都沉迷于游戏呢。"

在奈央子左手的无名指，森山套上了一枚粉红色戒指。因为是儿童款，戴起来不太顺利，到了第二个指节便卡住不动了。

"你这个女人，指头有点太粗了吧？"

"讨厌，这么小的戒指，成人就算是小手指也戴不上好吗？"

"是哦，那我们现在就去银座，买只真的订婚戒指。"

"等一等，也未免太心急了吧？"

"我考虑过了，要想把你变成我的老婆，最好的方式是什么，你猜？"

奈央子摇摇头。

"那就是，不给你一丁点儿思考的时间。走，我们上银座去吧。"

结果是，在百货公司和首饰店逛了半天，也没有物色到可心的款式，两人约好放慢节奏再多挑挑看。出了百货公司，日头沉落，暮色弥漫。

"晚饭，怎么解决？"

"去奈央子家叫个比萨什么的吃吃，你看好不好？"

这时，奈央子心里并未觉得，"看吧，说来就来"。既然提出了订婚戒指这一出，可见森山心里迫切希望，遵照正确的程序早点完成求婚步骤。

订好比萨之后不一会儿，奈央子就被森山带到了床上。事先设想了种种场景，精心挑选的内衣，果然发挥了超出预想的效果，森山嘴里呢喃了一句什么，猛然加快了动作。

"我真的好爱你。爱得简直发狂。"

森山一遍遍告白。

"从第一次见到你，我就想这样好好爱你。太美妙了，像我渴望中一样美妙。"

和森山的这次体验，谈不上多么美妙，但也不坏。这个男人并不自私，也不下流，只需假以时日，再多上几次床，两人想必会更合拍吧。

两小时后，两人吃着比萨，商量起结婚典礼的日期与场地。

绘里子，你还好吗？肚子里的宝宝也在健康发育吗？

上周没能去看你，不好意思。有件事，不便在邮件里谈。我最近计划要结婚了，和一个刚认识不久的男人。虽说比较突然，我自己也没想到，不过他说，"结婚靠冲动，最怕思虑太多"。我感觉完全在被他带着往前走。

总之，我们计划下个月挑个好日子，先把入籍手续给办了。接下来再请几位亲朋好友，找家餐馆吃顿婚宴。我们两人年龄都不小了，也不希望惊动太多人，悄悄把婚事办了就好。所以，先跟你打个招呼。

真心恭喜你！

奈央子也终于找到了自己的幸福。谢谢你特意通知我。我前前后后给你添了那么多麻烦，你却仍在为我操心，不愧是热心肠的奈央子。请一定要幸福哦。

不过，我仅有一个小小请求，就是希望不要把结婚的消息告知泽木。我想他听了一定会大受打击。不情之请，千万拜托了。

这是自然。我已经和泽木没有任何关系了，绝没有一丝联系他的意图。这件事也许什么时候会传进他的耳朵，那就不是我的责任了。

回邮件时，奈央子一肚子气。这女人一点没变，真是自私得要命。"千万别告诉我先生"，脑子里到底是搭错了哪根神经，竟然好意思说出这种话来？

这时，电话响了。不是手机，而是家里的座机。本以为是森山，谁知却是博美打来的。

"哎！哎！奈央姐，关于婚纱的事情呢，今天我和纺织部的村田讲了。"

"不要啊，别到处讲我结婚的事。"

"可奈央姐要结婚的消息，全公司的女职员全都知道了啊。好久没听到这么振奋人心的好消息了，大家都喜闻乐见，认为就搞个小派对，也太遗憾了。大家一致要求，最好办个凑份子的大型典礼。好吧，没有办法，我就把奈央姐结婚派对上要租礼服的事告诉了村田。结果村田就说：'别啊，你也知道，我们纺织部不是有一批进口的多米尼克和佛罗妮娜面料吗？就给奈央子打个巨大的折扣，随便挑一种拿去做婚纱好了。'"

"这样啊，可不管哪一种，看起来都超贵的。"

"她说去跟部长商量一下，把价格打到最低。而且总务部的重田律子一直都在学花艺，她想包办婚礼当天的花卉布置。对了对了，我还认识一个女孩是发型师，必须要推荐给你。"

"别一股脑儿安排一大堆，总之，我和男友打算办个低调的婚礼，只要聚在一起普普通通吃顿饭就可以。"

"可是奈央姐，我们也想为你的婚礼尽点薄力啊，也想参加进来啊！这一点你也要理解嘛。"

"多谢大家……"

奈央子感动得鼻根发热。怎么回事呢？自从婚事确定以来，就一下子变得善感起来。前几日回到娘家，母亲厚子递过来一张存折，上面的金额相当可观。

"自你拿压岁钱开始，妈妈每个月一直在为你存钱，计划等你结婚的时候交给你。可总也等不到你出嫁，最后攒到了这么多。"

"我不需要这笔钱。"

奈央子把存折推了回去。

"不要再逞强了。即将开始新生活的时候，会有各种花钱的地方。"

厚子劝道。接着奈央子就哭了。没办法，脆弱善感的情绪似乎和婚前忧郁有关。身边亲朋好友的温柔话语和举动，件件都深印在她的心里。

近来，每隔一天都会来奈央子家过夜的森山听了她的描述，不停颔首。

"说得也对啊。我从许多人那里打听过你的情况，结果每个人都对你赞不绝口。尤其在那帮后辈当中，你可以说是人气爆棚啊。总之，如果想和你这样的女人结婚，不热热闹闹、大操大办地搞一场，估计很难向大家交差吧。"

"少来啦。不是商量好了吗，在餐厅里搞个小小的亲友宴？我最讨厌那种会费制的自助餐派对了。"

"这样的话，换个稍微大点的饭店设宴怎么样？实际上，配合青山的都市开发计划，届时会举办一个有趣的大厦启用仪式。这几天我一直在寻思，换到那里的餐厅办婚宴也未尝不可嘛。"

"什么嘛，别搞你们广告公司的那套花花点子。这可是我们的婚礼。"

"好吧好吧，别那么大声音嘛。搞得我一点自信都没了。"

"什么自信？"

"就是能不能不把奈央子惹恼，我们的关系也不至于破裂，平平安安地迎来婚礼呗。"

"这谁知道。婚礼之前，你不对我宝贝点可不行哦。"

"我已经把你捧在手心里了。"

森山忽然扳过奈央子的肩膀，紧紧将她拥在怀中，来了一个长长的热吻。

奈央子感觉自己正被他掳走。用难以挣脱的力量，带往一处名叫"结婚"的所在。而这，或许便是所谓的幸福吧？

某晚，奈央子醒来，身旁睡着森山。她觉得口渴，大概是晚饭和博美她们在意大利餐馆吃的蒜椒意面太过重口吧。

走到厨房，从冰箱取出矿泉水喝了几大口。而接下来，她为何会想到打开笔记本查一眼邮件呢？又不是有什么待办的急事，只下意识地想看一眼电脑，这种心理要求，究其根底难道是鬼使神差、第六感作祟？

意外地，一段文字密密麻麻映入眼帘。

奈央子，明天早晨，当你打开这封邮件时，我想，我和泽木已不在这人世了。

听到你即将结婚的消息，泽木大发雷霆。他将所有的愤怒，悉数宣泄在我身上。

他说："无论死活你都不愿分手吗？难道要缠住我一辈子吗？一想到这暗无天日的生活，我简直就要疯掉了。索性今天把你杀掉算了。"听了他的话，我便提议："那么，不如我们结伴去死吧。杀了我或许能让你开心，但接下来你的一生将在牢狱里度过，既然如此，我们干脆一起自杀好了。"于是我们计划，各自喝一瓶感冒药，等头脑昏沉，药力开始发作时再打开煤气。此致。永别了。临走时还给你添麻烦，深表歉意。

终章　殉情

平生头一次，奈央子拨打了110，半天无人接听，正担心提示音要永远响下去……

"喂！"

对面传来一个男人的声音，听起来似乎心绪不佳。

"你好，我叫野田。方才我收到一个熟人的邮件，说她要自杀。"

混乱中，头脑的某个角落却意识澄明，这个部分正尽其所能地命令她，冷静且理性地陈述案情。日常拨打110的恶作剧电话较多，为了避免被对方误解，讲话也必须条理分明。"你给我拿出职业生涯中所有的技能，好好把话说清楚，不然警察是不会相信你的！"

"我的一位女性熟人说，接下来打算和她的先生一起自杀。"

"有没有恶作剧的可能？"

"不会的。她先生是个有常识、有教养的社会人士。我与这位太太也有数面之缘。"

"了解。请告诉我这两人的姓名与住址。"

当报上二人所在的公寓名时，不祥的预感令奈央子舌头颤抖。她仿佛看到了两具尸体横陈的惨状。

"接下来，请讲一下您的姓名住址。"

男人声音冷淡。几乎叫人怀疑，如何才能做到这样一副公事公办的口吻，简直就像在听一段事先录好的电子音的解说。挂掉电话后，奈央子换上针织衣与牛仔裤，上下牙磕磕嗒嗒作响。方才在电话里对答如流的那份冷静，如同一个假象。

现在应该立即打辆出租车，赶往泽木身边去吗？说不定已经迟了。一想到看见的有可能是两人的尸体，奈央子便彷徨不决。

究竟自己想怎么办？自己与对方的人生已如此深度地捆绑，以至要去面对他们的尸体吗？前思后想，琢磨得头疼，原以为只花了短短一小会儿，谁知不知不觉天光早已泛白。

正值此时，电话铃响了起来。没错，奈央子心想，警察找到了两人的尸体。谁知……

"喂？是野田小姐吗？"

这回的电话，跟方才那一通比起来，对方的语气给人感觉好多了。一个低沉温柔的男声道："我是××警署的探员。关于泽木夫妇的自杀事件，有些情况想向您了解。劳烦您现在跑一趟三轩茶屋南病院，可以吗？"

"请问，目前是什么情况？他们两人都平安吗？"

这回，奈央子的声音绷紧了弦。

"男方没有性命危险。女方在丈夫昏睡后，用厨刀切腹自杀了。"

"切腹自杀？！"

"是的，那位太太的自杀方式十分离奇。抱歉，我们需要跟野田小姐确认一下，当事人是否的确为泽木夫妇。"

"确认，是指什么？"

"哦，就是请您看一眼死者的脸，以及证实一下男方是否为泽木本人……"

"我配合不了！"

奈央子叫了起来。

"去看死者的脸？我绝对办不到。这根本不关我的事。你们到底以为我跟这对夫妇有什么关系啊？"

"我们理解您的心情。只是，两位当事人的亲属都离得太远，能请野田小姐来一趟医院吗？拜托了。"

"可我办不到就是办不到啊。"

不知何时，奈央子的眼泪大颗大颗滚落下来。听说泽木得救后，原本绷紧的一根弦"砰"的发出一声巨响，应声而断。

那之后的事情，奈央子只断断续续记得一些碎片。不知为什么，记忆与之无法接驳，头脑中只能浮现一些情景的片段。

在医院里，探员让她察看了绘里子的遗体。怎么会走到这一步啊？绘里子的父母不停地逼问。

这次自杀事件，周刊与综艺节目纷纷大肆报道。毕竟丈夫是社会精英，身为孕妇的妻子却选择了切腹自杀，这事实过于触目惊心。

其中某周刊打出了大大的标题：

"美女 OL 的三角恋纠纷。"

其后，奈央子便被各家媒体记者肆无忌惮地骚扰。他们一批批涌向奈央子的住所和父母家。不止如此，报道中清楚写明了商社 OL 的身份，因此公司门前也日日被围得水泄不通。

"据悉，这位美女 OL 与去世的绘里子原属于同一家公司的前辈与后辈。从绘里子的角度来看，等于是自己的丈夫被一直信赖的前辈所夺走。这位 OL 与绘里子的丈夫开始了同居，逼迫绘里子与其夫离婚……"

周刊在报道中如此写道。而综艺节目的评论嘉宾则一副洞悉内情的口吻。

"于是，OL 便以这样的手段，将那位太太逼上了绝路吧。"

"不伦恋我听得很多，但扭曲的人性、恶化的关系，最终却会酿成这样的悲剧。"

奈央子混混沌沌地望着电视里的那些嘴脸，丝毫不觉得自己便是他们口中的当事者之一。

被部长喊过去谈话，是在节目播出之后。

"你今后究竟有什么打算呢？"

部长问。

提到今后，奈央子一没有死二没有伤，今后自然打算与昨日一样如常过日子。然而，这似乎也成了件十分困难的事。

"会让公司失去信誉的。"

部长甚至说到了这个份儿上。无论周刊还是综艺节目，虽然都隐去了奈央子和其所在公司的名字。但据说，此刻网上的流言却甚嚣尘上。

"不仅与人夫偷情，还将对方的太太逼到自杀的绝路上，你们雇用这样品德败坏的女人，究竟站的是什么立场？"

类似的骚扰电话持续不断。部长竭力措辞委婉地将公司的态度告知了奈央子。

"明白了。"

奈央子回答。并告诉部长会立即递上辞呈。更多的争执，只会令她不胜其烦。

在如此纷乱的局面中，森山的态度可谓上乘。

"临到了，奈央子还是被卷进那对变态夫妻的麻烦中去了啊。"

一番愤慨之后，森山提出，要请他认识的新闻记者澄清事件的真相。

"你跟泽木的关系早已了结，老早前就决定要和我结婚。我得让记者们好好把这个写清楚。"

"不必了，够了。"

奈央子叫道。但不是为了报道的事。

"我想，我们两个也只能分手了。"

"哎——！？"

森山大喊了出来。这毫无心机与芥蒂的一声吼，令奈央子发自内心地高兴。

"少开玩笑了！这次事件和我们两个的婚事，一毛钱关系也没有好不好？你跟泽木早就分手了，媒体写的那些全是信口开河，这我心里都有数。"

"也不全是信口开河。周刊的报道，有一半内容都是事实。的确有一段时间，我和泽木曾认真计划过要结婚，是我把绘里子逼到了离婚的绝路。啊……"

奈央子轻轻叫了一声，她惊讶自己为何早未察觉。

"原来，我们一直都在牵强地自欺欺人。就算只有短暂的一个时期，我也是企图夺走别人老公的女人。即使如此，我还隔三岔五和绘里子见面。虽说谈不上亲密无间，但她确实依赖我，常对我倾诉各种各样的烦恼，而我也美其名曰地给她提供帮助。现在想想，那些所谓的帮助有多么可恨，多么虚伪。我们彼此都在勉力追求明明不存在的东西。尤其是绘里子，愈是心态扭曲，精神崩溃，就愈是不断把自己逼向一个死角。"

"都怪奈央子心肠太好啊！"

森山几乎是在咆哮，紧紧攥住奈央子的手腕，仿佛决不愿撒手放她走。

"对那种脑子有病的女人，没必要如此操心自责啊！电视里不也说了嘛，这女人精神状态不正常，长年在医院接受治疗，要不然怎么干得出切腹这么疯狂的事？！"

"心肠太好的，明明是绘里子啊。"

奈央子潸然泪下。为什么人死之后，许多真相与道理才能够水落石出呢？

"她的一些做法或许比较过激，但归根结底，是发自心底爱着自己的先生。正像我们每个女性爱上某个男人时一样，没有任何的掂量算计与讨价还价，不惜为他付出全心全意的爱，用力到甚至令对方感到窒息，想要逃离。而绘里子又是如此地笨拙，只会一根筋地用力再用力。她给予的爱，尽管只会遭到对方的厌弃，但她除此之外，再也不懂其他爱的方式啊。"

"别人的感情怎样都好，就由她去吧。"

森山攥住奈央子的手臂，将她大力扯向自己。奈央子抗拒着。

"最关键的是，我们的人生必须幸福。我已和父母认真谈过了，得到了他们的理解。老人家真心期待着我们的新婚派对呢。"

"不可以！"

奈央子和森山的父母见过一两面。她想起两位老人家，尽管居住在埼玉，却具备一种小地方来东京的人才有的实在与纯朴。森山身上那种活泼爽朗，以及小小的明亮乐观，看样子是在职场中培养出来的。

"那么可亲可爱的老人家，我不希望这件事从此折磨他们，令他们烦恼。要是自己的儿子娶了一个把人家夫妇逼上自杀绝路的恶女，往后一直会有闲言碎语跟随他们的。我不愿让他们承受这样的痛苦。"

"别犯傻了！好好听我说，行吗？我的父母，都是特别通情达理的人。比起世间的流言蜚语，他们更在意儿子的幸福，只要我获得幸福就好。"

"不，我想我们不可能幸福。"

奈央子断然摇了摇头。

"毕竟，我见识了过于高浓度的感情。从未有哪一对痴男怨女，能如此泥足深陷，彼此纠缠、撕扯、抢夺。普通人是领略不到这种滋味的。而我不幸领教了。对了，在我看来，结婚这种事，有适量浓度的爱情就足够。世间之人，皆是这样平平淡淡走入婚姻的，于是我也企图效仿，以为自己也许办得到……"

"我不是说了嘛，平平淡淡也可以。"

"可惜，我不幸目睹了最高浓度的爱情。之所以会被我见到，只因为我是被命运拣选的人。现在我总算明白了，是冥冥中有谁基于某种意志，驱使我领略了一般人无缘得见的感情。我已经回不去了，无法再拥有普通而正常的婚姻了。"

奈央子趁森山攥住手臂的力气稍稍松懈，挣脱了出来。

"这段日子承蒙你照顾，真的多谢了。也实在很抱歉。"

感谢你的问候信。

我前天已出院，终于能够动手打一封邮件了。不过，身体还遗留了各种症状，打字的速度相比从前慢了许多。

这次事件，无法想象给你添了多么巨大的麻烦，无论怎样道歉，都不足以弥补对你造成的伤害。住院期间，我曾托母亲买来了周刊杂志。当时母亲曾十分犹豫，认为我不读为妙。一看之下，内容果然触目惊心。最近，听说你已因此事辞去了工作，婚约也随之取消了，真是不知怎样赔罪才好。只能说，非常非常抱歉。我也清楚，这不是道歉便能挽回的事，但真的对不起。原本我打算当面向你谢罪，但此时此刻，恐怕你并不愿意见到我吧。

当日提出自杀的是绘里子，但我接受了她的主意。在我看来，假如失去你，从今往后与这个女人捆绑终生，那么自杀也不失为不得已中的一个办法。

可惜，我却没能死得了。就像报道中所写，我们先各自喝下一瓶感冒药，随后拧开了煤气阀。接下来，她在我昏昏睡去时，将床边的窗户打开一条缝，自己却用厨刀切了腹。她这么做的意图，是为了自己能够成功死去，而让我有一些获救的机会。

有人也许会说，这是妻子对我的巨大爱意。

但在我看来，她是希望我活下去，一直活在刻骨铭心的煎熬之中。在她的安排下，我身为殉情中的一方，将永永远远无法忘记她，为她的死而懊悔终生。

当年我们初相识时，她看起来只是个平凡又可爱的年轻女孩。就算性情中原本有一些偏执的成分，但最终把她变得如此扭曲而疯狂的，却是婚后我的所作所为。正如你所了解的，在你之前，我还与别的女人有过交往……不不，或许我又落入了绘里子设下的圈套。这段时间，总是悔恨一些过往的事情。

我也打算从公司辞职，带着女儿回老家生活。我相信，终有一天能见到你，并当面向你赔罪。我对你的爱扰乱了你的人生。

但我从不后悔爱过你。

泽木敬上。

从公司辞职时，奈央子算了算手头存款的数额。想撑够一年或许比较勉强，但谨慎节约地度日，大约能应付八个月。作为结婚费用从母亲厚子手中接过的存折被她原封未动地还了回去。然而，却不见对方有任何动静。前阵子，周刊与综艺记者纷纷杀到奈央子的娘家，听表妹转述，家里曾接到过几通骚扰电话。

"你是怎么把女儿养成那副德行的？"

"请为死者负责，叫你闺女也切腹吧！"

母亲听了颇受打击。

毕竟是父母与子女，将来终归有一天会和解。但估计要花费一些时间吧，奈央子心想。两个月里，她每日在家读书，看电影，偶尔会去看场不怎么花钱的小型演唱会或舞台剧。恰在此时，之前登记过的人才派遣公司给她发来联络，让她去一家小型进口贸易公司做些英文资料的电脑录入工作。

"像你这样在大公司里做事的人，为什么会变成派遣呢？"面试时，对方这样问道。

奈央子答："之前的公司非常优秀，但我已经三十五岁了，感觉很难再待下去，觉得自己差不多到了该辞职的年纪了。"

"原来如此。"

面试负责人点点头，随后立即给她寄来了录用通知单。上班的地点在西神田的一栋杂居楼里。内部清一色是仅有五六名雇员的小事务所，洗手间与热水房为各家共用，有保洁阿姨负责做一些笼统的打扫，但洗手池周围等处，就需要各事务所的女职员轮流清扫。初来乍到时，奈央子震惊于公共卫生设施的肮脏，便挨个打招呼，将大家召集到一起。

"我虽新来不久，但在公司里好像最年长，所以麻烦大家听我说两句。抹布用完之后，请务必要拧干晾起。我会排出一张值日表贴在这里，请大家都看一下哦。"

她扫视一圈，发现净是些头发染成金棕色的年轻小姑娘。看样子基本都是派遣职员。起初她们别别扭扭地虎着脸，一副"凭什么要被你命令"的表情，但似乎听说过奈央子的履历，知道她曾在大型商社里任职，所以当场只沉默不语。没过多久，随着在热水房和洗手间里站着聊天的次数多起来，其中几人开始约奈央子一起吃午饭。她们基本上全都二十来岁年纪，却已背负着形形色色的人生过往。当中，甚至还有离婚后独立抚养三岁幼儿的单亲妈妈。据说上班的日子，她会把孩子托给父母照管。饭后，奈央子几人会去卡拉OK，尽情地饮酒K歌。

"奈央姐，以后还要这样聚哦。对了，索性我们组个帮会呗。"

"对对，反正都是热水间的伙伴，就叫'热水帮'怎样？"

"好没品哦。"

"还不如叫'茶话帮'呢！"

奈央子哭笑不得。

"看来我啊，不管什么时候，都逃不脱茶水间老大的命运呢。"

"哎！哎！"

年轻姑娘们毫不见外地打听起来：

"像奈央姐这么漂亮，又在大公司工作的女人，为什么到现在还没结婚呢？"

"哎呀，快别自以为是啦。恐怕奈央姐早就结过一次了呢？"

"可是，奈央姐身上并没有离婚女人的气质啊。这方面，我还是比较有经验的。"

"嗯，嗯，我也有不少人生经历嘛。找机会告诉你们。"

奈央子含混地搪塞了过去。没事了。已经没事了。她在心里自我宽慰。虽不能说生活已彻底重启，但她感到，至少已成功摸索到了一条通往遗忘的道路。

待半年的派遣合约即将到期时，老板问她是否愿意留下继续干，奈央子同意了。当晚，她开了罐啤酒，独自举杯庆祝了一下。一次小小的成功。但这样一小步一小步，踏踏实实地活下去，对今日的奈央子来说，似乎是最重要的事。

手机铃响了。大概是博美吧。奈央子一辞职，她心里顿时没了倚靠，隔三岔五会打电话来找奈央子吐苦水。

"喂？是野田小姐家吗？"

电话里传来一个幼女的声音。

"我是……泽木真琴。姐姐还记得我吗？"

"还记得我吗"这句话，问得怯生生的。

"当然，当然记得！"

奈央子大声回答。

"真琴啊，你怎么会知道我的号码呢？"

"嗯……很早以前，妈妈告诉我，要是有解决不了的麻烦，就找姐姐商量，姐姐一定会帮助我的。"

"没错，没错，妈妈说得对！"

奈央子拼命忍住即将挣出眼眶的泪水。真琴快要九岁了吧？她想起那个表情淡漠，长手长腿的少女。

"嗯……姐姐，我现在有个特别为难的事。爸爸病倒了，奶奶年纪大了，没有办法照管我。丰桥的外婆，也因为妈妈的事一直住在医院里。所以，我必须去福利机构生活了。"

"福利机构？你是指儿童福利院吗？"

"嗯。就是会遇见长腿叔叔的地方。可我一点也不愿意去，所以找姐姐想想办法……"

奈央子听得一阵糊涂。按理说，泽木应该带着真琴回了岐阜的老家。他的母亲生活在那里。但真琴的话里，提到他病了，不知严重不严重呢？

说来也是"精英阶层"，过着中产以上的富裕生活，在这种家庭里出身的千金，仅仅因为父亲病倒，便会沦落到寄养福利院的地步吗？找不到其他亲戚了吗……琢磨到这里，奈央子忽然醒悟，恐怕泽木在夫妻双双自杀的污名下，早就众叛亲离了吧。尽管媒体报道并未公布真名实姓，奈央子却也遭受了一众亲戚的刻薄非议。更别提身为当事人的泽木了，必然被许多人主动断绝了来往。而今天，没有任何一人愿意对他伸出援手。

"听我说，真琴啊，你能说得出现在的住址和电话吗？"

"能，岐阜市松枝町……"

真琴流利地报上地址，甚至从车站到家该走哪条路也大致告诉了奈央子，信赖的口吻，仿佛毫不怀疑奈央子会不会来搭救自己。

"明白了。那好，总之下个星期日我会过去。姐姐绝对会去的，你要等我哦。"

挂掉手机，奈央子随即便后悔了。自己在说些什么啊？就算跑过去看一看，又有什么用？泽木一家已开始向深渊坠落，没有任何人可以阻止。

但是，说归说，那名少女的恳求声中，却含有一股无法拒绝的力量。

"是妈妈告诉我的。"

这句话宛如咒语，令奈央子无力抗拒。

周日，奈央子早早起床，搭上一班新干线，又在名古屋换乘东海道本线，最后在岐阜站下车，转乘了一趟巴士。真琴说了，"就在一个大大的医院旁边"，果然没错。医院背后有一座老房，挂着"泽木"的名牌。四周不见围墙，整个建筑泛起古老的旧意，一看就是多年前建造的。在奈央子的想象中，毕业于一流大学，在一流公司里任职的泽木，自家还不得是地方上的富豪？至少，也该和自己出身于差不多水准的家庭。而眼前这栋破败寒酸的老屋让她错愕至极。

按下门口的老式白色门铃，从屋内走出一位相当高龄的老妇。起初，奈央子以为这恐怕是泽木的祖母吧。等互通姓名之后，呃，她一时哑然，不知说什么才好。

"请问，真琴现在怎么样了？"

"刚才，我让她上医院送洗好的衣服去了。"

老妇嘴上问"要不要进屋来"，态度上却显而易见地流露出不甚欢迎的意思，看起来一副动动都吃力的样子。

"泽木先生哪里不舒服吗？"

"泽木先生"几个字，她刻意发音平淡，让它听起来没有任何情感色彩。

"大概还是那时候留下的毛病吧。回了老家以后，身体也一直不好。找医生看了，说是肝脏问题。万幸不是癌症。不过，这个病估计会拖很久。我这个年纪，也照顾不了真琴啦。"

"孩子的外公外婆呢？"

"丰桥那边，因为没了女儿，跟我家更不能比。老太太听说病倒了，什么时候能出院还没谱呢。"

"那么，泽木先生此刻住在哪家医院呢？"

"就旁边这家。"

老妇用下巴指了指。或许并无恶意，但态度粗鲁。

"真琴这孩子好乖，每天都替我跑腿。"

按照泽木母亲提供的地址，奈央子来到医院三楼的某间病室。六人间里，最近门处躺着泽木。床边坐着一位少女，身穿棉质连衣裙，袖口伸出细伶伶的两根长长的手臂，看起来一副野蛮生长，无人照管的感觉。

泽木脸部浮肿，面色黢黑暗沉，不见一丝大都会里洒脱生活过的痕迹。他用一种难以置信的目光望向奈央子，隔了半晌，才缓缓举起一只手，发出一声："呀……"

此时，毫无预兆地，一股澎湃而热烈的感情涌向奈央子的喉头。曾经那般深爱的男人，却落得这样一副惨淡寂寞的光景。她无法对他坐视不理。该如何才能做到眼睁睁看他沦落，却置其于不顾呢？她对他并没有照顾的义务，这样做也并非出于同情。当然，更不是为了爱。她只是想要去守护他而已。共同生活下去，或许会有些难度，但此时此刻，她想要陪在他身边，将这个男人和他的女儿，一并从绝境中救起。当走近他床边时，她仿佛听到了母亲的数落。

"奈央啊一向这样，净选吃亏的路来走。"

"真琴。"

见少女羞于说话，奈央子主动打招呼。

"以后，姐姐会常来看你们哦。我们一起来想个最好的解决办法，好不好？"

真琴点头不语，随后扬起小脸。奈央子倒吸一口冷气，恐惧袭遍全身，将她冻僵在原地。那双黑白分明的大眼睛，分明来自绘里子。